独自商品を目指す群像

和田昇介
Wada Shosuke

風詠社

目次

装幀　２ＤＡＹ

独自商品を目指す群像

第1章　転勤

風花良太は「転勤」の社命に、どう応じるか悩みぬいていた。

通勤ラッシュで混雑している電車の吊り革を握りしめ、電車の動きに身をまかせて揺られながら〝転勤の意向打診にどう対処すべきか？〟風花は、ただそのことだけを突き詰め、考えをめぐらせていた。

突然わが身に降りかかってきた「転勤」は自らの存在を脅かす一大事である。この「社命」に対し、好い知恵を絞りだそうと頭をフル回転させているのだが、気分が明るく変わるような良い考えなど浮かんでこない。

「うーん、どうにもならんか」と声にならないつぶやきを発する。

事の始まりは、二時間ほど前、所長に呼ばれ「滋賀工場の製造部設計課に行ってくれませんか」という転勤の意向打診であった。風花にとって、入社以来、転勤など夢にも考えていなかったことが、突然、降りかかってきたのである。

所長は、「不況のせいもあるが、エアコンの売り上げが目標に達しない。会社の主力製品であり、かつ、成長製品のエアコンそのものの商品力をアップすることが、緊急かつ重要な課題となった。そのためには、製品の開発を担う製造部の設計を強化しなければならない」と所長は言うのだ。

「具体的には、製造設計に心臓部の圧縮機に精通している技術者が、どうしても必要であり、研究所から製造設計強化のため人材を出すことが、会社の方針となった。私は、風花君が最も適任だと自信をもって推薦したのですが、受け入れていただけませんか」というのである。

風花は、一瞬、頭の中が真っ白になり、思考がしばらく「ストップ」するほどの強いショックを受けた。しばらく時間が経過すると、「何で俺やねん」という怒りが、ふつふつと湧き上がってきた。滋賀工場には行きたくない、何とか避けられないか、という気持ちで頭の中がいっぱいとなり、強い憤りすら湧いてくる。

「負けてたまるか」と感情的に反発してみても、わずかに残っている理性でもって冷静に考えてみると、口惜しいことに転勤の社命にも一理あるのだ。

頭を冷やし考えてみれば、社員を転勤で異動させることは、労働組合が労使協議ですでに承認していることなのである。

それに対抗できるのは、転勤を撤回させられるような、説得力のある強力な反対の理由が必要なのだ。

所長には、納得できないという表情を隠さず、何点かの質問をしてから「考えさせてください」と月並みな返事をしておいた。

どんなに不満であったとしても、会社を納得させ、転勤を取り止めさせるには、それだけの理由（これはひどい！と、誰もが思うような転勤命令の問題点！）がなければ、過去の例から見て、不服であっても転勤を受け入れるほかはない。

それが嫌ならば会社を退職するしか道がない、これが、近畿電機で働く者のおかれている立場である。

「いっそ会社を辞めようか」とも考えてみたが、妻子を抱えており転職は、不安要素が大きくとても決断できない。風花は、国立のO大学を卒業して、定期採用で近畿電機に入社、研究所に配属されてから14年の間、のびのびと仕事をしてきた。

新入社員の頃から上司にも恵まれて、実績の上がるような好い仕事をさせてもらってきた。研究所の水は、自分にあっていたようで同僚より早く、リーダーになった。エアコンが伸びていくときに、熱交換器の研究開発を担当するなどで成果もあげてきた。研究所に愛着もある。それだけに去るのが口惜しいという想いがある。

しかし、転勤の打診を受けたからには、社命を跳ね返し、このまま研究所に残るという道は、どう頭をひねってみてもとうてい無さそうだ。受け入れるほかないとしても、この転勤を素直に受け入れるという考えに落ち着くはずもなく、あてどない堂々巡りの思考を繰り返していた。

電車を降りると早春の日暮れ時の風は、熱くなった頭を冷やすに十分であり、コートの襟を立てながら、この堂々巡りを一時中断して家路を急いだ。

隣近所の家々と同様の敷地に小さな庭のある風花良太の家は、駅から歩いて7分の新興住宅地にある。彼はいつものようにチャイムを押し、妻の裕子が扉を開けてくれるのを待ち「ただいま」と言ったのみで、真っ直ぐ彼の部屋に入り着替えをした。この転勤は、家族にとっても大事件である。

住み慣れたこの家を離れ、他県に移り住むかどうかを決めなければならない。風花は、妻にどう切り出すか思案したが、嫌な話は、早くケリをつけたほうが良いと思い、食卓につくと同時に彼女に話し始めた。

「今日、所長に4月から滋賀工場の設計へ転勤してくれと言われた」

彼女にとって、夢にすら見たことのなかった事が、突然、降って湧いてきたわけで、大きな目で夫の顔をみつめ「それ本当なの?」と聞き返し、自分の前に訪れようとしている大きな変化をすばやく感じ取り、「困ったことになった」と直感的に判断したのだろう。

「その話、断れないの?」

「そうやなあ、いろいろ考えてみたんやけど、健康上の問題とか、よんどころない家庭の事情などの理由がない限り、たとえ転勤を拒否しても受け入れてもらえず、社命としての内示が出されるだろう。内示が出れば、会社を辞めないかぎり転勤を受け入れざるを得ないのが、これまでの近畿電機のやり方なんだ。今回の件は、意向打診という形をとっているけれども無理だ！」

風花良太は、所長からこの話を聞いてから考え抜いたことを冷静に妻に話したが、彼女にはとうてい納得できない話である。彼女もこの地に根をおろし、安定した生活の礎を築き上げている。彼女は、暗い不安な表情で、夫を見つめ「私たち、どうすればいいの」と、問いかけた。

この夜、二人の間で交わされた会話は、夫の転勤によって引き起こされる、家庭内の数々の「困ること」を、どうするかという、切羽詰まった内容の話し合いになった。

彼らにとって好ましい解決策の見えない話し合いは、夜遅くまで続けられたが、この話し合いを何時まで続けたとしても、すぐに結論がでるというものでもないし、二人ともに重たい気分を胸に、改めて考えようということにし、ひとまず話を打ち切った。

風花裕子は、新聞をとりに玄関へ出て、夜明けの肌を刺す冷たい外気に当たったせいか、寝不足でボヤッとしていた頭がはっきりとしてきた。すると、夢のような感じだった夫の滋賀工場への転勤が、現実味を帯びて頭の中に広がってきた。

二人の子供たちの転校は、口では言い表わせないほど心配だし、家のローンは、あと19

年も残っており、どうすればいいのか。住み慣れた地域での友人との付き合いも難しくなる。そのうえ、親元からも遠く離れることになる。考えれば考えるほど嫌な気持ちになって、耐え難く気分が重くなってくる。

彼女にとって、良太と結婚して11年の間、平凡であるがこつこつと努力して、築き上げてきた暮らしの基盤、彼女にとって居心地の良い生活の場を失いたくないという想いが抑えようもなく湧き上がってくる。

「会社を辞めない限り転勤を受け入れざるを得ない」と夫は言うが、権利も尊重されておらず、家族の生活に何の配慮もなく、民主主義の今の社会でこんなことがあっていいはずがないと、彼女には思えた。夫はいつも夜遅くまで一生懸命働いてきたし、研究所での勤務成績だって良かったはずである。同期で最も早くリーダーになったし、昇給額も多かったと思う。彼女は、この夫の転勤の社命が、何かの間違いでないのかと、疑う。夫ともう1度話し合い、こんな理不尽な転勤を断ってもらうよう、改めて自分の意見を主張しようと思った。

風花家の土曜日の朝は、良太が会社の休みのため、いつもより30分だけ遅く動き始めた。いつもは、7時半に出勤するこの家の主は、昨夜おそくまで起きていたせいかまだ寝ており、二人の子供たちと裕子で食卓を囲んでいる。

長女の美奈は、10歳で新学期の4月から5年生。高学年になって身長も伸びたし、姉らしくかなりしっかりしてきた。次女の有香は、８歳で新学期には新3年生で、やっと学校に慣れてきたというところである。

二人の子供たちは、朝は強いほうでありにぎやかにしゃべりながら、食卓に出されたものを一つ残さず食べて、いつもどおり二人そろって歩いて5分ほどのところにある小学校に元気に登校していった。

裕子は子供たちが出かけるとすぐに後片付けに取り掛かるのだが、今日は座ったままで夫の転勤について、あらためてあれこれと考え始めた。この出来事は、彼女の気を滅入らせる、嫌なことであり、考えれば考えるほど、気持ちが落ち込んでくる。

彼女は、どうしても夫の転勤にともなって、滋賀県へ行く気になどなれない。会社に転勤を取り止めてもらえるよう、夫に話してもらおうとの思いを改めていっそう強くし、いつもどおり家事に取り掛かった。


風花良太は寝床に入っても、転勤のことが頭から離れず、明け方まで寝付けなかった。ようやく眠りに就いたが、夢にうなされハッと目が覚めると、家の中は外の光で明るくなっていた。家の中は静かである。

ぼんやりと「子供たちは学校か」と思い、「裕子はどうしたのだろう」と思いながら起き上がった。

今朝は、お役御免の目覚まし時計は8時を少し過ぎている。台所に入ると誰も居ないがキッチリ片付いて、自分の朝食がいつでも食べられるように用意されている。

急に空腹をおぼえて、まず朝食を取ろうと思いたち、ご飯をよそおい味噌汁とお茶を入れ、食事を始めた。食べながらも頭の中は、滋賀工場への転勤のことで満たされてくる。ただ、一晩眠ったことにより異常な興奮もおさまり、頭の中がかなり整理され、考える焦点がまとまってきた。

会社を辞めるという選択肢を採らない風花にとって、転勤そのものは、いろいろ抵抗したとしても、最終的に受け入れざるを得ない。しかしながら、不満な気持ちを自分の胸にしまって、会社に何も言わずに転勤を受け入れるべきでない。とりあえず、家族の強い反対のあることなど、家庭の問題を主として取り上げ、可能な限り抵抗してみよう。彼の抵抗に会社がどういうふうに応じてくるかを見て、それから、どう対処するか決めようと割り切ったことで、気分もかなり落ち着いてきた。

それにしても、今回の転勤命令は、風花良太に抑えきれないほどの「たいがいにしろ」という、大きな怒りを引き起こした。機嫌よく会社のために働いているものを、なんで行きたくもない部署へ無理やり異動させようとするのか、彼の心の中では、とうてい納得のできないことであった。

朝食を済ませ自分の部屋に入り、転勤に応じられない理由を思い出すままに書き留めておく。ローンの残っている家の処理のこと、子供の学校と教育の問題、両親のこと、妻の拒絶反応のこと、住み慣れた土地を離れること、今の仕事を続けたい意志の強くあることなどその項目は枚挙にいとまがない。

ただ、残念なことに、会社の転勤命令を跳ね返すような力を持つ、強い説得力があると確信のもてるものがない。とはいうものの、転勤を撤回させるまでにならないとしても、抵抗するには十分な理由がたくさんある。

こうしていると考えがまとまってきて、「やるだけやって、そのあとは、成り行きに任せよう」ということで、風花良太の気分も落ち着いてきた。そして、子供たちの帰りを待って家族そろって、久しぶりに住吉の実家に行ってみようと思い立った。

父にも転勤についての意見を聞いておきたいと思うし、忙しいことを言い訳に正月休みから、まだ訪問していないことでもあり、彼の生まれ育った実家に対しての懐かしさも湧いてきた。

住吉の祖父母の家を訪問することに、子供たちも素直にうなずき、午後3時に家族四人、車で家を出発した。道路も空いており車がすいすいと走り30分ほどで着いた。良太は、先頭に立って玄関を開けて「ただいま」と家の中に入る。今年62歳を迎えた母の愛子が満面に笑みをたたえ、孫のほうに向かって「美奈ちゃん、有香ちゃん、よう来たな」と出迎えた。

「おばあちゃん、こんにちは」と美奈と有香が元気な声で挨拶する。

良太はいつもどおりさっさと一人で居間に入った。居間は、息子が家族そろって帰ってくるということで、きれいに整理されており、炬燵《こたつ》のいつもの席に65歳になる父の道夫が座っていた。

「お父さんおじゃまします」

「ようきたな」

温かみはあるが至極簡単な挨拶を交わし、良太は父の前に座る。

父のほうは、続いて入ってくる孫の美奈と有香に、目を細くしてにこやかな笑顔を向けて「美奈ちゃん、有香ちゃん、いらっしゃい」と声をかける。

「おじいちゃん、こんにちは」と美奈と有香が元気な声で挨拶を交わす。

こうして、風花良太の一家は、彼の両親のもとにいつものように溶け込み、それぞれの席に落ち着き、話のほうも弾んでいった。

良太に会社から転勤命令のあったことに話が移ると、その転勤について、全員の関心が集中した。子供たちも初めて耳にすることであったが、もうすぐ5年生になる美奈は即座に「学校変わるの嫌や」と真っ先に言いきった。

有香のほうはそれほど強い意志の表現もなくどっちでもいいというか、あまりピンとこない様子だった。大人のほうも、子供たちの転校に対する不安、ローンの残っている家をどうするのか、さらに、家族のみんなが、それぞれに築き上げてきた生活とこだわりから生まれる想いがあって、誰からも賛成する意見など出なかった。

「あなた、そんな理不尽なこと、今の世の中であってならないと思うわ、はっきり断って取り止めてもらうわけにいかないの」と裕子が強い口調で想いを述べた。

その理不尽が会社では、労働者の利益を守るべき労働組合の活動によって合法的にまかり通っているのだ（配置転換そのものは、労使協議で既に決まっている！）。個人の小さな問題？など労働組合もほとんど無視するか、会社側に立って労働者を説得する側に回るのが実情である。

風花良太の滋賀工場への転勤は、１９８０年4月1日付けで社命として発令され、間違いなく現実のこととなるのだ。この事態を回避する術など誰にも考えられるはずもなく、この現実を受け容れるほかない。

よって、風花家の会話は、このつらい現実を受け容れて生きていくための、良太の父道夫のこの言葉を認めざるを得なかった。

「生きているかぎり、誰にも浮き沈みというか、嬉しいことにも辛いことにも遭うもんやで、そやから、辛くて苦しいことを我慢し乗り越えなあかんときが、必ずやってくるもんや、これに耐えて、打ち克っていくしか生きる道はないねん、とにかく、生き残るということが、いちばん大事なことやないか」と、自分は思う。

「ここは、じっと我慢の子か」と、良太がつぶやいた。

「そうや、おまえは技術者なんやから、育んできた技術を生かして働き続けられること、それが一番やねん、それさえできたら乗り越えていけるし、生きていけるん違うか、なにがあっても、自分の仕事に自信を持って努力していくことが大事やで、後になったら、あの時、我慢したことがよかったと思えるようになるんやで」

こうして、風花家の大黒柱、良太の転勤に対しては、不満であったとしても、受け容れるほかないことを（ただ、家族の誰もが不満であるけれども！）渋々ながら納得したのであった。

そうといっても、良太の転勤に伴って裕子と美奈が、滋賀県に転居するのを納得したということではない。裕子と美奈の心には、転居に大きな拒絶感が残っていることに変わりのない状態だ。ローンが残っているマイホームのこともあり、風花良太には依然として大きな難題が残ったままである。

研究所の環境グループは、リーダーの宮井の提案により、新町の焼肉店に集まって飲もうというだけの気軽で楽しい飲み会を開いて、日ごろ溜まっているストレスを発散させていた。

その気楽な飲み会での話の中心は、彼らのグループが、取り組むことになった新しい開発テーマであったが、自然と恒例の人事異動に関する噂話にも花を咲かせていた。研究所からも何名か、製造の設計などの技術部門へ転勤するらしいが、誰にその指名がかかっているか、などという噂話である。そのなかには、○○さんが所長に、△△さんが副所長にそれぞれ呼ばれて、なにやら深刻な話をしていたという、かなり信憑性のありそうな話も混じっていた。

山本伸彦は、今年の1月に営業から3年半ぶりに研究所に復帰して、環境グループに配属されたばかりの電気技術者である。山本は、愛媛県の工業高校を卒業し、定期採用で近畿電機に入社して22年目になる。彼は、これまで平均すると3年間隔で転勤を繰り返してきている。山本は、「電気技術者の不足を補うため」という理由で、営業へ転勤する前に所属していた研究所に、年初から戻ってきたばかりなので、転勤の対象にならないということで余裕をもってみんなの話を聞いていた。

山本は、過去の転勤についても、あれこれと想いだした。彼はこれまで何度か、上司の言葉を真に受けて、（上司はおそらく、彼等の希望的な考えか、あるいは、山本を納得させるための、苦し紛れの発言をした）身の程知らずの大きな期待に胸を膨らませて転勤したこともあった。しかし、転勤先で大きな失望を抱いたことが1度ならずあった。

会社の人事が行う社員の配置転換は、その部署の頭数を要求どおりに揃えることのみと思える。

一兵卒の配転など誰を何処へ配置し、どんな仕事を与えるか、あるいは、本人にとってプラスになるかどうかは、当たり前のことかも知れないが、本人の所属する所属長の考えることであって、配転先や人事の関せぬことである。

転勤に応じた兵隊たちが、どういう状態に陥るかなどということは、送り出す上司が十分に考慮しておくべきだと思うのだが、そうでない場合が圧倒的に多いのが現状である。ただ、この会社において、転勤を断ることは、誰が見ても明らかに不適当と思える理由がない限り不可能である。

山本は、3年半前に営業への配転を「仕事の内容が技術から営業に変わることが納得できない」と、とことん抵抗した。最終的には、会社の労使で構成する苦情処理委員会に訴え出たが、案じていたとおり、公平な委員会であるはずもない。労働者の代表であるはずの委員（組合幹部）も会社の方針を後押しするだけであり、何の力にもなってもらえず敗れたという、忘れることのできない苦い経験をもっている。

「宮井さん、転勤の噂がありますがどういうことなんですか」と、グループで最も若い若杉がリーダーの宮井に質問を浴びせた。

「詳しいことは知らんが会社の方針として、エアコンの売り上げが伸びないから、商品の競争力を上げようということで、設計を強化するということも含まれているみたいや」

「研究所からも誰か設計に行くことになるんですか」

「誰が行くという具体的なことは、まだ、自分らには、知らされていないからわからんけど、多分、誰か行くことになるんと違うかな」

同僚の転勤という人事に関する噂話は、誰もが高い関心を抱くことで、話は盛り上がった。ただ、この夜は、人事異動の詳しい中味を誰一人知っておらず、大部分の話は、根拠に乏しい噂話をあれこれ語っているに過ぎなかった。

反面、環境グループの仕事に関しては、これまで各人が個々に担当していたテーマを中断して、全員で取り組むことになった。新しい大きなテーマは、ガスエンジン駆動ヒートポンプ空調&給湯用システム（GHPシステム）と決まり、力をあわせて取り掛かり始めたところである。

新しいテーマには、未知のものに相対する恐れや不安を超えて、新しいものに挑戦する魅力というか、マンネリが打ち破れる新鮮な気分というか、希望というか、何かしら盛り上がるものがあって、活力がみなぎってくるところがある。そのGHPの話のほうは、アルコールの勢いもあって、久しぶりに、誰もが興奮気味に発言しおおいに盛り上がり活気あふれる時を過ごしていた。

森川たち研究所の野球愛好者は、春とは名ばかりの寒い朝、9時を少し過ぎる頃からバラバラとグランドに集まってきた。大学の野球部で活躍した経験の持ち主である森川を中心に、山本たち昼の休憩時間にキャッチボールやフリーバッティングなどで遊んでいたのが、とうとう野球の試合をしようというところまで発展してきたのである。

今日の対戦相手は、製造1課で強いと評判のチームである。研究所チームは、まだユニフォームを作るところまでに至っておらず、各々が持っているバラバラのユニフォームやトレーニングウェアにめいめいが着替えて、キャッチボールなど始めている。

試合は10時にプレイボールとなり、強豪相手に研究所チームが善戦したが、3対8で12時前に実力どおり製造1課チームの勝利で幕を降ろした。

山本や森川たち野球の試合に参加した有志八名は、野球が終わると近くの食堂へ集まり、ランチで宴会を開くことになった。彼らにとってこれも大きな楽しみなのだ。仲間が集まって飲むビール、運動後は格別である。ビールと料理を各自が思い思いに注文し、ビールが出てくると、早速、乾杯。

このあとの話の弾みかたと言えば、みんなまるで子供に戻ったようだ。お互いの活躍をたたえたり、凡プレーにチェックを入れたり、珍プレーを笑いの種にしたり、今日の試合の話題も豊富である。さらに、みんながリラックスしビールで口も滑らかになり、あらゆる話が飛び出してきた。研究所で噂になっている、人事異動のことも、当然、大きな話題となった。森川の情報によると異動の意向打診を受けているのは、風花リーダー他四名とのことであった。

その森川の情報のなかでその場のみんなが、特別に大きな関心を抱いたのは、風花の転勤であった。風花は、これまでのところ研究所内で期待されており、自他共に認める管理職への昇進候補の一番手である。その彼が転出することに対する驚きの声と、その原因を詮索する発言が何人からも挙がった。

その発言を集約させると、誰もが一致するところ「風花さんは、新しい所長と肌が合わない」ということであった。

宴会もお開きとなり、山本は、みんなと別れ、「なんば」行きの電車に乗るため、一人で駅に向かった。時折吹いてくる風は、まだ冷たいが、明るい光は、春を感じさせる。山本は、会社から駅に抜ける団地内の道路を風花良太の運命に想いをめぐらしながら、駅に向かって歩いた。

山本は、淀川工場に入社して18年間在籍の後、営業に転勤となり3年半の営業を経て、今年の初めに淀川の研究所に戻ってきたが、すぐに担当する業務の関係でグループ全体がこちらの研究所に転勤してきたのだ。住居は、みんなと離れた京都府内にあり、帰りはいつも一人である。

風花は、入社して14年、研究部から研究所に発展し名称は変わったが、ずっと同じ部署といえる職場に在籍し、出世競争を含めて先頭を走ってきた。同僚の話などによれば風花は、新しい所長と少し意見の合わないところもあったようだが、新たな苦難の道を歩むことになろうとしている。会社勤めの常とはいえ、彼の不運というか不幸に同情せざるを得ない。

山本は、所長と風花の間に、何があったのか知らないが、同僚から聞いている風花は、入社して以来、同じ職場に在籍し、自由にのびのびと働いてきたようである。彼はどちらかと言うと楽天的な性格であり、自分の意見をストレートに主張するタイプのようである。彼は、その意見が新しい所長と異なっても、さほど気にしなかったと思う。しかし、所長との意見の違いが多いということは、意見が違っても気にしない風花の考えと異なり、上司によっては、彼の評価を大きく左右することがある。

そのうえ、山本は、風花の配転先である滋賀工場の難しさを、交流のあった人たちから聞いたところによれば、「滋賀工場は排他的である」とか、「自分たちだけで勝手に進める」など、転入者にとって難しい面が多いところと聞いている。研究所一筋の風花が滋賀の人たちの中で仕事を進めていくことは、山本の想像では苦難の道となることが、かなり高い確率で起こりうる恐れがあると思われた。

ホームの売店で缶ビールと弁当を買って、まもなく発車する新大阪行きの新幹線に乗車した岡田は、指定の席を見つけゆっくりと腰を下ろした。これから3時間、車内に閉じ込められるのは、少々気の重いところもあるが、仕事を終えたという、開放感のほうが大きく爽やかな好い気分である。

しかも、運のいいことに隣の通路側は、まだ空席である。土曜日であるがまだ観光シーズンに入っておらず、車内にはかなり空席も見られる。彼は、新聞に目を通していたが、発車してすぐに隣の空席をいいことに遠慮なく、買ったばかりの弁当を取り出し、缶ビールを飲みながら食べ始めた。彼にとって東京出張は、１年ぶりのことである。

自分の仕事にとって必要だと思われる講演会などを見つけて、上司の承認を得て自らの能力を向上させるため、年に１、２回は、東京へ出張すること、それが岡田の自らに課したノルマである。彼は、こうしないと時代に取り残されることになるという強い危機感を持っていた。岡田は、このことによって新たな知見を得るとともに刺激を受け、仕事への活力も注入され、会社に対しても貢献できていると自負している。

今回もコンピュータを活用して、構造物の強度解析をより深くかつ速く効果的に、すすめるうえでの大きなヒントを得ることができて満足している。彼の頭の中には、ビールのせいもあるが、彼の発想による新たな仕事の展開に、描いていた夢を発展させる内容で満ち溢れてきた。隣の席は、名古屋を過ぎるまで空席のようだ。

彼は、ビールをもう１本飲むこととし、車内販売の缶ビールを買い車窓から明かりの目立つようになった流れゆく景色を眺めながら、新たに思いついた仕事の展開を頭のなかでいろいろと発展させてみた。その考えというのは、現在、研究所のミニコンを業務に活用しているのは、一部の技術計算のみであるが、その範囲を大きく広げるという考えである。コンピュータの能力は、計算のみにあらず。コンピュータの記憶力は、無限といえ、その両方を活用して業務を支援することが、彼の新たな思いつきであった。そうすれば応用範囲が広くなり、多くの部門に彼の仕事を展開させることができる。

考えていけばいくほど、ますます夢が大きく膨らみ、発展を続けて、思いついた仕事がどんどん独り歩きを始めていった。こうして岡田は、アルコールのせいもあるが、満ち足りた気分で、誰もが苦痛に思う新幹線での3時間を気分よく過ごした。

風花良太は、朝から所長の仕事の様子をチラチラと眺めながら、仕事の落ち着くのを待っていた。11時を過ぎて、やっと急ぐ用事が片付いたようなところを見計らって、所長の前に立った。所長も、彼の姿を見て待っていたごとく「やあー」といって、目で促して会議室に入っていった。風花も所長の後に続き、広い会議室の奥の席に座った。所長に続いて、その前の椅子に少し間をおいて腰を下ろす。二人の間にはピンと張り詰めた空気が漂った。

所長が、穏やかな態度で「ご家族と相談されましたか」と口を開いた。この問いかけに、風花は冷静な口調で答えた。

「家族の意見は、妻も子供も反対です。ローンの残っている家をどうするのか、子供も学校を変わりたくないといってます。妻も自分の生活を変えたくないということで、家族には、まだ何も納得してもらっておりません」

所長は、少し間をおいて「持家のほうは、会社が借り上げる制度もありますが、どうですか」と彼の顔を見つめながら問いかける。

「はあ、会社の借り上げを利用したくないと妻が言うもんで」と答える。

「借り上げた住宅は、部課長の社宅として使用していますから、小さい子もおらずきれいに使われ、傷めたりすることがないと聞いています。必要になれば、すぐに返すことができますし、奥さんが心配されるようなことは、何もないと思いますが」と所長が切り返してきた。

「妻の嫌がるのは、家が傷むとかいうことだけでなく、感情的というか、気持ちの問題もあるようです。近所の友達や親元から離れるのも嫌なことなんだと思います」と風花も応酬する。

「奥さんの気持ちもわかりますが、移ってみればまた気分も変わり落ち着いてくると思われます。会社としては、商品の力をつけるため設計の強化が、緊急な課題になっており、私もつらいところですが、会社あっての我々であり、これは、どうしようもないことなんです」と早くも、風花を転勤させるための、強硬な姿勢ものぞかせてきた。

「会社の方針はわかりますが、技術者は他にたくさんいますし、条件の悪いものを無理やり異動させることもないと思うんですが……」

表面上は互いに冷静を装うものの、内面で激しく火花を散らす。二人の間のやりとりは、昼の休憩に食い込むまで続けられた。この日は、風花もいっさい折れることなく、もう少し考えてから改めて話し合うこととなった。

今にも雨が降ってきそうな重苦しい雲が空を覆っているうっとうしい天気である。風花裕子は、友人たちとテニスを楽しんでいた。彼女たちの仲間は、スポーツの競技年齢から見ると、全盛期をかなり前に過ぎているようにみえるが必死でテニスボールを追っていた。彼女たち六人のグループは、月に2回、このテニスコートに集まり、仲間と練習に近い試合を7年間も続けている。大会に出場して成績をあげることを目標としていないが、こんなに長く続くグループも珍しい。

それは、ここに来れば適度な運動もできるし、何よりも気楽で楽しく健康的で満ち足りた時間を過ごすことができるからだ。彼女たちは、この親善試合を終えた後に、少しだけアルコールの入る昼食会を恒例にしている。

久しぶりに大衆的な中華料理店に入り、いつものように畳の席に座り込み、めいめいが手際よくビールと料理を注文。時を置かず、にぎやかな会話が始まる。そのうちビールが出てきて乾杯、さらに話が盛り上がる。

裕子は、会話の合間を見つけて、夫が滋賀県へ転勤するよう会社の意向打診を受けて悩んでいることを打ち明けた。みんなからは、温かい思いやりの感じられる意見がたくさん出てきた。裕子は、その中で洋子と有希子のアドバイスに心を動かされた。

「会社で転勤の打診があったときに断れば、昇進等にも影響するし、1度話が出たら取り止めになることが無いと思われるから、単身赴任が最も良い対処方法でないか」というアドバイスである。

「1度転勤すると、何年か経ってから、再び転勤することもあり得る」「子供さんが転校でいじめに遭うとか、学校になじめないなどの心配もある、再び転勤ともなれば、子供さんの教育にとってもさらに心配が増える、だから単身赴任が良いと思う」「近畿電機のような大きな会社では、制度も整っており、一時帰宅もできるし、住むところも完備されていると思われる」と、いうのだ。

その意見を聞き、裕子の頭の中には、転勤を断れないのならば、夫の良太に単身赴任をしてもらうということも、新たな選択肢の一つとなるんではないか（これまで全く考えたことのなかった選択肢であるが）と、彼女の頭の中に芽生えてきた。


風花良太は、終業チャイムとともに帰宅の準備をはじめ2分後には、職場を離れて、ロッカーに向かっていた。こんなに早く帰宅するのは、入社してから数えるほどしかなく、次女の有香が生まれたときの記憶しかない。

早く帰るのは「清々しい好い気分だなあ」と思いながら、ロッカーで着替えていると山本がやってきて、「早く帰るのは気分が好いですね」と話しかけてきた。山本も着替えながら「風花さんちょっと一杯どうですか」と誘いの声をかけてきた。

彼は、一瞬迷ったが、山本の誘いにも魅力があり「いいですよ」と答える。

風花が着替えを終えると時を移さず山本も着替えを終え、二人並んで入退場門に向かって歩き始めた。

「白鳥駅前でいいですか」と山本に飲み会の行先を聞かれ、風花の乗車駅から少し遠くなるが、「いいですよ」と風花が応じ行先も簡単に決まる。

白鳥駅前には、2軒の居酒屋があるが、どちらも風花の入ったことのある庶民的で気軽に入れる店である。二人は、駅から離れたほうの店に入るとカウンターに座り、ビールとおでんを注文すると即座に出てくる。とりあえず、お互いのコップにビールを注いで、乾杯し一気に飲み干す。

二杯目のビールをコップに注ぎあいながら、二人の間には、いままでより親近感が生まれてきて会話がスムーズになってきた。

「風花さん、滋賀工場に転勤ですか」と山本が話の口火を切る。

「そうなんです、別に、行きとうないんやけど指名がかかってしもうたんです」

「風花さんを出すなんてどうかしてると思いますけど、やっぱり、藤井所長の方針なんですかね」

「よくわからないんですが、会社の方針としては、製造設計を強化し、商品力を向上させることが必要」と所長が言ってました。二人は、ビールを酌み交わしながら滞ることなく会話を続けた。

「奥さんや子供さんのご意見は、どうなんですか」

「家内と上の娘は反対ですねん」

「転勤される方の多くが、子供さんが中学生くらいになられると、奥さんと子供さんの反対で単身赴任されてますね」

「会社に転勤を取り止めさせられるような強い反対の理由は無いんやけど、転勤によって困ることを数え上げると山ほどありますねん」

「そうでしょうね」

「家を離れることを嫌がっている女房と子供、ローンの残っている家をどうするか、頭の痛いことばっかりです」

「近畿電機で働く者にとって、転勤するときは、みんな同じですね」

「ほんとに、かないませんわ」

「奥さんの実家も大阪なんでしょう」

「そうです、そやからよけいに嫌がるんや思います」

二人だけでは、話をしたことのなかった風花と山本であったが、徐々に話が核心に触れてきた。

「風花さん、会社から転勤の意向打診があったからには、意に沿わなくても滋賀工場へ行くほかないと思います。いくら反対しても、うちの会社では、組合も一緒になって転勤させる側に立つんですからどうにもなりません。ただ、転勤にあたっての要望は、どんなことでも、たとえ小さなことでも、全て要求しないといけませんね」

山本は、風花を思いやる気持ちから彼の淀川工場時代の経験を語った。とことん抵抗しても現状では、孤軍奮闘となり刀折れ矢尽き敗れ去ることが見えており、風花の将来にとって決してプラスにならないとの確信があった。

「そのことは、よくわかってますねん」

「会社で勤めていくには、なによりも忍耐が大事だと思います、特に滋賀工場では、そうだと思いますね」

「そうかも知れませんなあ」

「風花さん、単身赴任されたら良いんじゃないですか、滋賀工場まで混んでいなければ車で2時間ほどです。月曜の朝、お宅から朝早く出発して滋賀工場に出勤し、金曜の夜、家に帰るようにすればいいんですよ」

「はー、そうですねー」風花は今まで頭の中になかったことを指摘され、あいまいな返事をした。

「単身赴任には、月に1回の帰宅手当てが出るし、月曜日か週末に、月1回くらいこちらの仕事で出張すれば、旅費が出るので帰宅のための費用にお釣りが出るくらいだと思われますから、暮らしに響かないんと違いますか」

「今まで考えたこと無かったんですけど、そういう考えもありますね」

「滋賀工場には、３ＤＫの社宅に余裕があると思うし、社宅の近くにいろんな店もあって、単身赴任もそんなに不便じゃないと思います」

「そりゃー、1度、ゆっくり考えないとあきませんね」と風花。山本の単身赴任の提案に、心をかなり大きく動かされた。


若さゆえかひときわ華やかさの感じられる二人の女性が、にこやかに談笑しながら駅に向かって歩んでいる。チャコールレッドのコートを着ているほうが森山真理子、K短大を卒業し入社して2年、研究所の庶務を担当している。一方、白いコートがよく似合っている白井美由紀は、P短大を卒業し、森山と同期入社で設計部に所属し、資料作成を担当している。二人ともに22歳。

この二人は、一緒に行動することが多い。これから電車で難波に出て、デパートにショッピングに向かおうとしている。若い彼女たちにとって曜日に関係なく、一緒に行動する友達さえあれば何時でも好い日である。

「4月1日付けの大きな人事異動があるようやね」と森山が話しかけた。

「そうみたいね。うちからも淀川工場の設計や本社の営業に何人か行くみたい」

「そう、研究所も風花リーダーが滋賀工場の設計へ行くみたいやし、あと何人か動くみたいよ」

「男の人は大変なんや」

「そう、風花さんなんか行きたくないみたいやねん」

「会社から異動の話が出されたら絶対、行かなあかんのでしょ」

「うん、そうみたいやねん。山本さんの話では、苦情処理委員会にかけても、組合幹部が、会社側につくからどうしようもないんやて」

「そうなんやー」

「ところで、美由紀、桜が咲いたら花見に行かへんか」

「うん、ええなあ、どこへ行く」

「京都へ行かへん、円山公園か嵐山へ行きたいねん」

「それええ考えやなー、たまには京都へも行ってみたいなー、そうしよう。真理子、計画のほう頼む」

「うん、行く日も含め気に留めて考えとくわ」

「電気やガスが５割も値上げになるんやて、かなわんなー」

「そうなんや。どないなってるんやろ、野菜はメチャ高いし、お給料のほうもドーンと上がってほしいねー」

「そやけど春闘もようわからんわ。要求額のほうは、獲れる額やゆうて低う抑えてるんやから、一回ぐらい満額回答が出てもいいいん違う？」

「ほんまやなー」二人の話は切れ目なく続いていく。

電車で難波に出て今日は、駅に続くデパートを回ることにしている。デパートに入ると、真っ先に婦人服売り場に直行した。二人ともこの前に見て迷っていた春物の服をどうするか決めるつもりである。

白井美由紀は、この前に見た時に、気にいっていたものが残っていたら、買っておこうと心のなかで決めている。別に春物衣装が足りないわけでもないが、ちょっとだけ気にいっている。彼女は、自分の気にいった衣類は、機会ある度に手に入れており、何処へ出かけるにしても身に着けるもので困るようなことがない。

一方、森山真理子のほうは、もう1度見てからどうするか決めようとしている。納得できなければ、他を探そうかとまだ迷っているが、彼女としては、通勤に着られる春物が足りないので、もう一着、なんとか揃えておきたいのである。

2時間残業の終了を知らすチャイムが鳴り始めると同時に、若杉は、静かにそして素早く片づけをすませて、ロッカーへ早足に向かった。大学時代の友人が来阪し、8時に難波で落ち合うことになっており、それに間に合うように電車に乗らなければならない。小走りに駅の階段を駆け下りて、目的の電車にやっとの思いで飛び乗りホッと一息つくと、目の前に一杯入って顔が少し赤くなっている山本が座っていた。

「おう、若杉君、えらい急いでるやないか」

「あー、山本さん、どないしたんですか」

「うん、ちょっと一杯やってたんやけど、君こそどないしたんや、そんなに急いで」

「難波で友達と8時に待ち合わせてますねん。この電車でもぎりぎりですけど」

「ほんまやなあ、次の電車では間に合わんなあ」

「山本さんかて、こんなところで飲んでるなんて珍しいやないですか、なんかあったんですか」

「いやー、風花さんと会ったから、ちょっと一杯やってたんや」

「風花さん、やっぱり滋賀工場へ転勤なんですか」

「うん、そうや、行かにゃしゃあないやろう、所長も無茶しよるで」

「そうですね、自分らも何でやねんと思いますけど」

「そうなんや、こういうのが会社の一番嫌なところやねん、気いよう働いているもんをいきなり物みたいに、あっちやったり、こっちやったりしよるんや、まじめに考えとったらやっとられへんで、風花さんなんか研究所にとって、なくてはならん人やったん違うんか」

「そうです、僕らが入社したときからずっとリーダーでバリバリ活躍してました、この話聞いたとき、誰かかついでるん違うか思いました」

「そうやろ、そんなことを平気でするんが会社や。一生懸命働いているもんにとってはたまったもんやないで、そういう中で生きていくということは難しことやで、若杉君にもいずれわかるときがくると思うけど」

　話に熱が入るとなんば駅には、あっという間に到着した。人の流れに沿って改札口を出た。地下鉄乗り場へ向かう山本と簡単な挨拶を交わして別れた若杉は友人との待ち合わせ場所に急いだ。

　山本のほうは、帰るため地下鉄の乗り場にゆったりと歩く。彼の通勤コースは、この後、地下鉄で淀屋橋に出てから京阪電車に乗り換えとなる。片道で1時間半ほどの通勤時間である。山本は堺工場に転勤となったものの、通勤時間が淀川工場と差がないため、同じように家から通勤しているのだ。

アルコールでファーっとした気分の中でも風花良太は、転勤にどう対処するかについて、これまでのことを振り返りながら改めてあれこれと考えていた。

仕事については、グループの中心となっているテーマの新型圧縮機の開発では、騒音と耐久性の改善が進まず苦労しているが、まだギブアップというわけでない。風花の考えでは、これからと思っている。風花の転勤で新型圧縮機の開発に、支障が生まれるだろうが、そのことで反対しても、どうしようもないことだ。研究テーマの選択は、会社からどのような指示があっても従うほかない。

持ち家と家族などの問題については、彼の転勤を左右するほどの理由となりえないことが明らかだ。そこまで考えを進めると、転勤を受け入れざるを得ない。転勤を受け入れるとなれば、山本に勧められた単身赴任ということも、選ぶべき道の一つだ。これは、妻の裕子に相談してみるほかない。彼女の意見を聞いて決めるのが最も良いことである。

平日の風花家の夕食は、子供たちと妻の裕子が7時前に済ませ、主の良太が帰宅すれば彼が一人で食卓に向かうのが常である。裕子や子供たちが良太に話のあるときは、食事中の彼の前に陣取ることになっている。

少しアルコールが入っているが食べるという夫のために食事の世話をしながら、裕子は、彼の前に座り日常の細かなことから話しを始めた。話が一区切りしたところで、良太のほうから転勤の話を切り出した。

「滋賀工場への転勤、受けるほかないよ。所長に家のローンの問題や家族のみんなが転居を嫌がっていることなど話してみたが、転勤そのものの変更は、会社として全く考えられないことだ」

「そう、どうしても滋賀へ行かないとあかんの」

「そうや、ただ、家族そろって行くかどうか。それは、別やけどなー。つまり、単身赴任もあるということや。俺一人が行く単身赴任というのは、どうやろ」

「そのことなんやけど、テニスのとき、みんなに相談してみたら、洋子と有希子に単身赴任がいいんじゃないと言われたわ、週末は帰ってこれるんでしょう」

「うん、山本さんの話によると、車で通勤すれば2時間ほどやし、帰宅の交通費は、会社から月1回分だけ支給されるらしい。もし、週の初めか週末に出張になれば出張旅費が出るから、毎週、車で通勤しても距離が近いから、行き来のためのガソリン代は、全く負担にならんようや」

「住むところなんかどうなるの」

「3DKの社宅が使えるみたいや。細かいことは、明日、会社で聞いてみようと思っている。何にしても、会社に単身赴任について聞いてから決めようと思っているが、それでいいだろう」

「そうね、そうしていただくと気分がずっと楽になるわ！」

風花良太、裕子夫婦の間では、転勤に対し不安や不満もあるが、単身赴任にともなう条件さえ納得できれば、夫の良太が単身赴任とすることに決めたことで、ようやく気持ちも落ち着いた。

第2章　単身赴任

近畿電機堺工場の始業時間は8時30分である。南海電車白鳥駅8時前後に到着する電車は、近畿電機の多くの社員が下車し会社に向かう。白鳥駅から近畿電機堺工場の正門まで約5分だ。途中団地を横切るため、団地にできるだけ迷惑をかけないように複雑な道すじとなっている。山本はいつも8時14分着の光明寺行きを利用している。

次の電車になると会社の正門を通過するのがやっとで、始業開始時の朝礼に間に合わない。その電車でも遅刻になるわけでないが、最近では、朝礼に出席することが義務のごとくなっており、この電車が事実上、遅刻せずに済む最終電車である。

また、職場の最近の状況は、毎日、朝礼に出席せずに許される環境でない。よって最終となる8時24分着の電車を利用する者はいない。山本の利用している電車も、朝礼にギリギリ間に合う時間なので利用者は少なく、近畿電機社員の出勤のピークは8時頃である。山本は、早い時間の電車で通勤する気はさらさらもっておらず、今日もいつもどおりの電車に乗っていた。

急行から乗り換えたときには、到着して降りるときのことを考えて、入り口に近い席に座って窓の外を見やっていると、国鉄から乗り換えの三国丘駅で珍しくも設計の白井美由紀が彼の前に乗車してきた。山本にとって白井美由紀は、森山真理子の友達ということでちょっとした顔見知りにすぎない。

山本は、若くて華やかな雰囲気のある彼女に一瞬たじろいだが、彼女と話をすることのできるせっかくのチャンスを逃がしてならぬという気を奮い起こして「白井さん今日は遅いですね」とすぐに声をかけた。

彼女はちょっと驚いたようであったが、山本の顔を見てすぐに「あら、山本さん」とにこやかな笑顔で応じた。

「いつも早かったんじゃないですか。今日はどうされたんですか」

「何もないんですけど、昨夜、森山さんのショッピングに付き合い、帰宅が12時になってしまい、つい、朝寝坊してしまったんです」

「そんなに遅くに何を買われたんですか」

彼女は笑いながら「いいえ、私は何も買わなかったんですけど、あとでお茶したりして、つい遅くなってしまったんですよ」

「そりゃー、良かったじゃないですか、楽しい時間が過ごせて」

「そうなんです。真理子と気があうのか、二人で話しているとつい時間を忘れてしまうんです」

電車はあっという間に白鳥駅に着く。並んで階段を上り改札口を出て、今度は階段を下りて近畿電機への道を話しながら進んだ。

ただの顔見知りに過ぎず、年の差もある男と女であるにかかわらず、何か話の波長が合い乗ってきたという感じであり、二人とも周りを気にせず話に集中していた。

「設計も誰か転勤になるんですか」と山本が美由紀に聞いた。

「そういう噂はありますけど、私には、はっきりしたことは何もわからないんです。噂によると営業や茨木工場に転勤する方がおられるようですけど」

「そうですね。僕も噂でしか知らないんやけど、今回もかなり大きな異動があるみたいですね。自分の意志に反した転勤は、本当に嫌なことなんやけど、こんどもなんぼかあると思いますよ、サラリーマンの宿命とはいえ、なんとかならんもんかと、大きな異動のある度に思います」

「男の人は大変ですね、転勤の命令が出れば断れないんでしょう」

「そのとおりです」と、転勤の意向打診があってから、取り止めになることが、近畿電機においては、稀だという現実を知っている山本は、そう言い切った。

風花は、就業前の朝礼が終わると、すぐに所長の前に立った。彼の顔を見ると所長も心得たもので、会議室へ彼を案内した。

向かい合って座ると同時に、所長が「どうでしょうか、会社の方針については納得していただけましたか」と切り出した。

風花は、「どうしても転勤しなければならないとなれば、単身赴任でお願いしようかと考えているんですが……」

所長は「それが好いかも知れません、早速、労務の近藤課長に電話しておくので細かいところは、労務に聞いて確認してください」と穏やかに答えて、すぐに電話をかけに席を立ち受話器を取った。

振り返って風花に向かって、「午前中なら何時でも近藤課長が説明してくれるそうですが、よろしいですか」と聞く。

風花にも異存がなく「はい」と答えた。

こうして、単身赴任の規定などについて労務の話を聞くために、労務の近藤課長に会うことになった。近藤労務課長からは、単身赴任中の住まいとか、単身赴任にかかる費用や支給される手当てなどについて懇切丁寧な説明があった。

「車で滋賀工場に行くとどうなるんですか」と風花が聞く。

「会社は、車で移動することを正式には認めておりませんが、出張などの場合、社員の利便性とかを考慮し、公共交通機関での交通費を支払うことで、日常の運転と同じように、自己責任での車の利用を黙認しています」

「それは、滋賀工場へ毎週、車で通勤しても良いということですね」

「仕事上の許可ということでなく、先ほど申し上げたように車の使用は、自己責任となりますので、事故など起こさないよう安全運転に注意してください」

「社宅から滋賀工場へ、車で通勤できるんですか」

「もちろん、それは可能です、転勤が決まれば、滋賀工場の労務に風花さんが、車で通勤できるよう駐車場を手配します」

風花は、その他の細部にわたり出向の労働条件について確認した。その夜、妻の裕子とその条件について検討したが、家族は、これまでどおりの生活を続けられ、毎週末、帰宅できるということであり、単身赴任ならば我慢できる。したがって、転勤を断れるような理由もないことだし、滋賀工場への転勤を単身赴任で承諾することにした。

　転勤するとなれば、仕事の残務処理や転居の準備など忙しい日々を送らねばならない。風花は、研究所に対する未練に浸っている間もなく、あわただしく転勤の準備をすすめることになった。

第3章　試行錯誤

研究所環境グループの新しいテーマのガスエンジンヒートポンプ（ＧＨＰ）システムの試作品を製作し、東都ガスにその試作機を納入することが決まった。その試作機は、東都ガスの食堂に設置し、実用に向けたテスト運転を行うということである。山本たちのグループの日常が、劇的に慌しくなってきた。

このＧＨＰシステム（ガスエンジンでコンプレッサーを駆動しヒートポンプサイクルによって冷暖房を行うシステム）は、20馬力のガスエンジンに圧縮機を直結し、４台の業務用の商品で生産している5馬力の室内機を組み込んで東都ガス研究所の食堂に設置し、冷暖房と給湯のマルチシステムとして、実用運転を行うのである。

彼らのグループはもとより、研究所においても誰一人として、モーターの替わりとなるガスエンジンは、見たことすらない。しかも、業務用のマルチシステムは、未だ世の中で商品化されていない。試験用といえ、彼らにとって未知のガスエンジンを駆動源とした業務用マルチシステムを東都ガスの費用で製作し、東都ガスの食堂で実用の運転を行うもので、決して気楽なことでなく大変な仕事といえる。山本はそのＧＨＰシステムの電気制御を担当するということであるが、ガスエンジンそのものが全くわからないため、いまのところ雲をつかむような話である。

山本たちは、これまで経験のない新しい仕事に取り組むことに対する不安もあるが、反面、新しいものに取り組む意欲というか活力も湧いてきて、気分もかえって高まってきており、気持ちも前向きなものとなっている。

併せてこの話を持ってきた南田副所長は、その辺の事情をよく把握しており、タイミングよくグループ全員で出張して、ガスエンジンの販売元となっているＮ社と東都ガスの研究所の見学も兼ねた打ち合わせのための出張を指示した。そのことにより、グループ全体としては、未知のことに挑戦しようとする気分も高まり、活気あふれるグループの状態が生まれている。

風花良太の送別会は、月末の金曜日に堺市中心街の料理店で夕方６時半から開催された。当然のことながらよんどころない事情のある極少数の人を除いて、多くの人が出席して彼を研究所から送り出すことになった。

風花もすっかり新しい職場に向かう心構えを整えているようで、「永住できるようがんばる」と挨拶した。このような席では、いつも表向きの話ばかりで、よほどのことがない限り本音については、何もわからないものだ。風花の胸のうちなど大部分の出席者にとって推し量ることなどできない。外から見れば、風花良太は、円満に何の苦情もなく、研究所から滋賀工場製造部設計課に転勤となった。

転勤となれば、仕事の引継ぎや単身赴任といえども転居の準備も必要でかなりの時間を費やさねばならない。日用品、家具や冷蔵庫などの電気製品を新たに用意しなければならず、さらに、書籍や日常生活に必要な身の回りの品物も持って行かねばならない。その整理と調達もそれなりに大変である。日用品の調達は、良太の意向を聞きながら、妻の裕子が一手に引き受けて取り揃えていった。転勤の内示が出て3日後の木曜日には、取り揃えた荷物を持って社宅を訪問し、転居のための準備をすることにした。

単身赴任で良太が暮らすことになる社宅は、5階建て鉄筋住宅の3階、公団サイズの3DKの部屋である。一人で住むには十分な広さであり、5分も歩けば何軒かの飲食店がある。会社まで車で5分、バスの通勤でも10分もかからず、働くことに限れば、便利な立地である。

風花夫婦は、引越しの荷物の送りだしを両親に委託して、朝早くに3DKに向かい部屋の清掃を完璧に行って荷物の到着を待つことにしている。部屋の清掃といっても二人ですれば、荷物を置いてない狭い3DKであり、昼前に余裕を持って全て終えることができた。引越しの荷物の到着は、午後2時頃の予定、時間が十分あるので二人で食事に出かけることにした。

「少し早いけど食事に行こうか、何がいい？」と良太が問いかける。

「何でもいいわ」と裕子。

その返事を聞くと「とにかく出ようか」と外出の準備をはじめる。

社宅を出ると歩いて2分ほどで国道に出る。そして、駅の方角に向かって少し歩くと、両側にポツポツと飲食店などがある。

「ラーメンでも食べようか」

「そうしましょう」と彼女がうなずいて二人は、中華料理店で簡単な昼食を済ませた。

引越し業者がその部屋に搬入した荷物の整理も、二人で片付ければさほど時間もかからなかった。こうして風花の単身赴任の住まいは、いつでも生活できる状態になった。

「これで、来週から一人で住めるわね」と妻の裕子がしみじみと言う。

「うん、月曜日からなんとか暮らしていけそうだ」

「これからどうする、もう帰る」と裕子。

「うん、帰ろうか」と返答して、夫が単身赴任で暮らす住居を後にし、子供たちの待つ我が家に帰ることにする。

こうして風花は、すっきりと納得できていないもやもやとした気持ちを吹っ切り、４月１日付けで赴任できる準備をすべて整えた。

新しい赴任先の仕事については、内容すらわかっていない未経験の仕事であり、想像すらできない。着任して一からのスタートである。不安もあるが、考えてみたところでどうしようもない。腹をくくって出たとこ勝負で臨むことにして、明日からの3連休は、のんびりと好きなことをして過ごそうと考えている。

「今夜は転勤の前祝でもしようか、何か美味しいものでも食べへんか」

「そうしましょう、帰りに店に寄ってください、みんなの好きなものを探して買って帰りましょう」

風花良太、裕子夫婦は、こうして気持ちの上でも、新たな環境に立ち向かっていくために対応していった。


金曜日からの3連休の最終日、日曜日の朝を迎えて風花は、「いよいよ明日から滋賀工場の設計に移るんだ」とあらためて自らの心に言い聞かせる。

居間に入ってきた妻がいきなり「あなた、4日分の食事持っていく」と言う。

風花には、彼女の言っていることが何のことかわからないので「どういうこと?」と聞き返した。

「私の考えなんやけど、電子レンジで温めるだけですぐに食べられるように、調理済みの食事を1食ごとに、包んで持っていったら良いと思わない、遅くまで仕事をしても、家に帰って電子レンジで温めると、すぐに食事ができるでしょう」

「そりゃー、そうしてくれると助かるなあ、夕食の心配など何もしないで仕事できるもんなー」

「じゃあ、そうするわ」

こうして、風花夫婦の間では、夫の単身赴任中、幾日かの食事を家から持参するという、裕子の考えた新しい試みを行うことになった。この試みは、夫が家族のため単身赴任で苦労することになったが、夫をなんとか助けられないかと、彼女がずっと考えていてふと思い付いたことである。

「スーパーへ行くけど、いま思い付いたばかりで、明日は、まだ、十分な準備が出来ないかもしれないので、とりあえず2日分ぐらいになってもがまんしてくださいね」と言い残し、裕子は、買い物に出かけるために立ち上がった。

「1日分でも、2日分でもいいから頼むわ」と彼女の後ろから声をかけた。

彼女が去ったあと、彼は、明日の朝礼で挨拶するよう言われていることを思い出し、その挨拶の内容をもうボチボチ考えておかなくてはならないと思った。

彼は、ひょうきんなところもあり、ユーモアを表現できる技量も持っており、忘年会などで同僚の心をつかみ、拍手喝さいを受けることも度々であった。しかし、転勤の挨拶は、初めてであり、かつ、研究所に転勤でくる人も少なく、思い出してみても、転勤の挨拶を聞いた記憶がない。

今年、研究所に戻ってきた山本は、淀川工場の分室に戻り、そのあとグループで移ってきており、挨拶など聞いていない。

転勤の挨拶は、参考とするものがなく、よくわからない。

「仕方がない、風花流で行くか」とつぶやき、しばらく考えてから、自分らしく、格好つけず短く、かつ、転勤に不満を抱いた気持ち、彼の本心も少しだけ出して挨拶することに決めた。

挨拶も決まると気分のほうもすっきりする。おまけに、何食かの食事まで用意してくれるというから、なんだか旅に出るようないい気分だ。こうして、風花良太は、転勤の前日も彼を待ち受けている、滋賀工場での新しい仕事のことなど何も考えずに過ごした。


翌朝、4時半に起こされ洗面と軽い食事をすませ、身支度をし、5時15分に玄関を出て車に乗り込んだ。

辺りはもう明るくなり始めており、東の山並みは、淡いばら色に染まっており、周辺の外灯もその効果を失いつつある。木々の緑は黒っぽく白い壁だけが特に目立ち、家々はひっそりと静まりかえっている。ところどころの窓の灯りが、カーテン越しに際立っている。まだまだ、車に暖房が必要な季節であり、風花良太は、暖房を入れて車を新しい赴任先の滋賀県へ向け出発させた。

いつも混雑している堺市内の道路も、この時間はガラガラであっという間に奈良方面に向かう街道に入った。2時間あまり車を走らせ、信楽を経由する一般道を走行して社宅に到着した。出発時には、初めて通勤することなので、緊張感と不安がいっぱいであったが、案ずるより産むが易しである。こうして目的地に着いてみると思ったより簡単な道のりだと実感できた。

これなら、毎週繰り返してもなんともないと、爽やかな好い気分になってきた。出社するにはまだ早く、今日から暮らすことになる部屋に入り、持参した2日分の食事を今夜の分は冷蔵室に、明日の分は冷凍室に収納して、しばらくテレビのニュースを見て時間を潰した。

風花が新しい職場に着いたのは、8時10分頃であった。事務所内の席は未だ閑散としており、静かに書物に目を通している人、隣の人と話をしている人、一人ぼんやりと何もしていない人など半分くらいの席が埋まっていた。山田部長の席を見ると、もう自分の席に座り書類に目を通している。

風花は、まっすぐにその前に立って「風花です、今日から、お世話になります」と挨拶した。山田部長は、笑顔を見せながら「風花君、よろしく頼みます」と一言。そして「水野君」と自分の席で書類に目を通していた男性を呼んだ。

水野は、「ハイ」と返事をしてすぐに風花と並んで立つと、部長が二人をそれぞれ紹介。

「水野君、風花君がこちらに慣れるまで、なにかと相談に乗ってあげてください」と指示した。

「ハイ、私でお役に立てることなら、どんなことでも」と水野は、はっきりした声で返事をした。

「それでは、朝礼の後、そこの会議室で仕事の打ち合わせをします、水野君も聞いておいてくれませんか」と二人に告げながら立ち上がり、「席はあちらです」と「風花」と書かれた椅子の置いてある座席を示した。

風花は、指定された自分の席に行き、椅子の背に風花と付いている名札を見て、ゆっくりとその椅子に座り、机の引き出しを静かに開ける。引き出しの中は、一番上にキーが入っているのみである。まだ朝礼には時間があり、カバンから持参の文房具とか書物を取り出し、その空の引き出しに丁寧に収めていった。

まもなく、始業時刻がやってきて朝礼が始まる。部長を先頭に、設計課に所属する部長以下、風花を含め20名が集まった。

山田部長が「以前にも報告したとおり、ルームエアコンの商品力アップが近畿電機にとって急務となっており、そのためのカギとなる我が設計課に、研究所から優秀な風花君を迎えることになりました」と紹介し彼に挨拶を求めた。

風花は、部長の横に立ち昨日考えたとおり、「部長から紹介いただきました風花良太と申します、何故か研究所からはみ出してしまい、こちらでお世話になることになりました。こちらで永住できるよう努力します。どうかよろしくお願いします」と、考えていたとおり躊躇することなく簡単な挨拶をした。

朝礼が終わり部長の指示どおり、隣の部屋にある製造部の会議室に風花と彼の所属するグループの全員が入り、各自がバラバラと座る。少し遅れて部長が入ってきて、設計課内を三つのグループとし、商品開発力を強化する方針を説明して質問を求めた。

しばし沈黙の後、やせて神経質そうな若者が口を開いた。「僕たちの新しいグループの仕事は、具体的にどうなるのでしょうか」

「風花リーダーを迎えた新たなグループの仕事は、中型機のモデルチェンジを行い、来年度の新製品として発売することが目標です。したがって、このモデルチェンジは、必ず達成するよう業務を進めてください。何故、中型機かといえば、中型機において当社の競争力は、今のところ強いが他社の追随を許さないように、水をあけよというトップの意向によるものです」。この山田部長の方針説明によって、風花良太がリーダーとして、誕生したグループの目標が明確になった。

ただ、風花にとって、中型機のモデルチェンジと言われても具体的なイメージがあるわけでない。すべてが霧の中であり、全て一からのスタートとなるが、やるべきことが明確になることは、気分的にも落ち着くものである。

　風花は、とりあえず荷物の整理をゆっくりと時間を費やして行い、早速、新しい仕事の霧を晴らすべく仕事にとりかかることにする。その手始めとして中型機のカタログとともに、設計などの技術資料で中型機を把握したいと思い、庶務の藤山にこれらの資料を誰に頼めば資料を揃えられるかを尋ね、井上という女性社員に頼めば揃えてもらえると教えてもらったので、すぐに井上の席に出向いて「中型機のモデルチェンジを担当することになりました風花ですが、中型機のカタログや設計資料など全ての技術資料が、必要なんですけど揃えていただけませんか」と依頼する。

　井上は、若くて柔らか味と優しさの感じられる、人当りの好い女性である。彼女は風花の依頼を気持ち良く引き受けた。そして、夕方には、依頼していた全ての資料を「これでよろしいでしょうか」と持ってきてくれた。資料をチェックして「完璧です、ありがとうございます」と礼を述べた。彼としては、こんなに早く欲しい資料が揃って満足感もひとしおであった。

　赴任した初日なので早く帰りたかったが、定時になっても誰一人として、席を立とうとしない。風花も区切りをつけることができず仕事を続けたが、ふと時計に目をやるとすでに午後8時を廻っていた。その時刻を見て帰り仕度を始めた、といってもカバンに書類を少し入れるだけ。上着を羽織って駐車場に直行すればいいのだ。単身赴任の新しい住居に帰り着いたのは、８時半前だった。

部屋に落ち着くと、生活が一変。一人暮らしが初めての風花良太は寂しさを強く感じた。そのひしひしと感じる寂しさを打ち消すように、テレビのスイッチを入れ、炬燵の前に座りこんだ。しばらくテレビに目をやるが興味を引かない。チャンネルを回してみたが同じような番組ばかりだった。

とりあえず食事にしようと立ち上がり、冷蔵庫に入れておいた今日の夕食を取り出し、電子レンジで温めるだけという、至極簡単な食事の準備を始めた。

しかし、この料理が思っていた以上に素晴らしい。手間もいらず短い時間で自分の舌になじんだ味を温かい状態で口にでき、離れていても家族を身近に感じることができるし、食事としての満足度も高い。晩酌のビールを飲みながら、ゆっくりと妻が持たせてくれた食事を味わった。今日１日の出来事を振り返ってみると、明日もがんばろうという気力が、自然と湧きあがってくるのを感じた。


翌朝、風花は、何時もどおり６時に目を醒ましたが、新聞もないし、通勤距離も短くなり時間が余ることに気がついた。仕方ないのでテレビのニュースを見て時間を潰すことにする。職場の様子もわからないため、作業服に着替えて８時少し前に職場に着くように車を走らせた。職場に着いたのは、８時５分前であったが、すでに、水野が自席で真剣な感じで書類に目をやっていた。

「おはようございます」と声をかける。

水野も振り返り「おはようございます」と挨拶を返す。

「水野さん、早いですね」と言いながら風花も自分の席に座る。

水野は、それについて何も答えず、「風花さん、社宅の一人暮らしは如何ですか」と逆に聞き返してきた。

「一晩だけで未だわかりません」と返事をして、「山田部長が中山さんの質問で示された、中型機のモデルチェンジは、以前から目標としてあったのですか」と話題を変えて聞いてみる。

「風花さんのグループが担当する中型機のモデルチェンジについては、私も昨日、初めて耳にしました、中型機は、競争力のある機種なのでモデルチェンジなど全く頭にありませんでした」との率直な返答だった。

そのあと、モデルチェンジの中味について、水野に何か好い考えがないか聞いてみたものの水野からすぐに役に立つような情報は、何もでてこなかった。このテーマに関しては、風花自身の頭で考えて、仕事を進めるべき方向を見出していかなければならないことなのだと直感した。

転勤2日目。風花は、カタログや図面、設計など技術資料にじっくりと目を通して、モデルチェンジすべき中型機をしっかりと把握することにした。このなかで見えてきたことは、中型機は、小型機に比べ効率が悪く、コストも高いため、容易に改善の効果が上がりそうである。昨日は、このテーマに取り組むことに対して不安もあったが、図面や資料を丁寧にチェックしたのみで、改善すべき何点かの手がかりを見いだせて、内心かなりホッとした。

あとは、じっくりと、グループのメンバーと相談しながら、綿密に検討していくという、これまでの研究所のときと同じ仕事の進め方でよさそうだ。この日も前の日と同じように、午後8時を過ぎて仕事を終えた。

妻の裕子が持たせてくれた夕食は、今日でお終いである。明日からは、帰りに国道へ出て夕食をとろうかなどと考えながら車を走らせた。

翌日も6時に起床して洗面所に行くときに、ふと玄関を見ると郵便受けに、頼んだ覚えがないにかかわらず新聞が入れられていた。理由はどうであれ、いつもの習慣で新聞を読むことにする。

後日に、聞いたところによると、新しい入居者があると、それに気づいた新聞屋が、読者になってもらうため、早い者勝ちで宣伝用として無料で新聞を配達するということである。数日後に宣伝用に配達した新聞屋さんが購読を勧めに来て、購読することになった。このようなことで、日常生活に必要なことが、何もしないにかかわらず一つ片付いた。

風花の歓迎会も、休日前の金曜日に行うのが通例であるが、木曜日に開いてくれることになった。場所は、国道から少し奥に入った狭い路地にある小さな料理店である。堺と異なり田舎の小さな町であり、こういう店しかないということを野村から聞いていた。風花は、歓迎会の会場などどうでもいいが、この席で出来るだけ多くの人と話をして職場に溶け込もうと思っている。

研究所のときには、こういう席であまりやらなかったことであるが、みんなにアルコールが入って、座が和んできた頃合いを見計らって「よろしくお願いします」とビールを注いで回ることにした。この場を借りて設計課の全員と言葉を交わすことで、馴染んでいくことを当初から考えていたのだ。赴任してからの時間は短かったが、この日のために、同僚となった人たち全員の顔と名前を覚えるための努力を重ねていたのであった。

この努力の甲斐あって風花は上っ面の形だけかも知れないが、新しい職場の仲間全員と話をするだけでなく、多くの人と打ち解けることができた。

風花は、転勤してから1週間の勤めを終え、我が家に帰る日がやってきた。あっという間に過ぎ去った1週間であった。風花にとっては、新しい生活体験で、これまで妻や子供たちとこんなに長く別れて暮らしたことがなかった。初めて家に帰るということで、5時の定時を15分ほど過ぎると仕事を終えて、後片付けを始めたが、それも10分ほどで済ませて、５時半に会社を出た。

赴任した早朝に比べれば、走っている車の数は多いが、風花の帰る道を通勤コースとしている人は、少数のようで停滞することもなく、信楽を抜け奈良に出る山道に入る。そして、宇治茶の産地である和束町を通過して国道24号線に出る。

さすがに国道は、混雑していて奈良市内を抜けるまで車の列が続いたが、そのあとは、通勤コースと逆方向で空いていた。

家に着いたのは、８時20分前で家々に明かりが輝いており、どの家も家族が最も多くそろう時間帯であった。

玄関を開けて「ただいま」と声をかける。

その声に反応して、有香が「お父さん、お帰りなさい」と元気な声と一緒に飛び出てきた。月曜日の朝は、有香が寝ている間に家を出たので、５日ぶりにわが娘に会った。このありふれた出迎えに、風花良太の心には、毎日、顔を合わせているよりも何倍も強く、懐かしさと嬉しさの交じり合ったような、大きな喜びを感じた。有香の元気な姿を目の当たりにし１週間の疲れも吹き飛び、勢いよく「ただいま」と改めて声をかけて居間に入った。

妻の裕子と長女の美奈にもあいさつを交わし、にぎやかな歓談が始まり、風花家にとって、久しぶりの明るい笑い声が響いた（良太の仕事は、これからが本番だが）。風花家の暮らしにおいて、一家の主人の転勤による単身赴任という大事件も、転勤前に案じていたよりもマイナスの要素が少なく、何とか乗り超えられるという証しでもあった。

その夜は、遅くまで子供たちの新学年のことや、良太の単身赴任の暮らしのことなどで話が尽きず、明日の土曜日は、久しぶりに動物園へ行ってから家族で外食しようということになった。


土曜日の朝は、子供たちをはじめ家族全員そろって、平日と同じように起きて、動物園に出かける準備を始める。9時半に出発する予定だったが、1時間も前に準備が整ってしまった。手持ち無沙汰で時間を潰すのがかえって苦痛になった。空模様の怪しいこともあり、9時前には家を出発。動物園には、10時前に着き、早速、入園した。

園内には、チューリップを始めとする種々の草花が咲いており、暗い空模様を打ち消すような、明るい雰囲気である。日頃目にしない動物を見るのは、子供たちのみならず、大人にとっても楽しいものだ。二人は、興味深そうに手摺に取り付き覗き込んだり、先へ先へと走ったり大はしゃぎで元気いっぱいである。

園内をほぼ一回りした頃、子供たちの大はしゃぎに冷や水を浴びせるがごとく、雨がポツポツと落ちてきた。時計は、11時を20分ほど回っており、動物園を引き上げても良い時刻である。

「雨が降り出した、もう此処を出ようか」と風花がみんなに問いかけた。

妻の裕子も、子供たちに「貴女たちもういいでしょう」と促す。子供たちもすぐに納得し、動物園を出て家族四人で昼食をとるために駅の方角に向かうと、雨がやや強くなった。まだ、濡れるというほどでないが、それでも、みんな自然と足早になった。

昼食は、ターミナルビル８階食堂街の子供たちの好きな料理のあるレストランに決めた。以前にも入ったことのあるレストランで、迷うこともなく到着。時間が早いため席は、空いており窓際の好きな場所に落ち着く。

「私、ハンバーグ定食にする」と座るなり有香が注文。他の三人もメニューを見てすぐに注文を決めると、今見てきたばかりの動物たちの話題になった。

子供たちにとっては、多くの動物の中でも、猿の行動が特に印象深かったようだ。さらに、大きな象やキリンなども心に残ったようである。

話は、子供たちの新学年のことに移っていった。３年生に進級した有香は、担任が若い女の先生に変わったようだが、もうすっかりなじんだようだ。

「有香、学校どうや」と話しかけると、即座に「楽しい」と答える。

さらに、「有香は学校へ行くの好きか」と聞いたら、即座に「うん、好きや」と、いう返事が返ってきた。

「美奈はどうなんや」

「学校は面白いときもあるけど、嫌いなこともあるから、どっちとも言えへん」

二人の子供が新学年でクラス替えがあり、うまく折り合っているかどうか気になっており、昨夜に引き続いて繰り返し聞いてみたが、気になるようなことが何もないことが感じられ安堵した。

この会話の中で風花の心には、新しい職場で苦しいことに出会ったとしても、子供たちのために、何があっても、働き続けなければならないという強い思いが自然と湧きあがってくるのであった。

4月初めの土日の連休を利用して、山本は、妹の美恵子の結婚式に出席するため、妻と子供たちを連れて彼の故郷、愛媛県に帰郷することにした。妹は、故郷の中核市である新居浜市で、看護婦として働いているが、世間で言われている結婚適齢期を過ぎようとしていた。末の妹の菊江のほうが早く結婚し、田舎に暮らしている両親は、当然のことながら結婚に対し古い考えに捉われており、非常に心配していたが、やっと結婚が決まり大喜びである。

山本は八人兄弟の長男で弟が四人と妹が三人いて、兄弟の結婚式も妻の義兄弟を含めると7度目になり珍しくもないが、それでも結婚式に参列するのは、なんとなく華やいだ明るい気分になるものである。

学校が春休み中であり子供たちも連れて帰ることにしたが、交通費のかからないフェリーで四国に渡ることにした。フェリーは、東神戸港を夜の10時50分の出港であり、翌朝６時に川之江港への到着である。この日、山本は仕事が終わって帰宅し、家族そろって家から出発することにしており、彼にとっては大変忙しい１日となる。

子供たちにとっては、家族で旅に出かけるようなものであり、２、３日前からとにかくはしゃいでいる。山本と家族は、夜の８時に自宅を出発して、大阪駅で阪神電車に乗り換えて、芦屋駅で下車した。フェリー乗り場の東神戸駅まで歩いて、９時半に到着した。切符を買って乗船場にでると、もう既にフェリーに乗車するための行列ができており、彼らも並んで待つことにした。

まもなく乗船が始まり、彼らも前の人に続いて２等船室に急いで入り、壁側に家族四人が足を伸ばして、横になれるだけのスペースに荷物をおいて席を確保した。船内は、以前に盆休みに利用したときと比べれば空いており、さほど窮屈な思いをしなくてもよさそうだ。山本は、手際よく枕を用意するとともに「毛布を借りてくるからな」と言い残して出て行った。こうして手際よく船内で仮眠できる準備を整えると、子供たちに向かって「お腹すいたか」と聞く。

「うん、お腹ペコペコや」と弟の健一からすぐに返事がある。

「自動販売機のカップラーメンかうどんしかないがどうする」と山本が家族のみんなに向

かって聞いた。

妻の美代子は「私、いらない」と即座に返答。

山本は子供たちの顔を見ながら「どうする?」と念押しする。

返事をためらっている子供たちを見て「じゃー、行こうか」と促して、立ち上がり売店に向かった。子供たちも父親に引っ張られ、後について行く。売店付近はまだ多くの人の動きがあるが、山本は委細かまわず自販機で3個のカップラーメンを買って、蓋を開けて湯を注いでいった。

カップラーメンに湯を注ぎ終わると、弟の健一、そして姉の那美子に「3分待って食べるんやで」と渡していく。こうして山本と子供たちは空腹を少し落ち着かせた。

寝苦しく何度か目を醒ましたが、それでもかなり眠れたようであり、しばらくするとすっきり目覚めた。妻と子供たちはまだ眠っているが、外が白みはじめた窓を見て寝床を離れることにした。船室から外へ出ると冷たい外気にあたり、ぼんやりしていた頭も次第に冴えてくるような気がした。

彼は独身時代に帰省するときにフェリーを何度か利用したことがあるが、結婚してからの利用は初めてである。時計を見ると5時を回っており、あと1時間足らずで川之江港に到着である。

山本は、郷里に帰ってくるたびに、父に見送られて、現在は無人駅になっている郷里の小さな駅を就職のために旅立った時のことを想いだす。22年前の3月中旬の春とはいえまだ寒い日、父一人に見送られ、身の回り品の大きな荷物を持って、朝9時に田舎の駅から大阪へ向け出発した。父は「会社の役に立つ人間になれよ」と言った。山本が車窓から見ると、父は列車が見えなくなるまで手を振っていた。

大阪には、ラッシュアワー時に着いたため、大きな荷物を持って会社の独身寮に、やっとの思いでたどり着いたものだ。あの頃は、会社のことも、社会のことも何も知らず、社会に出て一生懸命働けば、必ず報われると信じており、何事にもまっすぐに向かっていた。しかし、現実の社会は山本の考えていたように単純なものでなく、最初の職場で彼に与えられる仕事らしいものは、ほとんどない状態であった。その原因は、製品へのクレームであった。会社は、半年も経たないうちにその事業から撤退。山本は別の部署に移り、新たな仕事に変わった。その新しい仕事は彼の専門の電気にあまり関係のない、機械製品の試作品の試験を行う部署であり、仕事はかなり「暇」だった。山本にとってこの「暇」が良くなかった。

一生懸命働こうと考えている19歳の少年にとって、仕事のないことほどつらいことはなく、おおいに悩んだ。そんな中で彼は、間の悪いことに健康を害した。そして、人間的に未熟な19歳の山本は、やる気を失い、投げやりな行動をとり始め、職場の上司や先輩との関係を悪くしてしまった。何年か経って胃の手術をし、やっと健康を取り戻した。仕事に意欲的に取り組むようになったのは、入社して7年も経過し、2度目の配置転換を受けてからである。

川之江港からバスで国鉄の川之江駅に出て、列車時刻表を見ると30分ほど待てば、下りの普通列車がある。山本一家四人は、その列車を利用することにし、駅の待合室で待つことにした。

「ここまで来ると、やっと帰ってきたという気がするなあ」と山本が誰にともなくつぶやき、懐かしそうに近くの山をみやった。

「お父さん、あとどのくらいかかるの」と那美子。

「汽車で15分や、それから歩いて7分や」

「こんなに朝早く着いても、おばあちゃんもう起きてるかなあ」と、弟の健一が心配そうである。

山本は笑いながら「おじいちゃん、おばあちゃんは、ニワトリと一緒や、もうご飯もすんどるやろ、心配せんでもええで、間違いなく起きてるで」

山本が故郷を旅立った時に老朽化していた両親の住む実家は、建替えられて新しくなっている。その家に山本一家が落ち着いたのは、早朝の6時45分であった。山本の言ったとおり年老いた両親は、もう朝食も済ませ父の洋太郎は、町内会の用事で出かける準備をしていた。洋太郎は、町内会の副会長をしており、春祭りを間近に控え何かとその方面の用事で忙しいようである。

両親は、那美子と健一の姿を見ると相好を崩し「那美ちゃんも健ちゃんも遠いところようきたな、疲れたろ」と孫たちを出迎えた。

「お腹、空いてるんだろ、すぐご飯にするからな」と母の紀代が台所に立った。

山本の実家は、井守神社を中心とした30戸あまりの集落の真ん中あたりにある。家の東側は、細い道であるが、道沿いには、井守神社の神域にある湧水が源流の小さな川。西側は、敷地の西の端から１００メートルほど奥で湧出している泉が源流の小さな川に囲まれた静かなところである。

家の東側の細い道は、集落の南端に至る道であるが、５００メートルほどで山に至る。たまに人や車が通るのみである。この辺りは駅から7分の立地であるが、農家ばかりで彼が故郷を出た時とほとんど変わっていない草深い田舎である。

朝食後、二人の子供に「山のほうへ行ってみないか」と誘うが那美子は、行きたくないという。健一と二人で泉の湧出している小さな池から井守神社を経て、山へ行ってみることにした。神社境内と参道周辺の桜は、いま満開であり、あたり一面華やいだ感じがする。その春爛漫の中を健一と山に向けて歩んでいきながら、彼が小学校低学年の頃、近所の人たちと花見をした、遠い昔のことを想いだしていた。

あの頃は、食べるものが少なく何時も「ひもじい」という思いをしていた。そんな中、何故か近所の人たちが集まり花見をした。

子供たちにとっては、いつもより少しだけ美味しい弁当にありついただけであったが、大人たちがお酒を飲んで、唄を歌ったりしているのを見て、楽しかったことが思い出として、昨日のように浮かんできた。さらに、小学校の高学年になったとき、船で新居浜から尾道まで遊びに行ったことまでも想いだした。あのときの尾道の千光寺は、桜が満開だった。この旅は、船酔いで気分が悪くて、せっかくの桜もきれいだとも感じず、ただ船酔いでつらかった。船酔いの苦しさは、半端でなく帰りの船旅から逃げ出したいという気になった。しかし、逃げることなどできるわけもない、帰りのことが頭から離れず、つらかったことのみ記憶に残っている。

その時には、一晩、眠っただけなのになぜか帰路は、船酔いをすることもなく、なんなく帰りついたことも懐かしく想いだした。兄弟が多く貧乏な暮らしのことばかり記憶に残っているが、これらは、山本にとって数少ない楽しい思い出だった。彼の横を歩いている健一は、成人して何を記憶にとどめて、思い出として残すのだろう、親としてこれでいいのだろうかと考えた。また、健一や那美子に親として、貧乏でも好い思い出を数多く持てるよう、これからの何年かは、精一杯、努力しなければならない。

「健一、今年も夏休みは、海へ泳ぎに行きたいか」

「お父さん、今年も海へ連れてってくれるの」

「うん、健一がそう思うなら、そうしようと考えてるんや」

　こうして、思わぬところで、夏休みの行事が早々と決まることになった。井守神社の境内を抜け、石ころだらけのなだらかな山道に入ると、道端の雑草が緑を濃くしており、道の左側にある椿の花、反対側の所々にはミツバツツジの花が咲き、木々も若芽が萌え出しており、自然界はすっかり春である。

　山から帰って山本が家族とゆっくりくつろいでいるところへ、小倉に住んでいる弟の栄治が、こちらも船で松山に渡り汽車を乗りついで帰ってきた。

　今回は、奥さんの体調が思わしくないとのことで、一人だけの帰省であった。それでも、久しぶりの肉親との対面であり、お互いの家族や暮らしの近況を報告するなどにぎやかな一時を過ごしていた。しばらくすると、町内の上野に住んでいる弟の敦夫が家族でやって来て、さらににぎやかになった。

　昼の時間が近付いてきて、紀代が美代子に声をかけ昼食の準備に台所に立ち上がり、昼食となる。山本家では、昼からにぎやかな宴会となった。

　夕方には、中学校の教師をしている末弟の直人が帰宅し、大阪の枚方市に住んでいる三男の哲史も帰省して加わり、いっそうにぎやかな大宴会となった。

　美恵子の結婚披露宴は、花婿の母親が勤めている料理店でとり行うとのことで、子供たちの席も準備しているという。これまでの山本家では、兄の結婚式に中学生の弟すら披露宴の席を用意しなかったのだが変わったものである。子供の出席は、必要ないと思ったが、すでに準備も済んでいることなので特に意見も言わなかった。

山本伸彦は、これまで結婚披露宴のような酒席に子供の出席など好ましくないと思っていた。そういう彼自身も幼い頃を振り返ってみると、この華やかであり、かつ、にぎやかな場にことさら引かれ、その周りをうろうろして母にしかられたものだ。子供だって楽しく晴れやかな席に出たいのは、当たり前のことであろう。視点を変えれば、子供たちだって、お酒さえ飲ませなければ、結婚披露宴に出席させても全然問題ないわけで、子供たちにとっても好い思い出となるだろう。

森山真理子と白井美由紀が計画した花見は、京都の円山公園に決めた。誘ったわけでもないが、研究所の若杉と設計の清水の二人の若い男性が、花見の計画を知りぜひ参加させてほしいと申し出た。さらに設計の白井と同期入社の河野もその話を聞き、行きたいとのことで五名のグループになる。朝10時に難波駅改札口で待ち合わせをして、難波から地下鉄の淀屋橋を経由して、京阪電車で京都四条に出ることにした。

若杉と清水は会社の独身寮に住んでいるが、若杉は真理子のこの花見の計画を知って、参加を頼み込んだこともあり、絶対遅れてならないと待ち合わせ時間の12分前に到着した。

次の急行にすれば集合時の2分前に着くことになり、森山たち女性三人は次の急行だろうと思い、売店でガムやチョコなどを買うことにした。

売店で選んで購入していると10分間は、あっという間に過ぎ去り、待ち合わせ時間の10時がやってきた。待ち合わせ場所の改札口に戻るともう三人の女性群は待っていた。若杉が「ちょっと売店に行ってたんで遅れてすみません」と謝り、メンバー五人全員がそろったので、すぐに地下鉄乗り場に向かう。

京阪特急は、京橋から京都七条までノンストップで混雑もなく快適。右側の車窓に見えてきたひと際目立つ樟葉の高層のマンションと、山上で遠くに見える男山団地を過ぎると、緑が多くなりかなり郊外にやって来たように感じる。

さらに進むと左前方には、天王山が見えはじめその手前の堤防に桜並木が見えてくるなど、うららかな景観である。また、ゆったりとした木津川、宇治川の土手には、菜の花が咲いており、自然が一杯である。

京阪四条駅で下車して、四条通を円山公園に向かう道は、かなり混雑して人であふれかえっていた。若杉は先行する森山真理子たちから、あまり離れないよう注意深くあとを追い、四条通を東に歩んでいく。彼は、設計の白井美由紀にどこか惹かれるところがあって、親しい友達になりたいというひそかな願望をかなり前から心に秘めていた。だから同じ職場の森山に無理やり頼み込んで、花見の仲間に加えてもらったのだ。彼はこのチャンスを逃してはならないと密かに思っていたものの、残念ながら、今のところ、まだ、美由紀と親しく話しをしていない。

若杉は四国の片田舎で生まれ、学校も幼稚園から大学までずっと四国で、入社してからも京都には1度も遊びに来たことがなく円山公園も知らない。ともかく、彼女たちにはぐれないようについていくばかりである。

朱の鮮やかな八坂神社を右手に見ながら、円山公園に入っていくと満開の桜の木の下に花見用の縁台があちこちに置いてある。

森山真理子が振り返って、「お金がかかるけど何処かの縁台を借りる?」と若杉たちに問いかけた。

若杉は、即座に「そうしましょう」と同意。

五人組は、しだれ桜が正面から見えるが、店からは、最も離れた場所に陣取り、小さなかたまりをつくった。


森山真理子らの花見会は、宴たけなわである。

花の下で楽しく飲食したせいか、知らず知らずアルコールの量も増えたようで、みんないい気分になり話も弾んでいる。

「白井さんなんか、電気やガスの料金が上がっても、痛くも痒くもないんでしょう」と若杉が堅苦しい物価の話題を持ち出す。

「そんなことないですよ、私、いつも公共料金が値上げされると、母にグチを聞かされてばかりなんですよ」

「風呂1回で58円かかるんやて」と清水が新聞の知識で割り込んできた。

「若杉さんや清水さんこそ、何のかかわりもないんと違う、寮費は上がらないんでしょう」と森山真理子。

「いやあ、公共料金が上がれば最終的には、飲み屋まで高くなり、僕らだって被害を受けますよ」と若杉が反論。

「それにしても50％値上げするとは、ちょっときついと思わへん、公共料金やから、政府が許可したんでしょう、この国の政府は、一体、何考えてんのやろ」と河野までが、厳しいことをいう。

「これだけ何もかも物価が上がったんやから、ベースアップに期待するけど、どうなんやろ」と若杉が清水のほうに顔を向けて聞く。

「鉄鋼が1万1千円やから、1万2千円から1万3千円の間になるん違うかなー」と明快に清水が答える。

「1万2千円といっても、私たち女性は、そんなに上がらないんでしょう」と河野が聞き返す。

「そのとおりや思う、平均1万2千円ということであって、本給に一定比率を掛ける部分とか、職能給の成績査定部分などがあるから、若い女性の場合、特別に成績の良い人でも多分1万2千円は、上がらないいん違うかな」という清水の返答に女性群が、黙り込み話が途切れた。

「ボチボチ、ここ引き上げへん」と真理子がみんなに提案。

「それなら、花の下を少し歩こうか」と清水。

河野が「清水寺まで行ってみない」と清水寺への道を先頭に立ってさっさと歩き始める。ほかの四人も異を唱えることなく彼女のあとを追う。誰もはっきり道を知っているわけでないが、人の流れについていくと二年坂に差し掛かってきた。

若杉は、白井美由紀の横に並んで「感じのいい通りですね」と話しかける。

「そうですねー、ほんまに雰囲気の好い通りやわ」

「白井さんは、京都によくこられるんですか」

「いいえ、会社に入ってから3度目やと思います」

「僕は、中学校の修学旅行で京都に来て以来、初めてです」

「いやー、それほんまですか」

「ほんとです。僕は、四国の片田舎で育ちました、学校も松山でした、入社しても、京都へ遊びに行くことなど考えなかったんです」

　そのとき、河野が後ろを振り返り、「白井さん、帰りもこの道にしようか」と聞いてきた。

「私、どっちでもいいけど、若杉さんどうします」と若杉に問いかける。

「すみません、僕は、この辺の地理、全く、わからないんです」

「五条に出ると特急がないし、やっぱりこの道にしようか」と白井に言って、河野は、彼女の横に並んで歩き始める。

　若杉は、後ろに下がり自然と一人で歩くことになってしまった。せっかく白井美由紀と親しく話が出来ていたのにと、口惜しい気持ちでいっぱいだがどうしようもない。河野を押しのけるわけにもいかず、もちろん抗議するなどとんでもないことで、仕方なく二人の後を付いて歩くはめになってしまった。

　一人で歩きながら、白井美由紀と十分に話もできず、中途半端に終わってしまったことが、ちょっと心残りだがどうしようもない。若杉は、学生時代に九州、沖縄、東北、北海道を旅した自慢話で、彼女に存在を示そうと考えていたのだが、その機会は失われ、美由紀に、自分がいかに田舎者であるかを話したのみで終わってしまった。悔んでみてもあとのまつりである。

　彼女が「さようなら」といって、電車を降りるまでに、若杉が北海道を旅した話をするチャンスなどとうてい作りえなかった。

第4章　技術者たちの矜持

東都ガスの研究所用に受注したシステムに取り組むに当たり、会議室にGHPグループの全員が集まって、ガスエンジンの専門家の講義を受けた。

講師の話によると、日本で大型のガスエンジンは生産されておらず、ドイツとかイギリスが進んでいる。現在は、そのエンジンを日本のメーカーが輸入販売しており、今回の東都ガスのシステムも輸入エンジンを使用することになる。ガスエンジンは、起動トルクの小さい欠点を持っているが回転数制御が容易であり、過負荷にも強い。そのうえ、エンジンの廃熱を回収して活用することができる。

システムのポイントの一つは、従来の空調システムにない回転数により能力を制御することである。

二つ目のポイントは、エンジンが捨てねばならないところの排熱を回収し、暖房と給湯に活用することである。

反面、このシステムの大きなマイナス要素としては、エンジンの発する騒音の処理が問題点である。

山本にとってもこの講義は、システムの制御を設計するうえでの手がかりを与えてくれ、制御システムの構想を具体化できた。山本と同じように、リーダーの宮井を始めとするグループのメンバーも、各々が担当するそれぞれの分野で、それなりのものを得たようである。そして、誰かに命令や指示されたものでなく、ごく自然に自発的な担当者間の技術的な打ち合わせが始まっていた。

「宮井さん、圧縮機はどういうものになるんですか」と山本が質問。

「20馬力の容量制御、即ち、3段切り替えがいいんじゃないかと思うけどなあ、もっとも、詳しく計算して決めなあかんけど、第一感としてなんやけど」

「そうすると、エンジンの回転数制御と圧縮機の容量制御の両方で、空調機の能力を制御することになり、かなり能力制御の幅が広いシステムになりますね」

「うん、制御の幅が広いシステムになると思う、それだけじゃなく、冷暖房ともに、立ち上がりがよくなると思うんだ。特に、暖房のほうは、エンジンの排熱が暖房に活用できるようやから、電気ヒーポンの立ち上がりの弱点をカバーできること間違いないと思う」と宮井が強調した。

宮井は、研究部の時代から空調機の開発に携わっており、道半ばで製造中止となったカーエアコンの試作にもかかわったという。

宮井の説によると、開発商品は、他社よりかけ離れて先に開発できても、販売が伸びないためダメなのだそうだ。故に、他社より一歩だけ先に開発できれば、最もいい結果となるという持論である。

カーエアコンは、そのよい例である。他社が開発にかかる前に、わが社だけが開発して苦労したのみで、量販につながることにならないため、うまくいかなかったという経験談も聞かされた。今度のガスエンジンヒートポンプも商品としての先行き不透明であるが、開発そのものとしては、面白いところがある。

回転数制御とエンジン排熱利用に特徴があり、熱交換器でも回転数を下げて冷媒量が少なくなれば、効率がよくなることが予想できるし、それがどの程度か具体例として知ることができ、その点でも興味深いものがある。

「そうですね、電気ヒーポンの最も弱いところである暖房の性能がよくなることには、大きな魅力を感じますね」と山本。

「そのとおりや、暖房には、ヒーターを使うなど苦労しているから、それが要らなくなるだけでなく効率もアップするし、大いに期待できると思う」

このような会話がグループの各々で繰り返される中、彼ら環境グループでは、ガスエンジンヒートポンプに関して、徐々にではあるがイメージがまとまり、みんなに統一された認識が形成されつつあった。

宮井リーダー、篠原、若杉の三名は、大阪駅で新幹線ひかりに、山本は京都駅から乗り込んだ。車内で合流することになっていたので、山本は京都駅でとりあえず指定席を確保したが、念のため自由席をのぞいてみたが、自由席は混んでおり指定された席に座るほかなかった。

大阪の三人組が気になったが、乗車している席もわからないし、どうせ2時間ほどで新横浜に着くのだ。新横浜で下車すれば、見つけられると思いゆっくり座っていることにした。京都駅を発車して10分ほど経った頃、「山本さん、ここに居られるんですか」と、突然、若杉が表われた。

「やあ、おはよう、若杉君」

「おはようございます、山本さん、今日は、混んでますね」

「そうや、自由席も満員や」

「宮井さんも言うてますけど、このまま新横浜まで別々に行きましょうか」

「そうするほかないやろ、そちらはみんな一緒か」

「はい、みんな一緒で11号車にいます」

「そうか、そいじゃあ、皆さんによろしく、じゃあ、横浜で」

若杉が去り山本は、再び一人になり、ぼんやりと、窓の外に目をやって移り行く緑の景観を眺めながら、この出張の目的と行程など思い浮かべてみた。今回の出張先は、何れも彼にとって知見のない分野の会社ばかり訪問することになっており興味深い。特に、輸入ガスエンジンを取り扱っているというN製鉄については、意外であり思い浮かべてみても、全くふさわしくない事業に思えるが、訪問する興味は、かえって高いものがあって楽しみでもある。

その後、訪問する予定の東都ガスの技術研究所は、試作品のガスエンジン冷暖房給湯システムの納入が決まっており、その具体的な、仕様の打ち合わせを行うのだが、この出張の主たる目的であり、最も大事な訪問先である。山本もこの仕事を進めるうえで、どうしても、東都ガスに確認して明らかにしておきたいと思っていることが多い。その数多くの質問については、メモしてあるが、時間に余裕もあるので、メモ帳を取りだし改めてチェックしてみた。

新横浜で新幹線を下車し、山本が他の三人に合流。グループがそろって、在来線に乗り換え、目的のN製鉄の工場に向かった。N製鉄の工場前には、国鉄の駅がありそこで下車し、会社の門の受付で宮井リーダーが面会の約束をしている担当者の高山係長の名前を告げ、その事務所とそこにいたる道筋を教えてもらい訪問。N製鉄のエンジン担当の高山係長は、30代の新進気鋭の青年という感じであり、初対面の挨拶を済ませると、すぐにガスエンジンの置いてある現場に案内された。

事務所から３分ほど歩いた工場の塀に近い建物に、イギリスから輸入されたというガスエンジンが単体で置かれており、まだ試運転もしていない状態であった。彼らが初めて目にするガスエンジンは、20馬力といっても想像より大きく、鋳物で粗い造りのゴツイ感じのするものであり、エンジンゆえ防音装置も必要でかなり大きなシステムとなることを全員が実感した。

「運転すると音のほうは、かなり大きいんでしょうね」と宮井が高山係長に質問。

「そうですね、低音のお腹に響くような音がします」

「最初の起動は、スムーズにかかりますか」

「はい、全く、問題ありません」

「回転数制御は、簡単にできますか」

「直流の電圧を１ボルトから５ボルトに変えることで滑らかに制御できます」

動いてないガスエンジンを前に次々と近畿電機のメンバーからそのエンジンについての質問があり、高山係長が明快に答えていった。この高山係長の回答で、訪問者たちの疑問も一つひとつ解け、ガスエンジンのおおまかなところが理解できて、彼らが訪問した目的が達せられた。

山本たちのグループは、Ｎ製鉄を辞して、次の訪問先である山手線田町駅が最寄りの東都ガス技術研究所に向かう。東都ガスでは、見学のみでなく開発のガスエンジン冷暖房給湯装置を納入する打ち合わせも行うため、別件で先に出張している南田副所長が同行することになっており、田町駅改札口で14時に待ち合わせている。時間の調整もかねて駅の近くの食堂で昼食を取った。

東都ガスの技術研究所のほうは、製鉄会社と全く異なり明るい感じのする鉄筋の建物が何棟もあり、いかにも近代的な研究所という感じだ。

こちらも入場門の受付で訪問先の道順を指示され、担当者の長澤係長を訪ねるとすぐに別棟の会議室に案内された。会議室でしばらく待つと、東都ガスにおいてGHP（ガスエンジンヒートポンプシステム）推進の責任者で開発室長の肩書きの岩井という幹部が現れ、GHPの省エネに優れている説明やドイツなどヨーロッパの実態などを詳しく説明してくれた。さらに食堂に実用の実験設備としての設置を計画しているガスエンジン駆動の冷暖房給湯装置の意義とともに期待も表明された。

会議が終わると、長澤係長に設置する現場の食堂に案内される。食堂は、入り口の右側に厨房を備えた、幅約20メートルに長さが約30メートルの長方形のフロアに食卓となる机と椅子が並べられている。そのフロアの3か所と厨房に1か所の合計4台の5馬力の冷暖房室内機を設置し、食堂と厨房の空調を行う。実用機でもあるが、デモ機としても活用したいということである。

冷暖房の空調使用は期間が限定となるが、給湯の負荷は、食器洗浄や風呂で年間を通じ

であるため、貯湯タンクを備え冷暖房の不要な中間期には、給湯専用運転を行う。ガスエンジン駆動の室外機は、厨房と反対側で奥の方の屋外に設置することになり、冷媒配管は、厨房の室内機まで約50メートルとかなり長い。このような大きなマルチシステムの空調設備については、これまで世界中の何処にも設置された経験がなく、計画どおりに製作できるかどうかわからないが、そこは、試作研究用のシステムということで、ともかく挑戦するということにトップの間では、決まっているようである。

この技術的に斬新なＧＨＰシステムに挑戦する技術者たちも、自分たちの前に訪れるかも知れない困難よりも、新しいものに挑戦する魅力の方に惹かれており、何時もより活気もあり意欲にあふれる状態であった。

定時の休憩時間が終り、残業時間の始まるチャイムを聞いてから、森山真理子は何時もどおり後片付けに取り掛かり帰り支度を始めた。彼女の住居は、白鳥駅から電車で下り方向に10分、駅から歩いて５分であり、この時間に退社すれば、６時少し前の帰宅となる。彼女の担当の仕事は、庶務であり残業する必要もなく毎日この時間に退社する。月に数回は、友達との付き合い、たいてい白井美由紀であるが、その場合のみ遅くなるだけで、規則正しい日々を送っている。

入社して２年あまり経ち仕事のほうは、ほとんどの内容を覚え、先輩や労務課に聞かないとわからないこともほぼなくなった。人間というものは勝手なもので、彼女にも、その一般的な法則が当てはまるようだ。仕事を覚えてしまった故か、このところ退屈な感じが生まれ、日々の勤めに緊張感がなくなっている。その退屈をもてあまし、もの足りないという不満も出始めている。その物足りなさを補うためもあり美由紀を誘って、これから難波へ遊びに出ることにしている。

ロッカーに入り、目で美由紀を探すともう着替えを始めていた。彼女も美由紀に合わすべく着替えを急ぎ、ほどなく二人並んで駅に向かって歩き始めた。

「京都の花見よかったわ」と、白井美由紀が真理子の顔を見ながら話しかける。

「そうやったねー、天気も好かったし、桜もきれいやったし、思っていたよりよかったやんか」

「また、良いところあったら行けへん」

「そうね、また、何処か行こうか」

「若杉さんておもしろい人やねん、ずっと四国で育ったらしく、京都は修学旅行で来てから初めてなんやて」

「ほんとー、入社してからも1度も行ってないの、もう4年目やのに珍しいわね」

「そうやねー、休みに何してはるんやろ」

「そうやね、とにかくあの人は、変わってるみたいよ」

花見のことから、突然、若杉のことがほんの少しだけ二人の話題に上ったが、変わっている人で片付けられてしまった。

「今度は、ハイキングなんかどう」と美由紀が提案。

「そうや、良いかもしれへん、それで行くんやったら何処？」

「ちょっと遠いけど私市《きさいち》なんかどう」

「ええやんか、私市には、２年ほど前、行ったんやけど、また行ってもええわ」

「歩く距離のほうも、コースもたくさんあって体調に合わせて選ぶこともできるし、いいと思わへん」

「今度の土曜日にする」と真理子。

「今度の土曜日ちょっと用事があってあかんわ、ゴールデンウィーク明けの土曜日にしてくれへん」と美由紀が自分の都合で提案。

「ゴールデンウィーク明けいうたら、５月10日いうことやなー、私もその日で大丈夫やから、そうしょうか」

仲のよい二人だけに話がまとまるのも早い。今度は、ハイキングに行くことを決め、行先は京阪電車私市の府民の森ハイキングコースとする。

難波駅では、真っ先に、駅に隣接しているデパートを覗いてみる。若い彼女たちにとってデパートは、興味を引くものでいっぱいだ。特に、婦人服売り場は、楽しく、いくら見て回って飽きることがない。

もっとも、新しいファッションに関しては、自分が身に着けようというものがほとんどないけれども、新しいファッションということで興味があり、知っておきたいと思う気持ちが強く、二人とも必ずチェックすることにしている。

婦人服を見て回るとき一人では、店員にくっ付かれて気後れしたりして、ゆっくり見ることができないが、その点、二人ならば心強い。

「洋服をお探しですか」と店員が近づいてきても、「はい、今日はゆっくり拝見させていただけませんか」と笑顔で応えて、自分たちのペースで見て回ることができる。

ただ、彼女たちの気に入るデザインは、地味な仕事柄のせいか流行の先端でなく、落ち着いた一般的でありふれたものが多い。

目の保養となることはいつものとおりであったが、今日も小一時間見て回って、欲しいと思うようなものが無く、婦人服売り場を離れることとなった。

軽く食事を取ることにし、南の街を道頓堀方面に向かって歩きながら、「アカネ屋にしようか」と白井美由紀。

「うん、そうしよう」と真理子が明るく答えて何の滞りもない。

彼女たち二人は、店に入り2階の窓際に席を取り軽い食事を注文して、人の流れをぼんやり眺めながら「ドラえもん見てる?」と美由紀。

「見てる、見てる」

「真面目に考えるとバカバカしいけど面白いね」

「そうなんや」

「土地の値上がりってすごいらしいやんか」

「マイホームってだんだん難しくなるんかなー」

「これって、どうしようもないけど、働いてる人にとっては、ほんまに困ることになるん違う」

　二人の話は切れ目なしに続いて、タイムオーバーとなることも多く、ついつい遅すぎる帰宅となってしまうのである。


　午前中は身体もだるいし頭もすっきりしなかったが、定時の終業ベルの鳴る頃には、頭もすっきりとし油が乗ってきたようだ。気が付けば午後８時を過ぎていた。連休明けの月曜日は、朝に比べて夕方のほうが調子のよくなることが多い。

　といっても調子に乗って、無理をすると週の後半に疲れが出て、しんどくなることがあるので、風花は仕事を終えることにした。手早く机の上に並べている書類を片付け、カバンに必要な書類等をしまうと未だ残って仕事をしている周りの人たちに「お先に失礼します」と小声で挨拶して事務所を出た。

事務所を出れば着替えの必要もなく、駐車場も近くすぐ車を発車させ、仕事を終えてから10分ほどで社宅に帰り着く。玄関の鍵を開け夕刊を取り、部屋に入ると3日間留守をしたせいか、なんとなくひんやりとした感じがする。居間、台所と次々に灯りをつけ、炬燵《こたつ》の前に座りスイッチを入れる。春が来たものの、未だ炬燵が必要で座るとゆったりとし落ち着く。持ってきた夕刊と目を通していない3日分の新聞を次々と広げて、パラパラとめくりながら見出しを眺め、一通り読み終わると新聞を置きテレビのスイッチを入れる。

おもむろに冷蔵庫に入れておいた妻特製の食事を取り出し、電子レンジにかけて夕食の準備。温まると冷蔵庫からビールを取り出し、ゆっくりと飲みながら、テレビを眺めつつ一人ぼっちの夕食とする。

こうして落ち着くと、先ず、頭に裕子と子供たちのことが浮かんでくる。一人ひとりの表情や動く姿が表れるが、これは生活をともにしてきた家族が、突然、別々に暮らすことになって間もないことなので、当たり前のことかも知れない。美奈と有香の元気な声、姉妹の言い争いなども鮮烈に脳裏に見えてくる。

それが途切れると、やはり、新しい仕事のことが頭に浮かんでくる。中型機のモデルチェンジに関する構想も、自分なりにかなりまとまった。今週中にもグループのミーティングで、今後の方向と計画を概要でもいいから、意志統一しておくことが必要だ。その進め方についても、あれこれ考えてみた。

中型機は、能力で分けると４機種あって、それぞれに冷房専用機と冷暖房機がある。そのうえマルチ機が、能力別に３機種あるため機種として見るならば、14機種となる。グループのミーティングで検討のために取り上げるのは、１・５馬力の冷暖房機のみとして、他の機種はそれにならって設計すればよい。新しい職場に赴任したばかりでその辺の進め方に関しては、新しい職場の環境に合っているか風花にも少し不安がある。やはり水野に相談しておくべきかもしれない。部長への報告と相談については、グループのミーティングの後でしても良いと思うのでそうすることにした。

ものづくりに直結しているだけに仕事の進め方には、研究所とかなり異なっていることが肌で感じられ、その辺のことに慣れるまで、かなり苦労するであろうと自ら強く感じている。ただ、相談して水野の意見がどうであったとしても、グループのミーティングが大事なことは間違いない。

このミーティングによって、統一した方針でもって取り組むグループのスタートラインとすることが大事である。ミーティングは、木曜日の午前中を第一候補に決め、明日から、グループのメンバーと話し合い、何としても、今週中に開こうと決めた。仕事の進め方について、自らの取り組む方針が決まれば気分も落ち着き、慣れない職場であるけれども、やれるだけのことをやろうという前向きな気力も湧いてくる。

風花は、子供の頃から、何事についてもじっくり考えるけれど、けっこう決断が早く、どちらかといえば活動的なほうであった。この新しい仕事にあたっても、彼の持っている資質というか、自分で考えた結論に従い行動していくことが、自分らしいし、そうすることにした。

翌朝、空いている時間帯ならば5分ほどの道のりも、通勤ラッシュの時間帯になると15分以上かかるので、7時30分と早めに家を出る。事務所に7時37分に着いたが、今日は、一番乗りである。

朝、誰もいない事務所に入るのは、静かで広々としており気持ちのいいものだが、慣れない所であるということもあり、厳粛というか落ち着かない感じもして、やや馴染んでいない浮ついた気分であった。それでも、照明を点けて、自分の机にどっかりと座れば、今度は、余裕が出てきて落ち着いた好い気分となる。

彼は、しばらく、何もしないでぼんやりと周りを見回していたが、カバンを開け資料の書類を机に出し始めたとき、彼のグループの中山が「おはようございます」と元気のいい声の挨拶とともに入ってきた。

「おはよう！」と大きな声で挨拶を返し「中山君、今週の木曜日にグループのミーティング、どうだろう」と話かけた。

「何時からですか」

「朝の9時頃からでどうだろう」

「いいです」

「それじゃー、他の人たちにも相談し、みんなの都合がよければ木曜日に会議とするから、ただ、時間は変更になってもいいかな」

「僕はいつでもいいです」

中山の気持ちのよい応諾の返事を聞いて、風花は明るい気分になり、木曜日にグループのミーティングを開く彼の取り組みに弾みがついた。メンバーの人数の少ないこともあり、その日の午前中に彼の計画どおりにグループのミーティングが決まる。決まった後に、念のため、水野にも相談してみたものの、彼から特に参考となる意見も出なかった。風花は、早速、先週から検討を始めて、彼の頭の中に積み上げられている案をまとめて、メモに書きとめてミーティングに備えることにした。


中型エアコンのモデルチェンジを担当している風花のグループは、熱交換器など半製品担当の柿木、組み立担当の中山、圧縮機担当の野村、そして電気制御担当の藤田と風花の五名である。

先ほどからグループのミーティングを行っており、効率を大幅に向上させるとともに、製造コストを下げるため如何に改善するかという、最も重要なテーマについて、自由に意見を出して検討を進めている。このテーマには、当然のことながら各自が持論をもっており、夫々の斬新な考えも出て熱のこもった議論になった。

エアコンの冷房時の動作は、冷媒液を室内の熱交換器で膨張させて気化。そのときの気化熱を熱交換器で室内の空気と熱交換して冷す。気化した冷媒ガスは、圧縮機で圧縮して高圧ガスにして、室外機の熱交換器で冷やされて液化。即ち、冷房運転では、冷媒が室内機で気化され、室外機で液化されるという冷媒循環の仕掛けでもって構成されている。暖房運転は、その逆となる。

製品の心臓部である圧縮機のコストダウンについては、野村が既に取り組みを進めているケーシングを鋳造品から既製品のパイプ材に替えることをメインに、それに加えて、いかに効率を良くできるかが話の中心となった。

回転摺動部の摩擦損とか、冷媒の漏れ、冷媒流れの抵抗損失を如何に減らすか、さらには、モーターの効率をどうして上げるかなど、課題のほうは簡単に上がるが、具体的にどうするかというのが難しい。

「何案かモデルを作って、コンピュータで摩擦損とか洩れ、圧損などを計算しモデルごとの効率を出してもらおうか」と風花が提案。

「そのコンピュータの計算というのは、どういうやり方なんですか」と即座に野村が質問した。

「詳しいことは知らんのやけど、設計の定数を入力すれば、手計算で出来ない細かなところまでの演算ができて、かなり精度の高いところまで計算で効率が出せるようだ。具体的なことは、研究所の岡田君に聞けば教えてもらえるけど」

「これまでは、こうすれば効率が上がるという経験と概算に頼っていたが、やはり、精度の高い計算ができて、その結果に基づいて進められるというのがいいですね」と野村がうなずいた。

「この件については、もう少し、具体的なことを調べて、効果が期待できそうならば、取り上げましょうか」と風花がしめくくる。

「モーターの効率もかなり影響するんじゃないかな」と柿木。

「モーターの効率を高くすることは、当然なんやけど、どう上げるか、それが問題だ」と野村の歯切れの悪い返事である。

「モーターは、うちの会社のものでなく、日東電機製を使っているんでしょう」と中山が質問する。

「そうなんです」と野村。

「それならばモーターに関しては、日東電機のモーターを作っている工場に行って、交渉してみたらどうですか」と藤田が提案。

「どういうことになるかわからないが、それしか方法がないですね」と圧縮機担当の野村がこの問題を締めくくった。

「熱交換器に関しては、冷媒管やフィンで小型機並みの材料を使えば、簡単に効率の改善が可能です。ただ、現在の拡管機がそのまま使用できるかなど、生産技術と打ち合わせなければなりません」と柿木が発言する。

「小型化というか薄型は、デザインの面から時流で避けられず、熱交の大きさを削らねばならない。効率を上げる面からは、逆行するところがあります。当然、最先端の材料を使わなければならず、今の設備がダメなら新設もしくは改修すべきだといえますが」と風花が柿木に聞き返した。

「そうなんですが、拡管機を新設するには、約半年も時間が必要です。とても試作に間に合いません。したがって、拡管の能力の不足する場合に試作品を作るとか、小型化ということになれば、たぶん熱交換器を曲げる必要があると思われますが、こういう場合は、設備の能力が足りず生産技術に協力していただかなければどうしようもありません」と柿木が説明する。

効率以上に重視すべきといえるコストの削減についても、各担当者から活発にさまざまな提案がなされた。

さらに、市場では、低騒音の商品であることが大事であることも出されたが、風花は、室内側に関しては、送風ファンが重要であり、こちらも、研究所の木村が専門に研究しており、意見を聞いておかなければならないと思った。

また、薄型の人気が高いことが、営業からの情報として伝えられており、デザインについても多くの意見が出される。

中型機のモデルチェンジグループの最初のミーティングは、意見が次々に出てくる活発な状態であり、効率、コスト、騒音、デザイン、据付工事の容易性などそれぞれの課題が明らかになった。風花が考えていなかった意見が出されるなどで彼自身の視野も広くなった。グループのミーティングによって、みんなのやる気もでてきたようであり、グループとしてのエンジンがかかったといえよう。

各自の大まかな目標も明らかとなり、細部を詰めていくために、次回からは、定期的に、毎月の第1、第３水曜日の朝10時から開くことを決めて終了した。

４月も最後の週がやってきた。あと３日働けば、ゴールデンウィークは工場勤務ゆえ振替え休日が組み込まれており、５月１日から5連休である。

その連休前の週の初めの午前中に風花と野村は、堺工場の研究所に圧縮機の技術計算の相談というか、知恵を貸してもらうために出張。野村の堺工場までの所要時間を考慮し９時30分から打合せの予定である。月曜日の平日であるにもかかわらず、風花家は、朝の食事も土日に続いて7時から家族そろっての食事である。子供たちがあわただしく登校した後、良太は９時10分頃に堺工場に到着するようゆっくり車で家を出た。

ついこの間まで在籍していた研究所に行くのは、少しだけ面映ゆい気もするが慣れたところであり、戸惑うようなことは何もない。研究所の事務所に入ると何人かの懐かしい顔が目に入ってきた。

風花の顔も自然に笑顔となり、一番近くにいる森山真理子に挨拶し、会議室の手配の確認などの話を始めると、山本、若杉、森川など数名が周りに寄ってきた。

みんなが口々に「風花さん、お元気そうですね」

「風花さん、お元気ですか」

「風花さん、今日はどうされたんですか」などと声をかけてきた。

「元気でやってます、今日は、岡田さんに仕事の相談でやって来ました」とみんなの顔を見ながら笑顔で挨拶する。

「その仕事の相談とは何ですか」

「はい、中型エアコン用圧縮機の技術計算をお願いしようと思って、その下相談にやってきました」

「それって、エアコンの効率を上げようという狙いなんですか」

「はあー、もちろん、それもあります」

「エアコンの効率はもとより、エアコン全体の省エネと使い勝手も良くする、インバータを使われたらどうですか」

「インバータは、まだコストも高く、納期的にもダメでしょう」

「そうかもしれませんが、検討の余地はあるんじゃないですか」

「それはそのとおりですね」

ついこの間までの同僚との話は、次から次へとめどなく続いていくが、風花はキリのいいところで切り上げて、岡田に「木村さんのところへ行きますから、野村君が着いたら知らせていただけますか」とひと声かけて、木村のところに向かった。

木村には、時間がないため、とりあえず、今回のモデルチェンジでの送風ファンの低騒音化について、彼の見解を聞いたあと、今後、相談に乗ってもらえるよう依頼した。木村は快く「いつでも相談にきてください」とのことであった。

野村がまだ着いていないため、岡田に再度声をかけ、打ち合わせの会議室に入り照明を点灯し、机に資料を広げパラパラとめくりチェック。間もなく岡田と野村が入ってきた。すぐに、本題である技術計算の打ち合わせを始めた。打ち合わせといっても、野村が準備した圧縮機の設計図面を見ながら、ハウジングが新しくなるため、念のために強度計算が必要であり、加えて効率の計算については、岡田から計算の手法を聞いてわからないことや疑問を納得できるまで説明してもらった。

説明を受ければ最先端の技術であっても、風花も野村も理解できるセンスを備えていて、活用すべきだということになった。その上で、今後の具体的な進め方について、細かな打ち合わせを行い終了した。

帰路は、風花の車に野村が同乗し、その車中での会話の中で今回のモデルチェンジでは、中型機の製造ラインを新設といえるほど改造しなければならず、チンタラ取り組めば、とても来年の製品化に間に合いそうもない。現行の設備のみでは、試作機を作るのが難しいと思われる。できるだけ早い機会に、できれば、いますぐに生産技術に製造設備の改造が必要なことなど説明し、試作機の製作を含めた協力の依頼をしておいたほうがよいということだ。風花は、野村の言うとおり、試作から製造に関して生産技術にいろいろお世話になるだろうと思い、早速、相談しておくことに同意した。

「その話には、野村君も一緒に行ってくれるだろう」

「はい、ぼくも行きますが、柿木さんも一緒に行ってもらって熱交換器についても、あらかじめ大まかなところ説明しておいたほうが良いと思います」

「それでは、連休明けにでも、コンタクトをとってみようか」

出張の翌日は、天皇誕生日であるが、振り替え休日で工場は出勤である。その朝、部長の落ち着くのを待って、風花はこれまで進めてきたグループでの検討内容について、中間報告を昨日の出張報告と合わせて行うことにした。検討中のモデルチェンジの内容について部長は、特にコメントもなく静かに聞いていた。そして報告の終わるのを待ち、研究所で打ち合わせを行った圧縮機のコンピュータによる技術計算などについて何点かの質問をしてきた。

「中型機は、会社をあげて何としても、省エネとコストで他社を大きく引き離さなければならない。君たちのグループの仕事の成果が、全社的にも注目されているし、大きな期待もかけられている。私は、この取り組みの方向でよいと思いますが、最終的には、トップと営業に報告し、その承認が必要なので、具体的な実施の内容が決まったら、あらためて報告してください」とのことであった。

こうして風花の新しい職場における仕事は、順調にスタートを切って、ゴールデンウィークを迎えることになった。

連休の中日《なかび》を風花家は遊園地に行く日と決めていた。当日は快晴で絶好の行楽日和に恵まれ、家族四人揃って駅にゆっくりと向かった。駅に通じる道の周りを見渡すと、明るい日差しに庭の植木や生垣の新緑がまばゆく映える。まれに見られる紅カナメモチや紅色もみじの新芽が、新緑の中ひときわ変化の彩を添えている。

あちらこちらの庭に咲かせているツツジやバラもまた鮮やかで美しい。歩みを進めると、庭の花壇には、アネモネ、ガーベラ、キンギョソウの他、名を知らない花々をきれいに咲かせている家もある。

風花は、それらの花を注意深く眺めながら、子供たちに知っている花や木の名前を教えながら、和やかにゆっくりと駅まで歩いた。

めざす遊園地は、電車を1度乗換えないといけないが、30分もかからない行程であり、話しながら来たためあっという間に着いた。駅から遊園地へは、わずかな道のりで、入り口で入園券を買い、滞ることなく遊園地に入り、昼食を取ることも考えて池の端の木陰で眺めの良い場所に席を作る。

昼食には、早いので園内のバラを見たいと思い、子供たちを誘ってみると有香のほうは、一緒に行くとすぐに立ち上がった。姉の美奈は、ここで待っているという。良太は、裕子にちょっとバラを見てくると言って、有香と連れだってバラ園に向かった。バラは、今を盛りに華やかに咲きほこっており、見飽きない。

家族で遊園地に来てバラの花と香りに包まれていると、日頃の厳しい仕事に明け暮れていることも忘れて、生きている幸せを感じる。

「有香、バラの花きれいやな」

「お父さん、いい匂いするね」

「そうやな、新しいクラスで友達たくさんできたか」

「うん、初めて同じクラスになった人も友達になったし、たくさん友達ができたよ」

昼食は手作りの弁当を広げ、手提げのクーラーに入れてきたビールを飲みながら、花見のようである。工場で働いている仕事を離れ、こうして家族で過ごすことは、何と気分の穏やかで心地のよいことか。単身赴任というのは、やはり、寂しい。気持ちが落ち込むことも多く、その鬱の気持が長く続くことも避けられないようだ。風花は、自らの精神力で苦しいことに、耐えていくほかないという想いを改めて感じた。

家族の会話は、全員揃うとどうしても子供たちと妻の裕子が主役となり、友達のことや遊びのことなどで良太の存在が薄くなる。

「お母さん、今度、夏用の服を買いに行ってほしい」と美奈が訴える。

「それじゃ明後日にでも行こうか、お父さんと有香はどうする」

「一緒に行く」と有香。

「お母さん、今日のフライ美味しいね」と美奈が弁当の魚フライなど揚げ物を褒める。

「そうや、美味しいわ」と良太も同調する。

風花は、こうして、家族とゴールデンウィークの1日を過ごすことで、単身赴任で凝り固まった緊張から解き放たれ、ゆったりとした気分で英気を養えたようだ。

山本は、出張で打ち合わせた事項や得られた知識と、宮井リーダーや同僚との意見交換の内容で、東都ガス向けガスエンジンヒートポンプ（GHP）システムの制御の設計に集中して取り組み、その概要をまとめあげた。その頃、好いタイミングでグループのミーティングが開かれて、仕様の検討を行い主な内容が決まった。

その概要は、エンジンの起動は、圧縮機の能力を最低にまで下げて行う。回転数は、900rpmから1800rpmの間で無断階に、運転台数と室温により回転数の制御を行う。

圧縮機の能力は、負荷に応じて3段階に切り替える。

エンジンの廃熱回収の方法と回収した廃熱を利用するシステムの概要。さらに、防音装置についてなど、試作機のおおよその仕様が決まった。

仕様が決まれば、製作に向けた詳細な設計を加速して進めることが可能になり、当然、グループ全体が忙しくなり、山本も仕事に集中することになった。このように、仕事に集中している時が、山本の最も充実感を味わう時であり、生きがいを感じる時である。

山本は、18歳で愛媛県の県立工業高校の電気科を卒業し、定期採用で近畿電機に入社し、水中ポンプ部に配属されて、そのモーター開発の仕事に就いた。ところが約半年で水中ポンプがクレームで製造中止となり、彼の所属していた課そのものがなくなり、以来、約3年ごとに配置転換を繰り返してきた。

そういう中で、職場の先輩の影響を受けて労働者階級として目覚め、60年代の中頃から70年代の中頃まで、その職場の仲間と労働運動に加わり、働く者の労働条件を改善するため会社側と激しく戦った。山本たちの運動が盛り上がってきていたとき、彼らのグループが反対したにもかかわらず、会社と同調する本社など他工場の組合幹部の力が大きくて、近畿電機に資格制度が導入された。この制度によって、上司の評価で何級という資格に各労働者が格付けされ、賃金が年功からこの能力の格付けで決められるようになった。

この資格制度が導入されたことで、工場の現場の労働者の意識が会社側に傾いた。その主な理由は、現場労働者の能力の評価が指導力、協調性などという名目で見る人でどうにでも判断できる評価となった。いうならば、上司の言うことをよく聞く労働者が、高く評価されることになったのだ。それ故に、現場労働者の多くが、山本たちに背を向け、職制の言いなりとなる人が多くなった。

山本たちは、労働組合の役員から、完全に締め出されてしまった。それ以後、山本の仲間たちの誰一人として、職場委員にすら選ばれなくなった。労働組合は、その役員を会社側の息のかかった「労資協調の考えを持つ」候補者が独占し、多くの面において、労働者にとって味方といえなくなってしまった。

山本は、上司の評価が低いし、所持している資格も低い。この年までずっと平社員である。山本は、これに対し黙っていたわけでない。その理由を資格が発表された都度、上司に説明を求めて闘ってきた。与えられた仕事は、営業に行った時でも前向きに積極的に挑戦してきた自負がある。労働組合の役員選挙では、残念ながら敗れてしまったが、山本は自らと家族の生活を守るため、何があってもへこたれるわけにいかない。

風花は、中型エアコンモデルチェンジのグループミーティングを、連休前に野村と出張した報告を兼ねて開催した。この中で、モデルチェンジで大きな位置を占める圧縮機に関して、さらに細かく突っ込んだ検討を行った。

研究所の雑談で話題になったインバータについては、電気制御担当の藤田がよく知っており、やはり当社では、コストの面でも、納期の面でも、全く今回のモデルチェンジの課題に取り上げることのできないのが現状のようだ。

研究所への出張報告を行い、ハウジングの強度と効率の計算について、その手法など説明し共有の知識とし、計算を依頼したことにも異存がなかった。

圧縮機に関しての課題は、野村がモーターの効率アップについて日東電機と交渉することと研究所の報告待ちとなった。

熱交換器に関して柿木の意見では、薄型ということであれば、L型に曲げないと面積が広くなりうまくいかないと思われ、熱交換器のL曲げ機が必要。柿木の認識によると、現在のL曲げ機は加工の能力が、中型機に関しては、不足していると思われ、試作機の制作も含めて生産技術と相談しておく必要があるようだ。

この段階では、競争相手となる他社の情報についても十分検討しておく必要があり、今年のカタログを見て性能など丁寧にチェックした。中型機種に関しては、気になる機種があっても量販店にも展示されておらず、直に他社製品を見ることができないため、サンプル機を購入してチェックすべきだとの意見が出て、風花がサンプル機購入を上司と交渉することになった。

コストダウンに関しては、圧縮機のハウジングを小型と同様のパイプ材を使用すれば大幅なコストダウンとなるが、その他は、こうすれば可能であるというめぼしい対策が見えない。各担当者が一つひとつの部品等のチェックを行って、小さなコストダウンを積み重ねていくほかなく、時間もかかるがやむを得ない。

グループの仕事は、順調に進捗しており、この段階で中型機のモデルチェンジを目標どおりやり遂げるめどが立った、と風花は直感した。

朝、社宅を出て空を見上げると、雲一つない素晴らしい天気である。寒くもなく暑くもなく働くのがもったいないような天気である。駐車場に向かって歩く平凡な道でも、頬に当たる風も爽やかで気持ち良く本当に好い季節になった。いつもどおり車で通勤の風花は、事務所に入ると野村とばったり出会う。

「おはよう」

「おはようございます」と野村が挨拶を返してすぐに、「風花さん、明日、日東電機の武生工場にモーターの効率ＵＰの交渉に行ってきます」と言う。

「そうですか、行ってくれますか」

「僕一人でいいでしょうか」

「交渉といっても、今回は、日東電機にこちらの要望を告げ、相手方の意見を聞くだけになるでしょう。一緒に行く人もいないし、良いんじゃないですか」

風花がこのような返事をした根拠は、野村と一緒に行く適当な人も見当たらず、効率アップの要望が受け入れられる場合は、既に、技術開発がされており、その技術が容易に適用できる場合に限定されると思ったのだ。

この、野村が一人で行くことに部長からクレームがついた。すったもんだのあげく、次週に水野のグループの圧縮機担当者と二人で行くことになった。風花には、何の相談もなく、頭越しのクレームとその処理であり、このうえもない後味の悪い気持ちを抱いた。

晩酌のビールを飲みながら思い返すと、些細なことであるが、心の中を冷たい風が通り抜けていくようなうそ寒い心持がした。自分の下した判断が、自分に全く関係なく処理されるということは、気持ちが逆なでされる嫌なことだ。これまでも何かにつけて「無視されているのでは」と、気になっていただけに、よけいに気分が悪かった。

この種のことに関して風花は、どちらかといえば楽観的な性格で、あまり突き詰めて考えないのだが、一人暮らしのせいか、寝床に入ってからも頭から離れず寝不足となってしまった。なぜならば、風花の目に見えるところで、提言に対して自分を全く無視して処理されたことにある。

風花は、決定権を持っていないが、それでもリーダーである。間違っているというならば、少なくとも理由の説明ぐらいあっても良いのでなかろうか。

なお、この交渉は、日東電機が当社の要望を受け入れるだけの技術的な条件を未だ整えておらず、二人が出張し話し合いに臨んだものの成果にはつながらなかった。

枚方市駅で私市《きさいち》線に乗り換えて、電車が終点に近付くと山が間近に見え緑も目立つようになった。自然とハイキングの気分も盛り上がってくる。今日の天気は、まさに絶好のハイキング日和である。

私市駅で下車して、ワイワイガヤガヤ話しながら10分ほど歩くとナラの林になって、もう若葉あふれるハイキングコースである。新緑の私市ハイキングは、人数が増えて一〇人もの団体となった。当然、若杉もその参加者の一人である。若者のなかに混じってなぜか山本の姿もあった。

小さな滝を過ぎると川沿いに階段の多い急な坂道となって、一列になって登っていく。みんな黙って、一歩一歩、黙々と進んでいった。なかには息を切らし少し遅れる人も出てきてグループが分かれてきた。特に、後のほうにいる女性の遅れが目立つようである。それでも、先頭のほうを歩いている山本たちは、かまわずどんどん登っている。この急な坂は、一本道であり迷うおそれもなく、しばらくするとすぐに平坦な道となり、その手前で待ち合わせればよい。

この時期の山は、淡い若葉色に包まれ日差しを受けて若葉が輝き美しい。生命がみなぎっており、気温も暑からず寒からず快適である。

「少し休んで後ろを待とうか」と山本が道の両端と川べりに座れる石のあるところで先頭の吉田に声をかける。

「そうしましょうか」と吉田が立ち止まり川べりの石に腰を下ろす。

「今が一番いい季節やな、これだけ登っても少し汗ばむ程度や」

次いでやってきた若杉に「若杉君、少し休もうか、そうして、後ろの人を待とう」

みんなが待っているところへ、最も遅れていた女性の二人が追い付いて、空けていた道端の石の上に腰を下ろした。

全員そろったのだが、いきなり歩きはじめるわけにもいかず、しばらく休憩となる。周りに背の高いナラの木が目立つ気持ちの良い森の中であり、川のせせらぎの音と鳥の声が心地よい。

「ここまで来ると、街の中をずいぶん離れたような感じやね」と清水が誰にともなく話しかけ雑談が始まる。

「そうやろ、ここ府民の森には、こんなところがいっぱいあるんや」

「ここは、ハイキングにちょうどいいところですね」

「堺からは、ちょっと遠いのが難点やけどな」

「ここは、新緑の季節が最も良い時なんや」

しばらく休憩して再び山を登り始める。川沿いに道があって急な階段を越えるとなだらかな道になって急に開けて広い道になった。

平坦な広い道となり視界が開け小さな池も見える。目的地のくろんど池が近付いたと思い若杉は、白井美由紀の横に並んで歩きながら話しかけた。

「いいハイキングコースですね、白井さんはここ来たことあるんですか」

「私、ここ2度目なんです」と若杉のほうに顔を向け答える。

「坂を登っていた時は、こんな広い道になるなんて想像できませんでしたね」

「そうですね」

「きつかったけどあの坂道のほうが、木々に囲まれ雰囲気としてはよかったですね」

「そうですね、若葉と川の流れ、鳥の鳴き声もよかったね」

少し進むと、すぐに右側の狭い道に入って、背の高いナラの木が目立つ林の中となった。前の道に比べるとなだらかな林の中を10分余り歩くと、再び広い平坦な道になり、今度は正真正銘のくろんど池である。池の向こう側には、広い道路と車も見える。この池には、車でも来られるようである。

グループは、昼食の場所を探すことにし、人の少ない池の右側へ進むと、シートを敷くとグループの全員が座れる広さの場所が見つかった。

「ここにしよう」と山本や吉田が声をかけて、みんながうなずきシートを敷き始める。

中央にある大きな石のベンチや左右の木の下に荷物を置き、一〇人が座れる場所をつくるのにさほど時間を必要としなかった。みんなシートの思い思いの場所に座り、持ってきた弁当を広げる。

山本は「若杉君、この程度の距離ではもの足りんやろ」と声をかける。

「そんなことないです、あの坂道はしんどかったし、森の若葉にふれたし十分です」

「若杉君、その口と違い、顔のほうには、正直にもの足りんと書いてるで」と突っ込みみんなドッと笑う。

彼は頭をかきながら「清水、あの坂道しんどかったよなー」と助けを求める。

「ちょっとだけしんどかったけど、短かったなー」と全く助けにならない。

「そうやろー、短かったもんなー」

賑やかに雑談しながら、女性陣が多めに作ってきた食べ物を独身男性に配給したりしながら、みんなで和やかに弁当を食べた。

食事も終わってひと段落したときに「若杉、展望台に行ってみようか」と清水が声をかけ二人が登って行く。

「真理ちゃん、ボート乗れへんか」と山本が誘う。

思いがけず山本に誘われ森山真理子は、迷って返事もできず逡巡していると「山本さん、年とったおっさんに誘われ、森山さん困ってるで」と吉田が声をかける。

「そうやなー、言われてみると自分は、若い娘さんをボートに誘う資格がないようや、真理ちゃんごめん、取り消すわ」と山本が謝って一同大笑いとなった。

森山真理子と白井美由紀の企画したハイキングは、おおいに盛りあがり参加者にとって楽しい1日となった。また、参加者の誰もが日々の仕事で緊張している心身がリラックスされるとともに、お互いの連帯感というものが自然と深まった。このように心も体も、自然の中でリフレッシュされるのは貴重なことである。


月曜日の朝、昨夜の天気予報どおりもう雨が降り始めている。風花良太は、雨が強くなって遅刻することが心配なのでいつもより15分早く家を出発した。心配していたとおり天気予報が的中し、奈良県に入る頃、激しい雨となった。ワイパーをフル稼働させても、前方がはっきり見えないほどの激しい雨である。早朝でも普段ならば、すっかり明るくなっている頃だが、まだ暗くて、少しスピードを落とさなければならない。

前方からの車は、直近に来ないと見えない。非常に危険だ。ライトを点灯して走るが、それでも曲がり角になると前方からの車にハッとする。恐怖感にとらわれてさらにスピードを落とす。滋賀工場が近付くにつれて雨も小ぶりとなったが、それでも、ずいぶん遅くなったと思い時計を見ると、いつもより15分ほど遅いだけで、少し安心した。少々の遅れならばいつもとあまり変わることなく、社宅に立ち寄り何時もよりちょっとだけ急いで用事を済ませればよい。

社宅での用事といえば、新聞などを片づけて、妻の裕子が持たせてくれた手作りの食事、その他、持ってきたものをきっちりと収納しておかねばならない。特に、食事は、そのまま車に積んでおくわけにはいかない。間に合ったと思って安心して片づけをしたせいか、何時もより10分遅く社宅を出発した。この日は、何故か道路が混雑しており、遅刻ぎりぎりの時間に入門する羽目となった。

今週の仕事は、モデルチェンジの仕様も頭の中でかなりまとまってきたので、生産技術とコンタクトをとって、試作品の製作が順調に進むように事前の根回しを行っておかなければならない。午前中には、野村と柿木に相談してから、生産技術課長及び担当者と打ち合わせの日程を決めるために動くことにした。

「野村君、今週中に生産技術と最初の打ち合わせをしようと思うんだが、都合のほうはどうですか」

「僕のほうは、前の日に連絡いただければ何時でもいいです」

「それじゃ、生産技術と話し合って日を決めるけど、よろしくお願いします」

その後に、風花は、柿木のところへ行って、彼に生産技術への同行を頼み、二人で工場に向かった。工場の事務所には、岡山生産技術課長が在席しており、柿木に紹介してもらって「中型機モデルチェンジの試作機の製作では、生産技術に力になっていただかねばならない事柄が多い」と伝えて協力を依頼した。

岡山課長も中型機のモデルチェンジのことは、聞いており「できる限り協力する」ということで、打ち合わせ日程については、「担当の鈴木が現場に出掛けているので、彼と相談のうえ連絡させていただきます」ということであった。

風花は、岡山生産技術課長の好意的な返答に拍子ぬけをしたような気もしたが、ともかく、目的を達したわけである。

このあと夕方には、生産技術の岡山課長から電話があり、水曜日の午前10時からの打ち合わせと決まる。風花にとって気になっていたことが、前向きに一歩を踏み出せてともかく一安心である。


風花の単身の生活は、月曜日の朝に自宅を車で出発し、社宅に立ち寄り荷物を置いて作業服に着替えて会社に出勤する。毎日の帰宅は、夜の8時から10時頃に仕事を終えて社宅に帰り着く。社宅で食事の前に風呂に入るときは、まず、風呂を沸かし、雑用をすませ妻の作ってくれた食事を温めるなど夕食の準備をした後で風呂に入る。そのあと、ゆっくりとテレビを見ながら晩酌のビールを飲みながら食事をする。風呂に入るのを後にする時もあるが、ごくまれである。

　夕食をとる時間が、毎日バラバラで、しかも、遅いというのが当たり前となっており、問題だと思うが、そのことに慣れており気にしていない。たまには、定時の休憩時間に食堂でうどんを食べたり、外食することもあるが、それは、あくまで、たまのことである。就寝はテレビのスポーツニュースなどを見て夜の12時頃になる。

　朝は、6時半頃に起床する。7時前に朝食を取り、7時半頃には出勤する。この繰り返しが、風花良太の滋賀工場における暮らしである。つまり、仕事にかかわっている時間がほとんどだ。彼の日常生活の喜びも悲しみも、仕事を通じて感じられるので、仕事人間といえよう。ただ、この生活に満足しきっているわけでない。まだ仕事に慣れておらず、余裕がないからやむを得ないのである。風花は子供の頃に、特に勉強ばかりしていたわけでないが、いつも成績がよい方で親から何も言われず比較的のんびり過ごしてきた。それでも、高校2年から大学受験までは、受験勉強にかなり集中した。現在は、休みもあるし時間的にみれば、そのときほどでないものの、それでも、気持ちの上では、今より余裕があったような気がする。

　風花は、この年齢になって初めて、一人で生活することになった。大学も自宅からの通学、結婚してからは、いつも妻の裕子と一緒であった。この独り暮らしも初めのうちは、寂しいと感じたが、時間が経つにつれ徐々にではあるものの慣れてくるものだ。この時期になると独り暮らしが好ましいとは思っていないものの、ようやく仕事に集中できる生活リズムを築くことができた。

国会では、何故か多数の自民党議員が大量欠席して、大平内閣への不信任案が衆議院で可決された（１９８０年）。山本にはその理由がよくわからなかった。この不信任案の可決に、マスコミなどは、ハプニング解散と報じた。６月22日、初めての衆議院と参議院の同日投票の選挙となった。国政のダブル選挙ということで、選挙関連の報道が多くなったし、ポスターも数多く貼られ候補者が門前に立ち支持を訴えた。選挙カーで候補者名が連呼されるなど選挙ムードが高まってきた。

その選挙さなかに大平首相が急逝し、選挙での政党支持の雰囲気が、志半ばで亡くなった首相に対する同情なのか、金権政治批判であるとか、物価の上昇から国民生活を守るなどの、重要な政治課題や社公民の野党連合が、何処かへ飛んでしまって、自民党支持に偏ってきたようである。

選挙の結果は、衆議院、参議院ともに自民党が圧倒的多数を占め、鈴木善幸が首相に就任することになった。

山本は、この結果に対して、また自民党かと、投票前に新聞等で予想されていた結果といえ、日本の政治に心の中でガッカリした。同じ政党が政権を長期に担当することは、政権が腐敗すること間違いなしで、良いことがあまりないといえよう。それは、個人が長期に政治のトップに君臨すれば、独裁者となりうる可能性が高いことと似たようなことである。山本は、この自民党政治の継続を打ち破れば、必ずや、日本の政治を少しでも良い方向に変えられるのではないかと思っている。

この同日選挙は、彼の想いと相反する結果であったけれど、何時ものように毎日の仕事に追われているうちに、政治のことなど、いつのまにか頭から消えていた。

他社のエアコンが入荷。試験担当による性能試験が終わったので、分解してチェックを始めることにした。試験担当の報告によれば能力のほうは、JIS規格の最低値に近いところにあってさほど気にすることもない。

分解してみると、参考とすべき部分が数多く見い出された。そこでは、低コスト化、小型化、防音対策や電装品などのさまざまな部分に、他メーカーの技術者の創意工夫がひしひしと感じられた。

中型機モデルチェンジグループとしては、他メーカーを参考にして、これを上回るようなアイデアを出さなければならない。彼らもプロであり中身を見れば、それだけで十分に、自分の仕事にとって多くのヒントを得たようだ。

この他社のエアコンを分解して参考にすることは、思っていた以上に大きな効果があった。風花もこのチェックで競争相手の創意工夫の跡が見られて、大きな刺激を受けた。同時に、他社の特許に抵触するようなことは、間違ってもしないことで意志を統一した。そのために各々が大阪市の夕陽丘図書館に出張し、自らの担当する部分に関しては、特許の調査をしておくことも決めた。

このことに関して風花は、率先して夕陽丘図書館へ行き、特許の調査に臨まなければならないと考え、未だ1度も行ったことのないという野村と中山を誘って、三人揃ってグループの他のメンバーに先がけて行くことにした。他のメンバーは、これまでに調査に行ったことがあるとか、日常的に特許広報などをチェックして、おおよそのことを把握しているようで、さほど急ぐこともないようだ。

この出張は、風花にとって申し訳ないほど働く条件の好い仕事だ。週の初めの月曜日に出かけるとすれば、朝はゆっくりとできるし、帰りも早く家に着くことになる。その上、日帰り出張手当までもらえるのだ。ラッキーと思うだけで済まさず、この特許の調査は、欠かすことのできない仕事だ。この特許調査を何としても、モデルチェンジに生かさなければならないと、頭の中で再確認して臨むことにした。

それ故、風花は、気合を入れ集中し、野村、中山と三人で協力して、相乗効果を上げられるよう調査に臨んで手際よく進めていった。

調査を進めていくと、その中には、自分たちのやろうとしていることが、注意しないと他社の特許に触れるようなことが僅かながらあった。それらは、この開発を進めていくうえでの貴重な参考となった。

さらに、他社の特許に触れる心配をなくすという守りの面だけでなく、自分たちの視野も広まったし、自らが特許を出すうえでのヒントも得られるという、前向きで積極的な効果も得られたのであった。


研究所の岡田に依頼している計算の結果が出たという連絡があり、週末の金曜日の午後から研究所で報告を聞くことにする。10時半頃、野村を乗せ、風花の車で滋賀工場を出発。山の中は緑が陽光に映えて特に美しい。仕事中であることを忘れるような快適なドライブとなった。

「風花さん、このへんの景色は好いですね、特に若葉が美しいですね」

「そうだろう、今が一番好い時期じゃないかと思う」

途中の奈良市内の食事処で昼食を取り、1時過ぎに研究所に到着した。岡田との打ち合わせは、1時半からということで少し時間がある。室内外のファンの騒音低減と、風の流れの制御で熱交換を良くし、エアコンの効率を上げる相談とその依頼を木村にしておくことにした。

この依頼は、野村にも聞いておいてもらったほうがよいと、二人揃って会いに行く。木村からは、モデルチェンジに活用できるかなり具体的な内容の提案があった。この提案は、今度のモデルチェンジで活かせる内容である。風花は、率直に喜びを表し取り入れていくことを伝え、今後のさらなる力添えを依頼した。

そのあと、岡田の技術計算の報告を聞く。ハウジングの強度計算は、少なからず余裕があり全く問題がない。今後の課題は、ハウジング以外でコストダウンを考えて、強度のムラをなくしムダ肉を減らす検討など必要である。３モデルの効率の面では、新しく野村が提案したものが最もよい。もう少しこれを基に検討してみればさらに効率の良くなる可能性があると想定できた。

野村は、もう少し効率を上げるために継続して検討することを考えているようだが、風花もその努力が望ましいと考えている。そうしないとせっかくの技術計算が十分生かされないことになって心残りとなろう。研究所の岡田の技術計算もさることながら、木村の送風ファンに関する研究成果が、中型モデルチェンジの騒音低減のみならず、効率の向上にも寄与できるものであると確信できた。

当初は予定していなかった送風ファンの改善による効果が期待できて、目標を上回るのみならず省エネ法の基準すら大幅にクリアできるかもしれないという期待すら生まれてきた。風花は満ち足りた気分でもって研究所を後にした。

今年の梅雨は、梅雨入り当初に空《から》梅雨かと心配されていたが、7月に入ると雨の降る日も雨の量も多い。今朝も激しい雨である。風花はパンを焼いて、妻が作り持たせてくれた総菜を電子レンジで温めて朝食の準備をしながら、この激しい雨に緊張感が高まり早めに家を出ることにした。

グループの仕事も試作の関係上、各自のテーマで残っている部分の結論を出さねばならない時期となっている。今日のミーティングで納期のかかる部品に関しては、グループとしての最終決定が必要となっていた。

納期のかかる部品の一つは、外注で組み立ててから納入される部品である。これらの部品は、仕様が決まってから見積りをとって、価格とともに初めて納期が決まり、発注できるのである。この外注品に関しては、従来からの取引で納期の予想ができるけれども確定でないためどうしても安全を見込んで早めとせざるを得ない。

仕様を決定するに当たっては、やはり意見の違いがあり激論の末やっと決まる。風花は、新商品の仕様であるから、このようにあらゆる角度から検討して、決めていくことが望ましいことだと考えている。

一歩一歩と仕事を進めるため、時間もかかるし、忍耐も要るが、それでもこの進め方が最も良いと思っている。

夏のボーナスが支給され、近畿電機滋賀工場の労働者にとっても懐具合が最も豊かな時がやってきた。とりわけ、独身寮の若い社員にとっては、じっとしていられないようであり、仕事が終わってから夜の街へ繰り出す寮生も多いようだ。何時ももの静かな中山ですら、昨夜は、独身寮の友人たちと何処かへ飲みに行ったようであり、二日酔いのように見える。日頃、我慢を重ねていて解き放たれた気分になったときに、つい飲み過ぎてしまうことは、若い者にとって避けられないようだ。

風花もこの若者たちの気持ちは、十分すぎるほど理解できる。そんなとき、野村に「風花さん、飲みに行きませんか」と誘われた。

「うん、いこか」と二つ返事で受ける。

「明日どうですか」ということであくる日に、風花は6時半に仕事を済ませ、社宅に車を置き着替えて、駅の近くの炉端焼き店まで歩いて行った。

この街の地理も少しわかってきたところであり、こういうときは、できるだけ歩くようにしている。店を見つけて入ると、奥のほうから、すでに待っていた野村から「風花さん」と声が掛かった。

「待った？」と声をかけて野村の隣の席に座る。

「今来たところです」と彼が答えて二人だけの飲み会が始まる。

ビールと食べ物を適当に注文すると、すぐにビールが出てくる。とりあえず、ビールで乾杯。

「圧縮機の効率のほうは、もう少し期待できそうかな」と、風花はいきなり仕事の話題を持ち出した。

「いま、いろいろな面から検討しているところなんですけど、もう少し上げられるんじゃないかと考えてます。研究所から報告のあった三つの技術計算をじっくり検討してみましたが、モデルチェンジの圧縮機の設計に生かすヒントが見つかりました」

「そうか、もうひと頑張りということなんやな」

「そうなんです」

「野村君の生まれたところは何処ですか」

「僕は高知で生まれてから、大学まで高知でした。それから、関西に就職のために出てきた田舎者です」

「そうですか、高知ですか。高知には、まだ行ったことないなあ、高知で野村君の一番のおすすめの観光地はどこですか」

「うーん、難しいですけど、僕は、足摺岬が好きですね、あの雄大な景色に惹かれます。風花さんは、どちらの出身ですか」

「僕は、大阪生まれの大阪育ちです。野村君のように帰る田舎のある人がうらやましいなあ。実家に帰っても日帰りばかりですねん」

注文の食べ物も出され、お互いにビールを注ぎあいながら、飲み、かつ食べ、新たな食べ物も頼み、会話を続ける。

そのうちに再び仕事の話に変わり、「M社のエアコンを分解した時に、組み立て方に感心しました」と、野村。

「そうやなー、他社の製品を見せていただいたのは、いろいろな面で、とても参考になったなー」

「そうなんです、僕ら初めてだったからほんまに参考になりました」

仕事のコミュニケーションを取れるなど、野村とお互いに理解が深まって、親密さが増してくるという有意義な小さな飲み会であった。


今年の夏は例年に比べ涼しい日が続いている。夏の夜の寝苦しさをしのぐには、エアコンが欠かせない。涼しい日の続く今年は、エアコンの売れ行きが悪いようだ。日本の夏にエアコンが必要なのは、当り前となっているものの、売れ行きは、やはり夏の暑さにかなり影響されるようだ。エアコンの設計に携わる風花たちにとっては、この冷夏によるエアコンの売れ行き不振の行き着く先が、どうなるものか気になる。

今夜は、駅の向こう側の14階建てホテル最上階で行う課内の飲み会である。このところ飲み会が多い。飲み会は、風花が転勤してあまり話をしたことのない人とも、気軽に話せる機会となり良い面もある。仕事から帰るといつも一人だし、たまには、飲み会でにぎやかに過ごせるのは楽しみでもある。6時に仕事を切り上げて社宅に帰って、作業服から半そでシャツに着替えて、今日は、バスで駅に出た。ホテルには7時少し前に着く。ホテルには、まだ半分くらいの人しか集まっておらず、どうも始まるのが遅れそうな感じである。何処へ行っても、こういう時に遅れる人が居るものである。

風花は、所在なさそうにしている野村を見つけ、近づいていって「今日は始まるのが遅れるんかな」と声をかけた。

「たぶん遅れると思います、いつもですわ」

「いつもどのくらい遅れるんですか」

「いつもは、10分か15分ですが」

「何処も同じやな」

「研究所もやはり遅れましたか」

「そうやな、遅れる時が多いなあ」

「遅れる人はいつも同じ人ですわ、腹の空いたときに待っている人の身になってほしいと思いますが……」

やはり定刻を15分過ぎて、遅れるから先に始めてくださいとのメッセージのあった人を除き、全員が集まり開会となった。

最初に山田部長の挨拶があって乾杯した。乾杯のあとは、賑やかに会話しながら一気に飲んで食べて、しばらくすると場の空気も浮かれたような底抜けに明るいものになり、大きな声での話があちこちで始まった。

風花は、野村やその近くにいた中山などグループの者と話をしていた。そこへ、グループの藤田、柿木がビール瓶を持ってやって来て、気の置けないものばかりとなって話が一段と盛り上がった。

飲み会というのは、会社で親密ではないメンバーともコミュニケーションがとれることもあり、今日の飲み会でも、結成されて間もないグループのまとまりを築く上でも役立ったといえる。

森山真理子は、白井美由紀を誘い有給休暇を取って、白浜に一泊で泳ぎに行くことにしている。彼女の住んでいる町から白浜は、そんなに遠くないにかかわらず1度も行ったことがない。行きたいと思っていたところに、白良浜《しららはま》の海開きのニュースを見て、この夏は、あの砂浜で泳ごうと思い立ったのだ。

旅行ガイドブックで調べた中で白良浜に近く、宿泊が手頃と思える旅館を見つけ、宿泊先から水着で泳ぎに行けることを確かめて予約した。ところが、今年の夏は涼しくて、海水浴の条件としてあまり良くないものの、宿の予約を取り消すことも気が進まず、予定どおり行くことにした。

白浜行の特急列車は、天王寺で乗車するのが普通だが、彼女たちの住んでいる堺市からは、和歌山へ出たほうが時間的に早く行ける。和歌山まで快速電車で行って、特急に乗車することにした。

和歌山から白浜までは、特急列車で1時間余である。時折、電車の窓越しに見えてくる青い海を見ると、白良浜で泳ぐ快適さに期待もたかまってくる。

白浜駅からバスに乗ると15分ほどで白良浜に着き、旅館に入る前にこれも旅行ガイドブックで見たカレーライスの店で昼食を取ることにする。この店のカレーライスは、やはり案内どおり美味しかった。

旅館にチェックインして水着に着替えて白良浜にでた。平日であるし、涼しいためか想像していたほどの人出はないが、それでも、広い砂浜には、かなりの人が散らばっている。人の比較的に少ないところを見つけて、持ってきたパラソルを立てシートを敷いて海水浴の基地を作る。

とりあえず海に入ることにした。彼女たち二人ともに泳ぎは得意であって浮き輪なしでも泳げるほどの力があるけれども、やはり沖に出るには、二人で一つの浮き輪を持って海に入った。

明日の午前中は、アドベンチャーワールドを訪ねる予定であり、今日は存分に海に浸かって泳ぐつもりであった。しかし、この日は気温が低いため体が冷えてあまり長い時間泳げない。

４時を過ぎると少し寒くなってきたので、少し早いが海から上がって、旅館にもどってゆっくり温泉につかることにした。海で少し身体が冷えていたせいか、温泉の温かさが気持ちいい。宿泊客が少ないのか、温泉は貸し切り状態で快適であった。

夕食は部屋で取った。もりだくさんな料理を二人だけで、静かな部屋でゆっくりと食べるのは、余計に美味しく感じる。特に、魚料理が新鮮かつ豊富であり、美味しくて満足できる食事だった。

「ここの料理美味しいね」と真理子が口をはさむ。

「きっとお魚が新鮮なんや、そやけど今年は涼しいね、泳ぐの寒かったやんか」

「海水浴は、やっぱり暑うないともう一つなんや」

それでも、森山真理子にとっては、このところ旅行をしてなかったし、これまでの会社の慰安旅行のような団体でなく、気の合う美由紀と二人だけの静かな泊りで、ことのほか好い気分であった。

翌日は、宿に荷物を置かせてもらって、９時前に宿を出てアドベンチャーワールドへ行って満足のゆくまで遊んだ。真夏であるにもかかわらず、冷夏のおかげでさほど暑いと思わず気持ちよく、ケニア号に乗ってライオンやキリンを間近で見たり、アシカショーを見物したりして、すっかり童心に戻ってはしゃいだ。

昼から白良浜で泳ぐつもりだったが、アドベンチャーワールドで時間をとりすぎたし、涼しいので泳ぎは、もう一つ気乗りもしない。中止して、その代り景勝地の千畳敷を見に行くことにした。千畳敷は、砂岩で成りたっているというが、所々波に削られて凹凸が激しい。中ほどまで歩いて行くと、思っていたより広大な白い岩盤である。岩盤の先端から海を眺めると、地平線が美しくしばし見とれていた。

彼女たちの気持ちとしては、出来うるならば沈む夕陽を見たかったが、国鉄の指定席を既に手にしており、帰路に就くことにする。この小さな旅は、二人にとって好い思い出と心に残る旅であった。


モスクワオリンピックが開会となったけれども、日本の選手が出ていないともう一つ興味がわかない。日本政府は、アメリカに追随して、モスクワオリンピックに不参加を決めたが、スポーツの好きな山本は、これまで努力を重ねてきた選手たちのこと、平和の祭典であることから何とかならなかったのかと今でも不満に思う。

個人的には、マラソンの瀬古選手の活躍に期待していたが、日本がオリンピックをボイコットしたため出場できなくなり残念の一語に尽きる。瀬古がオリンピックに出たらと「たられば」の話になってしまう。そのほか、金メダルを期待されていた柔道の山下選手など多くの選手にとって気の毒としか言いようがない。

オリンピックは、４年に1度であり、選手にも年齢によるピークがある。再びチャンスに巡り合えない選手も何人かいるだろう。なによりも、政府のアメリカに従属し追随する決定によって、参加できなくなった日本の選手がかわいそうだ。日本、アメリカ、西ドイツ、中国などが不参加であるが、それでも81の国々が参加している。ソ連のサルニコフ選手が水泳の１５００メートル自由形で世界新記録を打ち立てたなどという報道もあって、それなりに盛り上がっているようだ。

山本は、東都ガスのＧＨＰシステムの制御盤の見積もりを３社に依頼し、見積もりの金額の最も安い隆盛電気に発注した。これで山本のこの仕事は、大きなヤマを越え、かなりゆとりが生まれてきた。

山本は、８月の初めに1日休暇をとって、健一と故郷で約束しており、家族四人で南紀串本の大島の民宿を予約し、２泊３日で海水浴に行くことにした。

健一の希望もあり、往復は特急を使用することにして、天王寺へ出発の15分前に着くのを目標に家を出た。乗車時間が決まっていることは、以外に不便で30分も前に駅に着いてしまい、結局、駅での待ち時間が長くなった。家族全員の座席確保が至上命令となる家族連れにとって仕方のないことであり、これも旅のうちである。

特急列車は、快適である。家族四人でゆったりと向かい合って、話しながら移りゆく景色を眺めながら、いい時を過ごす。和歌山を過ぎて、海が見え始めた頃、少し早いけれども持ってきた弁当を広げることにした。弁当は、美代子の手作りで子供たちの好きな卵焼き、おにぎりと揚げ物をメインにしたものである。山本は、車内販売の缶ビールを買い込んでおり、お茶代わりにビールである。

妻の美代子は、倹約家でありこのような場合によく手製の弁当を用意する。家族四人が駅弁を食べるのと比べれば費用に大きな差があるし、駅弁も美味しくないものもある。倹約するのは、何よりも夫の給料が安いからである。弁当といっても一人ひとりに作ったものでなく、おにぎりの折詰めとおかずの折詰めがそれぞれ2折である。

「おれ、おにぎりはまだいらん」と山本は、おかずの折をとった。

窓側の席の健一に「食べや」と差し出す。

「うん」と卵焼きを取る。

「ここへ置いとくから、食べや」と自分の前の台の上に置いた。

山本は、おいしそうに缶ビールを喉に流し込みながら、卵焼きやフライなど食べた。健一も父に負けることなく、おにぎりやおかずを食べたため、折はすぐに空になる。さらに、女性二人で食べている折から分けてもらって食べる。

串本には、あっという間に到着した。巡航船で大島に渡ったが、なかなか好い雰囲気である。目の前が海水浴場である民宿で海水着に着替えて、早速、海に入った。ちょっと涼しいがそんなことに左右されず、那美子も健一も海が大好きであり、そのまま夕方までずっと海で遊んでいた。

　昨年の健一は、大喜びで元気いっぱい、長い時間、海で遊び疲れはてて夕食もあまり食べず、テーブルの下にもぐりこみ寝てしまった。今年は、小学校に入学したことで同じように海で遊んだにかかわらず元気だ。１年間でずいぶん体力がついたようである。夕食の方も魚が多かったにかかわらず、けっこう進んだようで美代子に注意されることもなかった。やっぱり疲れていたのでその夜は、家族そろって早く休むことにした。

　翌朝になると那美子も健一も元気いっぱいである。泳ぐのはもちろんのこと、セミやザリガニを捕るなど朝から夕方まで遊んだ。セミやザリガニは、持ってきた虫かごやビンがいっぱいになるまで捕った。

　山本は、遊泳するのが好きで健一や那美子がザリガニ捕りをしているとき、一人で沖のほうに出て周りの景色を眺めたり、クロールで泳いだりして心ゆくまで海に親しんだ。

　３日目は、天気のほうも下り坂であったが、それでも、昼頃まで海に入って、そのあと帰路に就くことにした。こうして山本一家の夏のメインイベントは、子供たちが元気に遊んだ。山本は、日頃子供たちとあまり接触のないことを十分といえないが、少しは補えたようである。

ある夏の朝、風花は、いつもどおりの時間である8時前に事務所に入った。グループのメンバーの中では、柿木と珍しいことに藤田もすでに来ていた。

「おはよう、みなさん、今日は早いですね」と声をかける。

「そうやねん、実は、朝早よう目が覚めてしもうたんで、たまには、何時もより早よう行こう思いましてん」

「それはえらい、僕ら早よう目覚めてもグズグズして、なかなか早よ出ることなんかでけへんもんや」と柿木も雑談に加わる。

「今年の夏は、涼しいから夏バテもせず、なんやしら元気ですねん」と藤田。

「そうや、涼しいなー、やっぱりエアコンの売り上げ悪いんやろか?」

「そのとおり、かなり悪いらしいですよ」

「そら困ったもんやなー、せっかく黒字になったけど、赤字に転落してしもうたら、また経費削減とか、なんやかや大変やで」と柿木が心配する。

「柿木さんの心配が、現実となる可能性はありますね、エアコンの売れ行きの落ち込みは、かなりなものらしいです」と風花がリーダー会議の情報を知らせる。

「そういえばこのところ現場では、残業もしてないし、やはり生産の調整をしてるねんや」

「今頃から生産調整しても間に合わんし、業績を引き下げる在庫が、きっと多く出ると思います」

この日の雑談は、冷夏の影響でエアコンの売り上げが不振となっていることに関する内容が主なものだったが、朝の仕事前にこんな雑談をするのも、お互いにかなり親しくなっているからである。

盆休みが近づいた8月の中旬に、妻の裕子と子供たちが風花の社宅を訪問した。海水浴に行く好い時期は、もう過ぎているが、それでも、盆休みの前に1日休暇をとって、明日から子供たちを敦賀の海水浴場に連れて行くことにしたのである。

裕子と二人の子供は、暑い盛りの午後2時頃自宅を出て、電車を乗り継いで、最寄駅からは、バスで家から2時間あまりかけて到着した。当然、家の主はまだ仕事中であって留守だが、預かっている鍵で室内に入る。

「お母さん、けっこう広いねー」と美奈。

「お父さん、わりかしきれいにしてるね」と有香。

裕子は、エアコンのスイッチを入れて、冷蔵庫を開けながら、「お茶にする」と子供たちに問いかける。

「何か冷たいもの飲みたい！」と有香。

「お父さん、リンゴジュース置いてるわ、それでいい？」

三人は、冷蔵庫に入れてあったリンゴジュースを飲みながら、持ってきたおやつを取り出して、ティータイムとする。

「お父さん、今日は早く帰ってくるかな？」

「どうでしょうね、お仕事忙しかったら、何時もどおり遅くなるんでしょうね」

風花が帰宅したのは、何時もより早い6時前であった。家族が訪問するので、仕事を早く終えられるように、週のはじめから準備していたのだ。玄関の扉の鍵を開けて「ただいま」と入った。

「お帰りなさい」と子供たちが玄関に迎えに出る。

「みんなでやって来たな！」

「お帰りなさい、今日は早かったですね」と妻の裕子も立ち上がり、「すぐに、夕飯にしますか、お風呂が沸いてますけど」と夫に聞く。

「先に風呂に入る」と風呂に入る準備をする。

社宅での夕食は、場所が変わったためか子供たちの食欲も旺盛で、久し振りでにぎやかで楽しいものとなり話も弾んだ。

「明日と明後日、天気が良かったらいいんだけど、どうかな」

「天気予報では好いお天気みたいですよ」

「それなら大丈夫だろう」

こうして、家族四人で賑やかに会話をしながら夕食をとって、明日の出発の準備を確認するなどして早めに床に就いた。

翌日の朝、子供たちも含めて6時に起床し、朝食も済ませてまだ涼しい8時前に車で出発する。家を出るとすぐに高速道路に入り、敦賀の民宿には10時過ぎに着いた。すぐ着替えて、気比海水浴場に直行した。

砂浜には、持ってきたパラソルを立てる。その下にビニールシートを敷いて、海に入る基地を作った。日焼け止めのクリームを塗り、みんなで軽く準備体操をしてから、海に入ることにする。

子供たちは、昨年以来、久し振りの海なのではしゃいでいる。風花も子供たちに続いて海に入ったが、今までの暑さもどっかへ吹き飛んでしまい、何とも言えない好い気持である。風花は、海に入ると身体がシャキッとして、子供たちと一緒に遊べる元気がいつまでも続いて、かなり長い時間、海水の中で過ごした。

この夏は冷夏であり、気温も例年より低い。長い時間海に浸かっていると、身体が冷えて寒くなる。そのため、夕方の3時過ぎには、早いけれども海水浴場を引き上げて、民宿に戻ることにした。民宿は、海水浴場に近くて海で遊ぶのに便利なところだ。夕食の方も海の幸が豊富で美味しい。家族のみんな魚が好きなので大喜びである。さすがにその夜は、食事の後、早く休むことにした。

翌日も涼しかった。空は晴れており海水浴日和。朝食を済ませた後、早いけれども民宿で水着に着かえ、9時から海に入ることにした。海は、まだ朝が早いため水も冷たいが、それも天気が好いので、少ないけれどもすでに泳いでいる人もいた。

「日焼け止めクリームをしっかり塗りなさいよ」と裕子は子供たちに指示する。その声に応じて家族みんなが、日焼け止めクリームを塗って海に入る。早朝で気温も少し低いが、海に入るとそんなに冷たく感じず気持ちよく遊んだ。

美奈は、クロールと背泳ぎ、平泳ぎができて、平泳ぎではかなり長い距離を泳げるようになっている。有香も短い距離であるけれど平泳ぎで泳げるが、まだ波をかぶり海水を飲んだりするようである。一方、美奈のほうは、波をうまく乗り越えられるようになってお
り、プールよりも長い距離を泳ぎ続けられるようになっていた。

ただ、家族四人がそれぞれ浮き輪をもって海に入り、波に揺られながら少しづつ移動することがほとんどで、その合間に子供たちが単独で泳ぐ。こうして、家族で海水浴を楽しんで、風花良太も日頃の仕事での疲れを癒やし、リフレッシュできた。

海から帰った翌々日、風花は住吉の実家に行くことにした。

実家の両親は、どちらかといえば夏に強いが、涼しいためかいつもよりさらに元気そう

に見えた。

　前日に知らせておいたため、母が家族四人のために豪華でないが、それなりのご馳走の準備をしてくれていた。裕子と子供たちも手伝って賑やかに夕食をつくり、楽しい食事になった。

　良太と父の道夫は、ビールを気持ちよく飲みながら語り合った。

「仕事は、順調にいってるんかいな」

「はい、大丈夫です」

「そりゃー、結構や」

「お父さんも体調、良さそうですね」

「そうや、楽してるせいか、働いてた頃よりええんや」

　良太は、久しぶりに父と気楽な世間話をしながら、おおいに飲んで、かなり酔っぱらってしまった。その夜、風花良太の家族四人は、久しぶりに良太の実家に泊ることになった。彼は子供の頃に戻ったようだった。実家になじんでいない妻の裕子や子供たちのことなど何も心配もせず、床に就くとすぐに眠りに入った。

　今年のプロ野球は、セリーグは広島が強いようだ。巨人は下位に低迷している。阪神ももう一つである。パリーグは、前期、後期に分かれており、前期はロッテが優勝した。後期は、西武、日本ハム、ロッテ、近鉄の4チームで接戦となっている。5位が阪急、南海が最下位だ。

山本は、子供の頃から南海ホークスのファンであり、以前、南海の強かった頃、難波球場へ何度も野球観戦に行ったものだ。今年の南海ホークスは、とても優勝争いのできるようなチームでない。贔屓《ひいき》のチームが弱いとプロ野球も面白くない。負けてばかりのチームであっても、贔屓チームをいつも応援に行く人もいるが、山本はそうでなく、肩入れするチームが負けるのを見るのが嫌いだ。だから、最近はプロ野球の観戦にも行っていない。こんな山本は、好いファンでないといえる。

今年の高校野球は、早稲田実業高校の1年生投手荒木大輔が活躍して盛り上がった。優勝戦では、残念ながら荒木投手が乱れて点を取られ準優勝に終わった。夏の風物詩である高校野球も以前は、地域により力の差があると思っていたが、最近その差が縮まってきているようである。特に、関東のチームが強くなったようだ。

山本は、住んでいる地域の草野球チームにこの年齢でいまだに所属しているが、それほど野球が好きなのである。もちろん下手の横好きの部類だ。試合では度々エラーをする。草野球といっても高校の野球部に所属していた者が多く、山本のように好きなだけでは下手であって当たり前である。

それでも、試合でエラーして、チームが負けてしまうと落ち込んでしまう。たかが草野球。負けたからといっても、なんら生活に響くわけでもないのだが、それでも気にしてしまい、しばらく気分が良くない。

反面、チームが勝つと気分の良いものである。勝った日は、試合後、みんなでにぎやかに酒盛りをする。負けた時の悔しさがあるから、勝った時の喜びが大きいのかもしれない。勝った時のあの喜びようは、それだけでなく、草野球といえども一生懸命に戦ってきたからであろうか。あるいは、人間のもっている本能的な闘争心というものが、よみがえってくるのかもしれない。

中型機モデルチェンジの仕様については、これまで納期のかかる部品などグループのミーティングで決めた。残されている課題も検討して、最終的な仕様を決めなければならない時期となっている。

この時期になると決めにくかったことのみが残っており、グループの中で意見の違いもかなり出て、細かなことでも検討に時間を費やさなければならない。

一つには、効率やコスト、組み立ての容易さなどの実質か、デザインか、のどちらを取るかである。見栄えを良くしようと思えば、いろいろ無理があり性能をよくするのが難しい。颪花良太は、これらのことに関して、あきらめずに性能とデザイン両方が良くみんなの納得が得られることを目標に、とことん話し合いを続けている。そのために、最終仕様の決定が1か月程度遅れても、なんとかしようと覚悟を決めている。

そのミーティングのあくる日、風花はグループで決まった内容と、決められず持ち越しとなり、あらためて検討することになった内容も合わせて、山田部長に報告し承認を得ることにした。納期のかかる部品などは、すでに承認を得て製造に取り掛かっており、今回ですべてが試作に入れることが望ましいが、若干残るのは、やむを得ぬことで、少しくらい遅れたとしても何とかなることだ。部長は、その場ではっきりした意志を示すこともなく、役員や営業の意見を聞く必要があるということであった。

3日後、風花が部長に呼ばれ、中型機モデルチェンジの最終の仕様が担当者抜きで決定され部長から示された。いくら会社の決定だといわれても、風花にとって納得のできない部分もあり、ともに検討してきたグループの納得も容易に得られそうにない。

風花は決定にいたった理由など質問してみたが、内容に関しては、営業の意見をすべて取り入れたようで、技術者にとってすんなり受け入れられないところがある。悔しいけれども、トップの方針と言われれば従うほかない。このようなやり方は、納得できない。第一線でやる気を持って努力している社員たちに対し、何の説明もなく意見も聞かないで決めてしまうことに不満が残った。

その翌日、グループで緊急にミーティングを開いたが、風花にとっては、気の重い会議となった。それでも、会社上層部の最終的な方針として示された決定を伝え、それを実行していくための意志統一が必要だ。

各担当者の考えと一致しないところもあるが、その各担当者の考えを聞きながら、会社の方針を徹底しなければならない。風花が会社で決まった仕様を報告すると、説明に窮するような、鋭い質問が次々と出てきた。

風花が質問のすべてに納得のできる説明のできるわけもなく、つまるところ、部長は、営業の意見を尊重したのだろうという自分の考えを述べて、自分たちの考えと異なっても従うほかないことを受け入れてもらった。一応、目的どおりに落ち着いたが、風花にとって決して気分のよいものではなかった。グループのメンバーは、不満を抑えて了解したが、仕方がないという諦めの気持を含んだものであった。

納得できない部分があったとしても、主な仕様が決まったことで、彼らの仕事も一段落したわけであり、モデルチェンジを計画どおり進めるという面からみるならば、前に進んだわけで望ましいことである。

風花は、この一段落ということに、みんなの気持ちを切り替えるためのグループの飲み会を思いつき、ミーティングの終わりに提案してみた。全員が賛成なので、翌日に仕事の区切りの飲み会を行うことにした。

翌日は、グループ全員が仕事を早く切り上げ、6時半からみんながよく利用している小さな料理店で飲み会にした。少人数故、アルコールが入ると場が和やかになり会話も弾み、日頃の意見の違いによる対立など消えてしまったように見える。

「風花さん、納得できないところもありますが、決まってしまうとすっきりしますね」と野村が仕事の話の口火を切る。

「そうや、良いほうに考えなあかんと思う。それがいちばん大事なことや」と強く野村の意見を支持する。

「営業の意向を汲んだ製品は、営業が力を入れて売るから、かえって良いかも知れへんで」と藤田。

「それはそのとおりやで」と柿木。

昨日のミーティングと今日の飲み会で、自分たちの考えと異なったことに不満もあるが、好いほうに解釈しようということで、グループの考え方がきれいにまとまって、中型機モデルチェンジに向けて前に進んだ。


風花は、仕様の決まった部品などのチェックを行いながら、何度も時計を見る。時計が7時15分になるのを待ちかねて片付けを始めた。このところ少し疲れ気味だ。急ぐような仕事もない。週の半ばで一息入れ休みたいので早く切り上げることにした。

帰る途中、寄り道をしてビールを買って帰った。家に着くとまだ7時半だ。今日は、一人で飲みたいと思っている。風呂を沸かし、着替えをし、ビールを飲む準備も済ませてから風呂に入った。一人になってしみじみと考えれば、深まっていく秋のような、人とのかかわりが頭をよぎる。

人は、何故、些細な意見の違いから対立するのだろう。これは、避けることができないのだろうか。彼も些細なことで感情を害し、イライラした気持ちにさいなまれて苦しむ。現実の人とのかかわりのなかで、感情を抑えられないこともある。

この対立を火山の噴火の如く爆発させることなく、抑えて冷静さを保ち隠忍《いんにん》自重してやり過ごし、表に出さないことが会社で生きていくうえでは大事である。このことを職場で、貫き通せるかと言えば、なんとなく不安もある。

何よりも、この対立や反発する原因をなくすことが必要だ。どうすればそれができるのかと考えてくると、もともと、一人ひとりの考え方の違いが大きいし、他人が普通に考えて行動していることに、自分が反発することもあって、このことはどうしようもないようだ。だとすれば、対立しそうな時に、一呼吸置いて怒りの爆発を避ける習慣を身につければ好いと思い付いたが、これは至難の業のようだ。

こう考えてくると生きていくための哲学のようでもある。風花は、どうしても突き詰めて考え込んでしまい眠れぬ夜も生まれてくる。他人の考えは、自分の考えと異なることが当然であり、その異なった考えを認めないといけない。人は自分に同調などしてくれないものだ。自分に同調してくれると思うから、悩みも深くなり、寝不足の苦しみが生まれるのかもしれない。彼の人生にとってこういう経験もきっと有益であり、この先役立つかもしれないが、今の彼にとっては、苦しみのほか何もない。

仕事を思い起こせば、もう一歩の検討を続けられたなら、担当者として、きっと納得ができ気持ちがすっきりした内容でまとまったことだろう。そのことを思うと口惜しく心残りであるが、これで一段落となり仕事が楽になったことも事実だ。飲み会でみんなの前で発言した「良いほうに考える」ことが、最も良い判断であったといえよう。

風花が取り組んできた中型機モデルチェンジは、製品として仕様が決まった。これからは、その仕様に基づいて展開していくことになり、ヤマは越えた。そこで、グループとしての成果を何か形のあるものにすべきであり特許の取得が大事である。これまでも、各担当者が特許、実用新案を申請しているが、まだ、十分といえない。

風花は、次回からのミーティングにおいて、効果のある有用と思われる改善を新規性とか独創性がないなどの心配をしないで、そこは特許部の担当者の判断に委ねることにし、数多く申請することを徹底しなければならない。少し余裕の生まれている時間を特許のために、有効に活用することこそが、いま、重視してなすべきことであり、そのために力を注ぐべきだと思える。

山本は、制御盤を四国高松市の隆盛電気に発注していたが、完成の知らせがあったので立会い検査のために出張した。夏も過ぎ秋がやってきて涼しくなった日に、四国の高松駅で12時に待ち合わせた。

高松は、彼が郷里に帰省する途中でなじみのある道中だ。最近は、昼間に移動した記憶がない。帰省のときにいつも満員だった列車も、今日は席にかなり余裕がある。列車が姫路を過ぎると車窓に映り行く景色は、山と田園が増え緑も多く、気持ちもなんとなく穏やかに落ち着いてくる。

いつもは、長くかかると思っていた道のりも気分良く過ごしたせいか、退屈しないで宇野駅に到着した。帰省のときは、小走りに乗り換える連絡船も、今日に限りゆっくりと歩いて乗船し、席も奥のほうの空いているところにゆったりと座った。いつもは、高松からさらに列車に乗り換えるが、今日は高松港が終点である。ゆっくり下車すればいいわけだ。旅をしているような好い気分である。

高松港で連絡船を降りると、担当の営業マン村山がすでに待っていた。

隆盛電気は、古くから取引が続いている会社で、彼が淀川工場にいたときにも制御盤を発注したことがあり、村山とは旧知の間柄である。時刻も昼時を過ぎており、工場へ向かう途中、讃岐うどん店で簡単な昼食を取った。高松には、うどんの店が数多くあり、どの店もコシのある美味しいうどんを食べさせる。

昼食後、市街地から少し外れた所にある隆盛電気の工場に入った。工場には、何棟か建物があるが、門からすぐの建屋に案内された。制御盤は、工場に入って右奥のほうに、1台のみポツンと置かれていた。山本が到着すると同時に、松田という担当のエンジニアを呼び、村山から紹介される。

担当の松田は、早速、横にある机上の工具などを片づけ完成図を広げて、制御盤の扉を開け、内作した電子部品などの説明を始める。引き続いて、機器の出力や動作の確認に入った。出力の確認としては、回転数の指令である直流電圧を電圧計で計測。その他の動作の確認は、代替えの入出力で動作を一つひとつ確認していった。

出力や動作の確認と外観及び配線など全てが、仕様どおりに製作されていることをきっちりと時間をかけて確認した。最後に、絶縁耐力試験を行って、問題のないことを確認して検査は合格である。

検査の終わった後、せっかくの機会ということで、松田が工場を見てほしいと他の建屋に案内された。工場内には、さまざまな組み立て中の電子機器や装置が置かれている。見慣れている小さなプリント基板や電子装置が多かった。そんな中で、珍しいものとして、医療機器メーカーの下請け部品だという、超音波の透視装置の組み立て中のものと完成品があって、超音波透視装置の画面に映る状態なども見せてもらった。工場見学が終わったのは、18時をかなり過ぎていた。

営業マンの村山の「山本さん送ります」という言葉で、帰り支度をして彼の運転する車に乗る。

「山本さん、初めて高松にきたのだから一杯いかがですか。どうせ今日は、泊っていかれるんでしょう」

山本は、少し考えて、これから帰ろうと思えば帰れないこともないが、今からでは、夜遅くなり、家に着けば間違いなく深夜となろう。今回の場合は、宿泊を認めてもらえるだろう。村山の話もじっくり聞いてみたい。山本は決断すれば、頭の切り替えも早く、村山の誘いに応じることにした。

「泊まるところは、店について手配すれば大丈夫です、とりあえず、何か食べられるところに行きましょうか」という村山に同意する。

炉端焼き風の店をはじめとし、３軒の飲み屋を回り、夜11時前にビジネスホテルに送ってもらった。

村山の話では、電子機器のプリント基板は、近辺の主婦による内職で安く作られているようだ。品質管理さえきっちり行えば、良い製品となること、さらに、慣れれば内職といっても腕が上がってくるようだ。

隆盛電気は、電子部品のコスト競争にかなり自信を持っているようであった。今回は一品ものであるが、電子回路を含む制御盤は村山が言うとおりに、他社に比べて価格的に群を抜いていた。

翌朝は、7時前に起床しビジネスホテルの朝食を取り、8時頃チェックアウトし徒歩で連絡船乗り場に行き宇野行きの連絡船に乗船した。

昨夜、帰ろうと思えば、少し無理すれば帰れたことが、ちょっとだけ気になったものの、仕事のほうは、制御盤の出来栄えも含め満足でき、ゆったりとした好い気分であった。


森山真理子が、ロッカーで着替え始めたところへ、時をおかず、約束どおり白井美由紀もロッカーに入ってきた。今日も美由紀と心斎橋の百貨店や専門店にショッピングに出かけることにしている。

着替えを終えて、並んで駅に向かって歩きながら話を始めた。

「今度の嵐山の紅葉狩り、春のハイキングに行った人、誘わな悪いかな」と真理子が切り出す。

「難しいところやけど、どっちでもいいいん違う」

「そやなー、ただ、行きたいという人断われへんよね」

「それはそうやんか」

「山本さん、また一緒に行きたい言うてるねん」

「ええん違う、山本さん、好い人やん」

「それはそうかもね、おじさんやけど、まあいいか」真理子はそう呟いて「今年の冷夏で海の家なんかもお客さんが少なく大変だったらしいね」と話題を変える。

「そういえば、白浜かて人が少なかったやんか」

「エアコンも売れへんかったみたいよ」

「お米かて日照が足りへんから不作やと、新聞に載ってたわ」

難波から地下鉄で心斎橋に出て、まず百貨店に入った。そして、婦人服売り場に行って冬物衣料をゆっくりと見て回り始める。目を引くものは、手にとって身体にも合わせてみたりしながら、お互いに批評もしあったりし、次々と見ていくが、まだ、買う決心がつかないようである。

つまるところこの日は、二人とも何も買わずに帰ることになったが、お互いに何点かの手に入れようかと気になるものを見つけている。このあと、ゆっくり検討して決めればいいと思い、今日見に来たことに満足していた。

「お茶して帰らへん」と真理子が声をかける。

美由紀もその誘いに同意し喫茶店に入った。

二人ともにケーキとセットのコーヒーを注文する。若くても百貨店を２時間ほど見て回れば疲れるし、おなかも空くのが当たり前である。

「疲れたねえ」と真理子。

「私も疲れたわ、仕事が終わってからのデパートめぐりは、やはりきついねー」

「ほんまやねー、話変わるけど、郵便はがきや手紙も値上げされるらしいけど、いろんなもの、これからもまだ値上げされるんやろか」

「私等にはどうなるんかようわからんけど、値上げされるのかなわんわ」

「戦争と物価の値上げは、絶対反対や！」

仲の良い二人の話は、弾んでとどまるところを知らない。今日も話が盛り上がって、晩い帰宅となった。


中型エアコンモデルチェンジの試作機は、個々の部品の細部の調整があったもののほぼ計画どおりに進行した。

これは、野村や柿木の意見を取り入れ、試作機の中で作ることの難しい部品とか、設備の仕様によって心配される部品があるので、風花が前もって生産技術に依頼しておいたことが、効果を発揮したのである。それは、風花の依頼を受け生産技術が、あらかじめ試作機に対応する準備を進めていたのだ。圧縮機と熱交換器の一部の部品と組み立ては、設備の能力が足りないなど生産ラインで流せず、生産技術の鈴木が生産技術課の試作グループに指示して手作業で組み立てた。

彼岸を過ぎ涼しくなってきた頃、14機種中の2機種で部品がそろい、組み立てラインで量産機種に混在させて流すことになった。生産技術の鈴木と設計から中山と風花がラインに張り付いて、組み立てに関する問題点がないかチェックを行うことになった。風花は、この種の仕事が初めてなので緊張していた。中山は、慣れたもので現場の原田組長やベテランの作業員と話しながら、ライン上の試作品を追い掛けてチェックした。

常時、流している量産品に比べ組み立てにずいぶん時間がかかり、風花は心配になって中山に「組み立てが大変みたいやけど大丈夫かな」と話しかけた。

「大丈夫ですよ、風花さん」と、全く気にしていない返事である。

あとで、現場の原田組長、鈴木、中山の言うところによると、一部の手直しが必要かもしれないが、量産に問題がないという。

この組み立ての完了を見て、中型エアコンの試作機の性能試験を実施するため、試験担当の大島と打ち合わせをする。中型機モデルチェンジの試験は、すでに予定されており、試作機を提供すれば、いつでも試験に入れるようになっており、日程を確認するだけでよかった。

試験は、まず、性能試験を行ったが、狙ったとおりの能力と効率が得られた。来シーズン発売の予定であるため、耐久試験を行うが、耐久試験は試作品の一定数で実施、残りの試作品で、さらに細かな性能試験を行うことにする。

中型機のモデルチェンジのグループにとって、これで仕事の肝心なところは、ほぼ終わった。それでも、風花は、来春にならないとはっきりしない耐久試験が心配である。経験のある人たちに聞くと、ここまでくれば、どうにでも対応できるようだ。研究畑の風花は、もう一つすっきりしなかったが、ものを作ることに関しては、大きなヤマを越えたことに間違いない。残る仕事は、並行して進めている他の機種に移る。それさえ片付けば、当分は、資料の整理などの残務処理や細かな修正や調整など、あるいは、今後の仕事に備えて充電すればいい。今までほど忙しく働く必要もなくゆっくりできるのだ。

時間が経つにしたがいヤレヤレという気分になって、いつもより早く仕事を切り上げて、7時半頃に会社を退出することにした。そして、一人で夕食にゆっくりとビールを飲むことにした。ビールを飲み始めると、滋賀工場に転勤してからこれまでの出来事が脳裏に浮かんでくる。よくわからない中、無我夢中で中型エアコンのモデルチェンジに取り組んで、なんとかここまで到達できたのだ。仕事が進まずイライラしたこともあった。自信をなくし、やる気を失いそうになったこともあった。部長のやり方に腹を立てたこともあった。

思い返せば当たり前のことかも知れないが、どんなことがあっても仕事だけは、粘り強くグループのメンバーと力を合わせることを第一に続けてきたことが、ここまで進んでこられた根本といえる。

こんなことを一人で考えていると、子供の頃のことが想いだされてきた。風花良太が小学校のとき家族四人で、南紀の白浜や串本、あるいは淡路島などに海水浴に行ったこと、山陰や北陸、四国などを旅し楽しかったこと。この思い出のページをめくっていくと、懐かしさで胸が熱くなってくる。風花は想い出にふけりながら、何時もより早く寝床に入り明日の仕事に備えることにした。

若杉は、久し振りに清水と南町のすし店に飲みに来た。清水とは、入社以来ずっと親しい間柄で、時々飲みに行くとか、買い物やハイキングなどで行動を共にしてきた。同期入社の中で最も気が合い、職場も近く仕事も似たようなところから、長く付き合えているのかもしれない。

このすし店は、宮井に連れて来られた店で、安いし美味しい店と思っていた。若杉が先に入り、清水が続く。店に入ると10席ほどのカウンターの中ほどと右側に客が座っており、二人は、左側の席に座る。

清水が「ビールとトロちょうだい」といきなりトロから入った。若杉は、違うものと考え「イカ」と声をかける。

カウンター越しに出されてきたビールを互いのコップに注ぎ、軽く乾杯する。すぐに、注文のすしもあがり、食べながら、ビールをグイッと飲んだ。

「ガスエンジンのほう忙しいのかい」

「もうしばらくすると東都ガス向けの試作機の組み立てが始まるけど、そうなると忙しくなるかも知れん。今はそんなに忙しくないんだ」

「ガスエンジンってあんまり聞かんけど、日本では、どこが作ってんの」

「いやー、日本のメーカーは作ってないねん、東都ガス用のガスエンジンは、イギリス製やねん」

「それは大変や、外国とは、基本的な考え方も仕様も違うから、合わすのかなり難しいやろ」

「そりゃーそうや、回転数の制御かて、直流の電圧を1Vから5Vに変えるねん」

「そうやろ、とにかく大変や思うわ、まあがんばってや、話し変わるけど、今年の日本シリーズどうなるやろ」

「広島と近鉄の対戦だろう。自分にはどっちが強いかようわからんけど、変わった珍しい対戦で面白いやん」

「長嶋が監督を辞めるんは、巨人の成績が悪かったせいかな」

「そうと違うか」

「金大中に死刑判決があったが、韓国もようわからんなー」

「そうや、なにしろ、内乱罪なんて、まだ残ってんや」

「世界は広いな、イランイラク戦争なんかも、いまさらなんで戦争なんかするのか、我々にはさっぱりわからん」

「そうやなー、世界は広いんやなあ、そやけど、戦争だけは、あかんな」

「ほんとや、戦争なんか地球上から一掃すべきや！」と清水も強調した。さらに、「国会で首相が改憲は考えないと発言したそうだが、当たり前やないか。何でニュースになるんやと疑問に思うわ、戦争放棄の憲法を日本の首相が守っていくのは、当たり前のことやないか。そうだろう若杉」

「そりゃーそうやで、平和憲法は守らなあかん、戦争なんて絶対にあかん！」

清水と若杉は、職場のことや世の中のことをとりとめなく話しながら、気分よく飲んで、食べた。彼らにとっては、お互いの情報交換ができて、忙しい毎日の仕事を離れて、ストレスの解消ができ、明日への活力も生まれてくる好い飲み会であった。

東都ガス向けＧＨＰシステムの試作機の組み立てが終わった。試運転は、エンジンと圧縮機を切り離した状態で、まず、エンジンが回るかどうか見ることにした。

電気制御盤の手動で回転数を低速に設定して、起動信号を送るとエンジンは何の問題もなく滑らかに回り始める。

次に、圧縮機の最も低い容量で負荷をかけて起動させたが、こちらも何の問題もなく回り始めたし、発停を繰り返しても問題なく回転した。これで、エンジンの起動に関しては、心配がないこと、電動機とさほど変わらないことがわかった。考えてみれば、これは、当たり前のことなのだ。山本たちはガスエンジンになじみがないから心配していただけなのである。ガスエンジンは古くから使われており、部品として見るならば、どちらかといえば、枯れた技術の部品なのだ。

手動で回転数を変えてみるが、スムーズに回転数制御も可能だ。試運転の最後は圧縮機を直結して、冷暖房運転が操作のとおりに行えるかどうかのチェックをする。まず、冷房運転を行い、吹き出し口に手を当て冷たい風が吹き出すことを確かめた。次に、暖房に切り替えて運転してみたが、暖かい風の出ることが確認でき、全く問題がなかった。山本は、制御盤と各機器との配線の本数も多く、回転数制御や容量制御など初めてのことも多かったため、かなり心配していたものの順調に動いたことで、緊張感も解けて気分も一気に楽になった。

こんなに、誤配線のないことは、山本の経験から稀なことである。色で区別できる多芯ケーブルを何種類か使うなどして、細心の注意を払って、山本が自分で結線作業を丁寧に行った結果である。

試運転のあとは、動作確認が必要である。動作確認は山本の仕事であるが、調子に乗って若杉に手伝ってもらい進めることにした。

「若杉君、まず冷房から始めようか、まず、室内機のNO1からNO4まで、順番に運転と停止を繰り返してみるから、エンジンがそれに連れて回転するか見ててや」

彼ら二人は、声をかけ合いながら、カロリーメータ室に設置している室内機の操作を行い、その操作どおりに室外側のエンジンが起動、停止するか確認したが、すべての室内機の操作でエンジンの発停に問題がなかった。

「これなら、明日から性能試験に入れるな」と山本が安堵し明るい表情に変わる。

「よかったですね」と若杉が相槌を打つ。

ガスエンジンであっても冷暖房の性能試験は、市販の空冷エアコンと同じ方法で行うことになる。室内側は、カロリーメータ室で熱量のバランスする入力により、冷房、暖房の出力を測るわけである。それに対し、室外側は標準の外気条件をつくり、入力は都市ガスの消費量で測るのである。

試験に関しては、外気条件を作ることや熱量をバランスさせるための時間がかかって、しかも、室内機も4台もある。その上に、給湯の能力も見なければならないため、かなり長い時間が必要である。試験を始めて2週間あまり、日々の地道な計測の積み重ねで、冷暖房と給湯の性能試験が終わり、東都ガスの立会試験を行うことになった。

東都ガスの立ち会い試験は、負荷の軽い所での性能が期待以上であるなど好い面ばかりであった。納入に差し障る問題もなく、本格的な暖房シーズンに入る前の納入が良いということに決まった。

ガスエンジン駆動の冷暖房給湯システムの東都ガスへの納入は、暖房の欲しくなる日も出てくる11月の中旬からの据え付け工事となった。ＧＨＰグループのメンバーで、据え付けの作業に臨むのは、篠原、若杉、山本の三名である。

工事の前日、午後から三人で東京に出張することになり、三人そろって会社を出て新大阪に向かった。天王寺で国鉄に乗り換える前に一応指定席を確保した。新大阪駅で念のため自由席をチェックすると空席が多いので、指定席に行くのをやめて、自由席の二人掛けの座席に向い合せで座った。「こっちのほうがゆっくり話しながら行けるし、ここにしよう」と誰からともなく声が出て座席を決める。

「三人掛けの席で横並びもかなわんと思っていたが、こちらに席があってよかった」と篠原がホッとした声を発した。

「この時間は空いているんやなー」と山本も感心したようにつぶやく。

三人で気楽に世間話などしながら東京に向かった。東京の宿泊は、大井町のビジネスホテルを予約している。ただ、今日のところは、行って泊まるだけであり、気楽で旅行気分である。

翌朝は、9時前に三人揃って東都ガスの技術研究所に入門した。工事は、東京の営業担当が手配しており、工事業者が、既に基礎工事や据え付け工事と主な配管配線工事など済ませていた。山本たちが東都ガスの担当者と打ち合わせをしている間に、その工事業者がやって来てすぐに残っている配管配線工事などに取り掛かった。午前中には工事業者の作業も終わって、篠原と若杉が工事のチェックと調整を始める。山本は電気配線の室内機と室外機のつなぎこみを開始した。山本の制御盤の端子への接続などの工事は、少し時間がかかったが全ての工事は余裕を持って２日目に終った。

試運転は大阪で繰り返し実施しており、さほどの時間を要することもなく予定どおりに終わり、ただちに実用運転の開始となった。東都ガスでは、このシステムの実用運転でのデータを取っていくようである。

近畿電機の三人は、実用運転に入った翌日まで、運転状況の確認のために立ち会う。その上、順調な暖房運転と給湯の運転が行われていることを確認し、これで不安が全くないということでもないが、此処に留まる必要もなく、その日の夕方に退出することにした。こうして、ＧＨＰグループの最初の大きな仕事、世の中にないガスエンジン駆動のマルチ冷暖房給湯システムが、完成し実用となる運転の開始となった。

森山真理子と白井美由紀が中心の私市のハイキングに参加したグループは、秋も深まった時期に嵐山嵯峨野の散策を計画した。いつもどおり難波の改札口で待ち合わせて、地下鉄、阪急電車と乗り換えて10時半に嵐山に到着した。

渡月橋から上流の山あいを眺めると、まるで絵のように見事な風景である。緑の多い山の所々に散らばっている紅葉は、朝日に照らされて明るい赤や黄、緑の模様を描き、言葉で言い表せない美しさだ。

今日も私市のハイキングと同じメンバー一〇人である。

「わあー、きれいー」渡月橋からの景色に白井美由紀が感嘆の声を発した。

「いい景色ですね、素晴らしい」と間髪をいれず若杉が追随する。

彼ら一行は、二、三人づつ、それぞれ賑やかに会話を続けながら、渡月橋を渡って保津川沿いに、亀山公園に向かって進み、展望台を目指し登って行く。最も奥の対岸の山腹や保津峡の見える景色のよい場所に席を設けた。昼食には、まだ少し早いし、どこかを見物するほどの時間もない。席に座り込んで雑談を始めた。

「真理ちゃん、嵐山はよく来るんかいな」と山本が話しかける。

「そんなことないんです、確か4度目や思うんです」

「春もいいけど秋の嵐山が一番やな、これから行く常寂光寺も紅葉のきれいなところやけど、京都には紅葉のきれいなところが、たくさんあるんや」

「そうですね、かなり前に清水寺に行きましたが、あそこもきれいでした」

「桜もいいけど紅葉はもっといいね、東福寺は、桜を切って紅葉を植えたと聞いてるけど、それも理解できるやろ」

「冷夏の影響で今年のエアコンの売り上げが悪かったらしいですね」と清水が話題を変えた。

「そのようみたいや、何でも去年に比べて30%もダウンしたらしいですよ」と吉田が引き取り具体的な情報を披露する。

「それは大変ですね、そんなに落ち込んでは、エアコン部門が赤字になるかも知れへんな」

「赤字になると、また、ケチケチ運動や合理化など嫌なことが、始まるかもわからんな」

と山本が不安を口にする。

「アメリカのイラン人質解放（注：イランアメリカ大使館人質事件）の交渉が始まるようだが、大統領選挙でレーガンに負けたカーターは、自分の任期中に決着付けたいみたいやな」

「イランもようわからん国やな、イラクとの戦争もまだ続けてるんだろ」

「イランもそうやけど、中東の国というのは、どこも我々に理解しがたいところがあるけど、これは、宗教の違いなんかな」

「そうなんや、宗教は麻薬といわれてるがほんまや、宗教が政治にかかわると何時でも、激しい争いになるとか、ひどい政治が行われる、これが世界の歴史やで」

「そやから政教分離が叫ばれる。政教分離を法律で定めている国も多いんや」

「ともかく、宗教はようわからん」

　イランの人質解放の交渉の話から、宗教に関する話にまで発展し、いろんな見解が披露された。

それから、早目の昼食をとって、嵯峨野の散策に向かう。秋の深まったこの時期の嵯峨野は、寂しさというか静けさが、人を魅了する独特の雰囲気をもっている。ただ、今日に関しては、観光客も多くてにぎやかだ。

紅葉の季節ということで拝観は、小倉山の山腹にある常寂光寺とすることに決め散策を始める。

大河内山荘を左横に見ながら下って、小倉池に出て、左に折れ少し歩けばすぐに常寂光寺だ。拝観料を払って門内に入った。

この寺の紅葉は、山腹を利用し、いたるところに植えられている。いまが見頃でありどこから見ても美しい。薄い太陽の光に映えた紅色のモミジは特にきれいだ。多宝塔あたりの高い位置の展望所から眺めると、嵯峨野から遠くの東山、京都タワーまで一望できる。紅葉は、どこから見てもきれいだが、陽光に向かって斜め下から眺めると光に照らされていっそう美しく映える。

常寂光寺で紅葉を楽しんで、藤原定家や向井去来、西行法師などの歌人に思いを馳せつつ、二尊院、落柿舎を門の外から眺めて、ゆったりと嵯峨野を散策した。落柿舎からは、来た道を少し戻って、歩くのが気持ちの好い竹林を通って、天竜寺は門の外から眺め嵐山渡月橋に戻った。

この森山、白井の二人が企画した嵐山嵯峨野ハイキングは、天候にも恵まれ、美しい紅葉を満喫できて、参加者一同の心に残る好い１日となった。

冬のボーナスが支給された週末、白井美由紀と森山真理子は、難波で食事をすることにした。行き先は、美味しいと評判の天ぷら店である。少し値段の張る食事は、やはりボーナスをもらったあとに行くのが気も楽である。

終業時間後、何時もどおり、ロッカーで待ち合わせ、会社を出て電車で難波に出る。その店は、難波駅前から道頓堀方面に向かって、５分ほど歩いたところにある。彼女たち二人が店に入ったのは、６時に少し間のある時刻であった。

時間帯のせいか、その店もさほど混んでおらず、隅のほうのカウンターに座り、店おまかせの天ぷらを注文する。この店の天ぷらは、何といっても新鮮な材料を使用しており、美味しいと人気の店である。

天ぷらということでビールを飲むことにした。揚げたての魚や野菜の天ぷらを肴《さかな》に二人でグラスを傾けた。

「この前の嵐山の紅葉きれいやったね」と美由紀。

「やっぱり京都はええなー」

「ほんまやなー、春になったらまた何処か行きたいねー」

「そうしよう、春になったらゆっくり考えよか、ところでボーナス多かった？」

「うーん、どうなんやろ、計算してへんからようわからへん」と美由紀はボーナスの額なんか問題にしてないようだ。

森山真理子は、自分のボーナスの額を先に告げて、美由紀と比べる気もしない。この話題を切り上げて、「この前に見てきた服、買いに行った」と美由紀に聞く。

「2週間ほど前の土曜日にスーツ買ったよ、真理子はどうなん」

「まだ、行ってないけど、私もスーツ買おうと思ってるけどまだあるかな、やっぱり買ったほうがいいよね」

「試着したあのスーツは、わりかし合ってたやん」

「そうやな、明日にでも行ってみよか」

「山口百恵が結婚して、引退するんやて」真理子が話題を変えた。

「そうなんや、最近の芸能人にしては、結婚で引退というのは珍しいね」

「人気があって、いくらでも仕事があるし、お金もいくらでも儲けられるのに、私らの考えでは、もったいないと思うんやけど」

「そやけど、かっこえーんちがう」

「そうやなー、かっこえーなー」

山口百恵の結婚と突然の引退については、二人ともに芸能界であまり例を見なかったことに対し「かっこえー」と思ったようだ。

近畿電機滋賀工場の正月休みは、12月28日の日曜日から1月5日の月曜日まで9日間となり、例年より2日長くなった。その代わり、27日の土曜日は、出勤して恒例の年末行事である。

年末年始の休みに帰省や旅行をする多くの独身者と同じように、風花も長い休暇は、大歓迎。仕事納めの日は、職場の大掃除を終えて年末の部長挨拶が終わると、いつもより1時間ほど早く退出してもよい。

いつもの年は、そのあとも雑談などして定時過ぎまで会社にいたのだが、今日に限り、時間がくると年末のあいさつを済ませ、すぐに帰ることにした。人より先に帰ることに若干の気おくれもあったが、明るいうちに山の中を超えたいという気持が勝り、思い切って時間が来るとすぐ挨拶をして会社を退出した。

社宅の戸じまりなどは、朝すでに終えてあり、会社を出れば一路自宅に向かう。真っ先の退社に気兼ねもあったが、ひとたび会社を出てしまうと、この解放された気分は、自然に鼻歌が出てきそうな、何とも言えず好い気分である。

明日から年末年始の9日間、気を遣う職場から離れ、我が家で過ごせることに、このような喜びを感じることは、風花にとって入社以来、初めてのことだ。それだけに、滋賀工場での9か月間は、慣れない職場で気疲れも多かったのである。

冬の短い日は、奈良を通過する頃、すっかり暮れていたが、それでも何時もと違い、まだ昼の名残りが西の空に残っている。これも早く工場を退出した故だ。奈良を過ぎると会社のことなど、彼の頭からすっかり消え、家族の明るい笑顔が浮かんできた。

彼は、一路、自宅を目指して車を走らせた。その夜は、裕子が特別メニューのご馳走を作って、良太の労をねぎらってくれた。子供たちも大喜びであり、和やかで、にぎやかな一夜を過ごした。彼は、この家庭のぬくもりというか、和やかで温かい空気にふれると、辛抱して働いてきてよかった、これからも働き続けなければと思う。

元旦は、いつも弟の家族と一緒に、実家を訪問して新年を祝うのが恒例となっている。今年も家族そろって訪問の予定だ。そのこともあり、おせち料理といっても、さほど手の込んだ料理を作るというわけでない。それでも、大掃除をしたり、玄関にしめ縄や門松を飾ったりで動かなければならない。さらに、鏡餅や雑煮用のおもちなど、正月用品の買い出しを手伝うなど、結構忙しく過ごした。

大晦日は、家族四人でテレビを見ながら、野菜が多く入った焼肉を食べながら、楽しく団らん。妻と二人でビールを飲んで気分よく過ごした。11時前からは年越しそばを食べ、テレビ中継で除夜の鐘を聞きながら新しい年を迎え、新年の時報とともに「明けましておめでとうございます」と、家族で挨拶をかわして床に就くという、ありふれた手軽な年越しである。

元旦は、９時頃から雑煮を祝い、10時過ぎに家を出て、途中、住吉大社で初詣をして実家を訪問。実家での元旦は、毎年、同じように父と弟の健次と良太の三人が、それぞれの仕事や家族のことも忘れて「正月だ、めでたい」と、お神酒をたくさん飲みほろ酔い機嫌で過ごす。

風花も、「１年の計は元旦にあり今年こそは」と何度か元旦に計画を立てたことがあったが、年間を通じてその計画を実行できたことがない。言い訳になるが、仕事においては、会社の命令でどうにでも動かねばならず、個人の計画など１年を通じて実行などできるはずがないと悟った。

いつ頃からなのか忘れてしまうほど前から、元旦は、特別な考えもなく気分良く飲んで過ごすことにしている。子供たちは、お年玉を祖父母と叔父からもらって、久しぶりに会った従弟たちと遊ぶという、楽しく和やかな元旦である。

正月の２日になると、今度は、妻の実家を訪問する。こちらも、妻の家族とにぎやかに過ごす。

３日になると一転して、家族四人で静かに過ごすのが恒例となっており、３日目までは、雑煮を祝い、朝からお屠蘇をいただくことにしている。

休みはあとまだ２日も残っているものの、何もしなくて良い。時間は、十分にあってそれなりにやりたいことをしたり、今年の目標もぼんやりであるが考えたりする。長い休みであっても、何をしたというわけでないにもかかわらず、年末年始の休みは、あっという間に過ぎ去ってしまう。

研究所の年末年始の休みは、滋賀工場と異なっており、12月30日から1月5日までの7日間である。若杉のような独身者にとっては、長期休暇だと郷里にゆっくり帰省できて好いのであるが、年配者には、年末の休みが長くなっても喜べない人も多い。山本は、帰るべき故郷をもっているが、このところ帰省は毎年でなく、今年は妹の結婚式があったし、家族の意向もあってとり止めた。

休みに入ると、大掃除や餅つきなど正月の準備をしなければならないが、これらがどうしても苦手なのだ。この正月準備というのは、やってもきりがなく、年末の休みが長いと、正月準備などいい加減で良いと考えている山本と、きっちりしないと気の済まない美代子との間で何時も口喧嘩になる。

大晦日に炬燵に座って夕食を始めてからが、山本の大好きな時間となる。酒のほうも、さほどうるさく言われなくて飲めるし、何もせずのんびりと過ごせるからだ。

元旦には、まだ家族の眠っている早朝に、運動不足の解消と健康維持のため、徒歩で往復1時間半かけて石清水八幡宮へ初詣に行くことにしている。初詣の出発は、朝、目が覚めた時であり、いつも夜の明けきらぬ時刻となる。

正月のテレビ放送で楽しみにしているのは、駅伝やラグビーなどのスポーツ番組である。山本は、高校時代に駅伝の選手であったことから、駅伝を見るのが特に好きである。駅伝は、チームプレーといえども、一人ひとりの選手に分担の区間があり、各々の選手が分担区間を走りきり、次の選手にタスキを渡さなければならない。そのため、選手の好不調によって、思いもよらぬ逆転劇があるなどドラマが生まれる。美代子には、「長い時間、人が走っているのをただじっと見てるだけでつまらん」と言われるが、そうでなくシナリオのないドラマが生まれることもあり面白いのだ。

ラグビーの魅力は、人と人の闘志のぶつかりあいと楕円球をゴールラインまで運ぶ迫力に魅せられる。特に、今年の大学ラグビーは、京都の同志社大学が強く、また、高校でも京都の伏見工など関西勢が強く、見逃せない。

こうして山本は、自分の楽しみを中心にした正月休みを過ごすが、その休みもあっという間に終わってしまう。

年始の出勤は、通常より30分遅くてもよいことになっているが、混雑の程度がわからないので風花良太は、10分だけ遅く家を出発した。道路は、特に混雑しておらず、早く家を出発しただけ早く着いた。

会社には通常の始業時間前に入った。滋賀工場の習慣などわからないが、ともかく職場の人に会えば、新年のあいさつをすることにした。部長や水野は、もうすでに出勤しており、彼らの席に行ってから、各々に新年のあいさつをした。

年頭の行事は、初めに従業員全員が食堂に集まって、工場長が年頭の挨拶と今年の社長方針を朗読で伝達される。今年の社長方針は、全天候型の経営ということで、冷夏や暖冬に影響されない経営にしていくとのことである。

その工場の式典が終わって、各職場に戻ると部あるいは課単位で、所属長が年頭の挨拶をする。これが滋賀工場の共通の年頭行事のようである。初出の締めは、職場ごとに清掃作業やミーティングなど夫々の職場によってさまざまだ。設計課では、グループ単位のミーティングである。

風花のグループでは、モデルチェンジの進行状況と特許の申請など残っている課題を再確認した。すでに全員に共有化されている事項がほとんどであり、それほど時間もかけずに終わった。

初出の最後には、設計としてこれから検討していくべきことについてのフリー討議を行うことにした。その中では、モデルチェンジで断念したテーマをどうするか、ということがあった。風花は、「部品の数を減らせないか」とか「シンプルな形状にできないか」などコストダウンにつながる事項などとともに各々が検討しておいて、適当な時期にグループのテーマとして取り上げようと伝えた。

さらに、設計の考え方についても「製造現場において作業のしやすいこと」、「不良を出ないこと」、「自動化しやすいこと」など留意すべきことも併せて検討することを意志統一した。帰る前には、机や資料の整理を行い、明日からの仕事に備えた。これで、初出の業務が終了し新しい年の始まりとなった。

風花が自宅からの通勤で、冬の季節に困ることは降雪だ。もし大雪になれば、家から会社までどれほどの時間がかかるか想像もつかない。明日の天気予報を聞くと、山沿いは大雪の予報である。チェーンなどの準備とともに、いつもより30分早く出発しようと思い、妻の裕子に相談する。妻もそれが良いと賛同し、その予定で家を出られるように協力してくれることになった。

家からの出発が早朝の5時なので風花良太と裕子は、4時に起床することにする。たかが30分であるけれども、何時もより早く起きるとなれば、ずいぶんプレッシャーのかかるものである。

翌朝、起床してから、空の具合を見ると、自宅の周りの雪は、ちらついている程度であって、もちろん雪は積もっていない。車を運転するうえで何らさし障りがなかった。それでも、途中に何があるかわからないので、予定どおりに家を出発した。奈良に入ると雪が静かに降っていた。心配していた山の中から信楽にかけては、かなり強く降っていたが、道路には、ほとんど積もっておらず、チェーンの必要がなかった。運の良い日であると胸をなでおろした。この日は、心配していた車の走行に遅れの出ることもなく、何時もより早く社宅に到着した。

風花夫婦の雪に対しての用心も、空振りに終わって少し拍子抜けの気もするが、それでも万全を期したことに良かったと心から思った。日中も会社の周りで雪がかなり降り続いたけれども、昼間のため道に積もっても車の走行にさし障ることにならず、雪は降ったけれども、車の運転に影響を及ぼすことのない稀な日だった。

設計の仕事としては、新商品の試作機の試験によって、部分的に修正の必要なところがあればその対応をしなければならないが、あくまで部分的であり全体として見るならば、比較的に時間の余裕があり、自らの技術的向上などに力を入れることの可能な時期である。

若杉の同期入社の友人たちは、冬になるとスキーに行くが、若杉は雪のないところで育ったせいかあまり行きたいと思わない。

今年の冬は、清水に引っ張られとうとうスキーに行くことになった。スキーの板と靴は、現地で借りられるようだが、ウェアのほうはそうもいかないようで適当なものを用意しなければならない。

いろいろ考えたが、このスキーのためにウェアを買うのは、もったいないと思い少し薄いが、スポーツ用のウインドブレーカーを上着とし、濡れるのに強そうなズボンを２本持っていくことにした。こんなことで悩んでどうするかと思うが、いざとなればあれこれと迷うものである。

行先は、神鍋スキー場で会社の仕事を終えて、夜行バスで出発しスキー場に夜中に着く行程である。宿に着いて少し眠り、朝からスキーをするのだという。清水に聞くと睡眠時間が短くても、若さゆえに何ともないようだ。

長い時間、暗闇の中、何処を走っているのかわからない道を走り、夜中の２時頃宿に着いた。五人が一部屋に布団を並べて寝ることになった。若杉は、疲れていたせいかすぐに熟睡し、みんなの声で目覚めた。時計を見ると７時前であるが、寝不足という感じでなく頭も体もシャキッとしている。

朝食をすませて、借りたスキー靴を履き、板を抱えて、みんなの後に付いて近くのスキー場まで歩く。若杉は、生まれて初めてスキーに挑むことになったのだ。まず、スキーの板を取り付けて、歩くことから始めた。

平坦なところは、体力を使うもののすんなりと歩けるが、斜面になると横向きになって進まないといけないと教えられた。少し急な斜面では、歩いていても滑って転ぶこともある。滑ろうとすれば転んでばかりで大変である。その転び方も足を変な形にねじって転ぶなど、初めてスキーをする若杉は、もし周りで見ている人がおれば、気の毒に思えるほどぶざまな格好であった。

そのうち、真っ直ぐならば少しは滑れるようになったので、リフトに乗って上から滑ることにした。今度は、リフトからの降り方がまずいため降りたとたんに転んだ。こんなところで転ぶ人など一人もおらず、恥かしい思いをした。さらに、直滑降であっても彼にとって対応できないスピードが出てしまい、それに対処できず、変な形だが倒れて止めるほかなくもう散々である。

昼までぶざまな格好など気にすることもなく動き回って、体を動かした充実感と快い疲労感で、昼食のビールがうまかった。

午後は、スキー場に出るのを止めて、宿でゆっくりした。民宿で女将さんにビールを追加でだしてもらって飲み、炬燵で昼寝をした。その日の午後は、1度もスキー場に行かなかった。

その翌日は午前中スキー場に出たのみで、午後は、時間も短いしスキーをやめた。初めてのスキーは、けがもしなかったが、みんなが言うほど面白いとも思わなかったし、意欲に欠けるため、スキーの技術は全く上達せず、「スキーに行った」ということだけで終わった。


昨年のエアコンの売り上げが、冷夏の影響をもろに受けて大幅に減少。エアコン部門が赤字に陥ったとして、会社がその対策をすすめてきた。その会社方針の基本は、「昨年並みの売り上げであったとしても、黒字となるような体質に改革」するということである。部長の説明では、まず、人員のスリム化を行うという。設計も外注化とか女性を活用するなどの方策を取るようであるが、その具体的内容はまだわからない。新年度になれば、何らかの方針が示されるであろう。

職場でもそのことが噂として出てくることがあり、風花良太もグループのメンバーから聞かれるが、彼は、その内容など聞いていないし全くわからない。噂によれば、何人かが転勤を含めた配置転換の意向を打診されているようだ。人員のスリム化というからには、当然、人を減らすのだろう。ただ、その内容については、風花に知らされることも相談されることもない。このことは、グループの他のメンバーと同じである。

風花の知らないことであっても、当事者から直接聞くなどで、メンバーの他の者のほうがよく知っている場合があって、逆に情報をもらっている状況だ。職場を異動するということは、異動する本人が喜んで受け入れるということはほとんどなく、仕方なく会社の命令に従う場合が多く、厭なことである。

このことは、会社に在籍するかぎり、避けて通ることのできないことであり、会社で生きていくためには、乗り越えるほかない。

風花良太が滋賀工場に来てまもなく1年になる。昨年の冷夏による売り上げの減少と、それに伴う損益悪化の影響を受け、人員のスリム化の動きが具体的に示されてきた。設計から二人が他部門への転籍を打診されている。その一人が、昨年、風花のグループでともに働いてきた柿木で「関連会社への出向」という打診を受けている。

柿木は、反対の意向をもって部長と話し合っているようであるが、会社に断るべきインパクトを与えるような強い理由もなく、出向を受け入れざるをえないようだ。風花も柿木の意向が尊重されるようにと希望するが、この件に関しては、何の力もなく傍から歯がゆい思いをしながら見ているばかりである。研究所を離れて、まだ、さほど時間が経っていないが、研究所で仕事をしていたのは、遠い昔のような気がする。

桜の開花の便りはないが、雪柳やこぶしの白い花が咲き始めており、春本番の訪れが間近なことを告げている。週末に自宅に帰り、週明けに出勤して5日間、一人で暮らすことに慣れてきたが、疲れのせいか倦怠感もある。また、いつまで続くのだろうかという不安な気持ちもあって、慣れて問題がなくなったというわけでない。

今日も金曜日の仕事を終え、車を自宅に向け走らせている。日は長くなったといえども、信楽から奈良に抜けるこの山中は、もうすっかり宵闇に包まれている。車で会社と家を往復するときは、運転に集中し深く考えることもなく、どちらかといえば無心で運転していることが多い。

ただ、週の初めに会社に向かう時と、１週間の仕事を終えて家に帰るときでは、彼の気持ちに大きな開きがある。家に帰るときの気分は、仕事をやり終えたという充実感があり、落ち着いていて、明るく豊かな気分である。

これに対し、会社へ向かうときは、やはりこれから１週間、仕事をしなければならないという緊張感に包まれている。今日は、仕事を終え、家へ帰るので明るく落ち着いた気分である。

奈良を過ぎて大阪府内に入ると、我が家はもうすぐである。美奈と有香の明るい笑顔が浮かんでくる。妻の心のこもった手料理による夕食と温かい家族団らんが待っている。風花は、この繰り返しで単身赴任の１年を送ってきた。このことで得られたものは何か、それは忍耐である。５日間、我慢して働けば、２日間は、幸せな家庭の暮らしとなる。入社してからこれまで、風花にとってこの忍耐は、初めての経験であった。考えようによれば、買ってでもしておくべきことかも知れない。

家に到着し車を車庫に入れ玄関の戸を開けると、待っていたかのように有香が飛んでくる。温かい幸せな我が家である。

４月の人事異動で水野が設計課長に昇格した。その発表を聞くと、心の中で冷静にしなければと思っても、風花良太の心は、揺れ動き頭から血の気が引いていった。同僚が自分を置きざりにして昇進していくことを知り、気持ちの動揺を抑えることができない。理性をいくら働かせようとしても、先を越されたという無念さというか複雑な思いで彼の心は、大きく揺れ動くのであった。

風花はゆくゆく課長に昇格するだろうとささやかれていた。彼は、つとめて昇進などうでもいいと思うようにしていた。しかし、彼の心の奥深いところでは、昇進を待ち望んでいたようでもあり、こんなに早くその可能性が失われることは、彼の頭の中に全くなかった。このことで、図らずも彼の心の中にある本音を知ることができた。自分が望んでなくても、これは現実であり、今後は、水野課長の体制で進んでいくわけで、今日から受け入れなければならない。水野が課長となって、早速、グループの編成が大幅に変わることになった。

そのグループ分けというのは、製品全体の取りまとめを行う組み立てグループ、熱交換器など半製品を担当するグループ、圧縮機担当のグループ、そして、電気制御担当のグループ、試験担当のグループの5グループに分かれて、風花は、圧縮機グループのリーダーとなった。

翌日には、早速、定時の仕事の終った後に席替えが行われた。風花の圧縮機グループは、三名の小さなグループでT型の向い合せに机を並べる。メンバーは、野村と小型圧縮機の設計を担当していた内田と風花である。小さなグループであるが、エアコンの心臓部の設計を行うことになるわけで、重要な仕事を担うグループといえよう。また、新たにリーダーによる会議を随時開いて、設計課内の意志統一やテーマの進捗状況の確認を行っていくことになった。

こうして、昨年と大きく変わった新年度のスタートとなる。そして、やっと慣れてきていた風花の仕事も仕切り直しが必要となった。

ガスエンジンヒートポンプ（ＧＨＰ）のグループは、通産省の補助金で家庭用の冷暖房給湯機を開発することが現実となった。その開発とは、エンジンメーカーとペアを組んで３年計画で商品化するのである。

近畿電機の開発する家庭用ガスエンジンヒートポンプ（ＧＨＰ）システムとは、３室の冷暖房と給湯のできる家庭用の省エネ商品である。その制御部には、マイコンを使用することが条件である。家庭用の商品となれば、エンジン音の問題があるために、ＧＨＰグループ内でも、騒音とコストの両面で商品としての普及は難しいという声が多い。

ただ、南田副所長が通産省の補助金を受けて、取り組むことを決めたことであり、早速、グループの全員が集められ、副所長から説明があった。近畿電機とペアとなるエンジンメーカーは、ヤマダ発動機。初年度は、機能試作。２年目には、一般家庭で試作機でのフィールドテストをガス会社の東京、大阪、名古屋で合計６台、及び近畿電機とヤマダ発動機各2台の合計10台で実施する。

近畿電機は、3室マルチ冷暖房給湯機である。暖房の時期にも給湯を保証できるシステムとし、かつ、運転効率の高いものとすることが使命となる。機能試作機の目標は、マイコンを制御に使用して、市販可能な省エネ商品の開発に道筋をつけることだ。機能試作として製作する台数は、ガス会社3社の試験用に2台ずつの6台と近畿電機とヤマダ発動機での試験用が各2台で合計10台である。

なお、国の補助金であるが、本体と制御部の製作費や人件費のみでなく、試験用計測器の購入費まで支給される。人件費の補助金については、業務日誌をつけて、それに基づき開発に要した時間を算出しての支給となる。したがってグループ全員、これまでつけたことがない業務日誌に仕事の内容を記録していくことになった。

これらの徹底と今後の業務展開について意志統一するため、その日のうちに南田副所長が招集したミーティングが行われた。そのミーティングでは、ガスエンジンメーカーとの打ち合わせが急がれるということで、宮井リーダーが担当してヤマダ発動機と日程の調整などを行うことになった。

ヤマダ発動機との打ち合わせは、日をおかずして先方の研究所で行われ、エンジンのコントロールにマイコン制御を取り入れるなど、双方の目標を一致させたうえ、主な仕様と今後の日程を決めた。これにより双方の課題が明確になり、各担当者の具体的な仕事もはっきりした。

山本はマイコン制御の構想に取り組み、若杉は防音装置や廃熱回収装置、給湯タンクなどの検討に入った。技術者として新しいテーマに取り組むことは、モチベーションも上がり活力も湧いてくるものである。

山本も若杉もかつてないほど意欲的に仕事に取り組むこととなり、そのため忙しくなってきたが、この仕事での忙しさを苦にすることもなく、かえって、喜びと感じていたのであった。


風花良太のグループが昨年にモデルチェンジをやり遂げた中型機種のエアコンが新製品として近畿電機のカタログに掲載され発売された。担当を離れることになったが、それでも1年間、開発に携わった製品が発売されて、それなりの達成感もある。

カタログの中心となるのは、小型機種だが中型機も従来と比べ少しだけ掲載スペースが広くなり、これまでより重視されているようだ。聞くところによれば、営業の方針として中型機種のほうが利益率も高く、これまでより販売に力を入れて、他社との差をさらに広げようとしているようである。

ともかく商品となったことは、目標をやりきったわけであるが、それはそれで、今度は、売れるかどうか、あるいはクレームが出ないかなど新たな心配の種が芽生えてきて、全てが安心というわけにいかない。

小型家庭用のGHPに圧縮機を供給するという依頼が研究所からやってきて、風花と野村の二人が担当して、ガスエンジンに搭載する圧縮機を開発することになった。もちろん来年の新商品のための圧縮機の開発が主なテーマであり、それと併せて開発しなければならない。GHP用の圧縮機は、カップリングでガスエンジンと結合するところが、家庭用エアコンと異なっている。

当然のことながら近畿電機では、過去にこの形の圧縮機を作ったことがあり、その経験が会社に残っており、仕事に取り掛かる足場がある。しかし、ガスエンジン用には、起動トルクを小さくするとか、回転数を800rpmから2500rpmまで変えるなど未経験の課題も多くある。

ガスエンジン用の圧縮機は、新たな開発テーマで、かなりの負荷がかかる仕事と思われるが、風花にとっては、新たな仕事が入ってきたことを歓迎し「頑張るぞ」という気持ちのほうが強かった。そして、小型家庭用GHPに携わる担当者全員による会議が、金曜日の午後から研究所で行われ風花と野村も出席した。その会議が終わってから、発足会ということで親睦のための宴会が開かれた。

出席者は、南田副所長を含めて八名という小さな宴会である。それだけに、すぐにお互いが打ち解け親睦も深まった。ともかく、このグループで、これまで近畿電機で経験のないガスエンジン駆動のエアコンを開発することになったのだ。

風花は、このグループのみんなと研究所時代での顔見知りである。最初から打ち解けるのが当然のことだが、同僚の野村にとっては、初めての人ばかりなので気遣いもあったが、心配ないようだ。

「野村さんは、入社してずっと圧縮機の開発を担当してるんですか」と同じ年代の若杉から質問が出る。

「はい、入社してからずっと圧縮機の設計にかかわってます」

「それじゃー、圧縮機のほうは、ベテランで今度の設計などわけないですね」

「とんでもないです、僕らまだ駆け出しですよ、圧縮機は難しいです、風花さんのほうが圧縮機をよく知っておられますよ」

「そんなことないよ、エアコンの圧縮機に関しては、僕より野村君がはるかによく知っていますよ」と野村の横にいた風花が会話に加わる。

「風花さんは、理論派ですけど、今のエアコンに使用されている圧縮機に携わった期間が、短いからそうかも知れませんね」と若杉がなかを取る。

その話に山本が割り込んできて「圧縮機は回転数の変化に対してどうなんですか、強いんですか」と話しかけてきた。

「カーエアコンの開発などから見ると大丈夫と思いますよ」と風花。

「そういえば宮井さんがカーエアコンを開発し、製品にはならなかったが、開発はできたと言ってましたね」

「それじゃ、圧縮機は、できたようなもんですね」と若杉。

「そう簡単にいかないと思いますよ、効率や耐久性を良くしないといけないし、大きさも違う。それなりに課題がたくさんあります」

「そりゃーそうでしょうね、ところで、ベースアップは、今年も鉄鋼が最初に決まり、すべて右に倣えで、話にならんなあ」と山本が話を変えた。

「そうですね、鉄鋼が春闘の相場を作ってますね」

「とにかく、去年の物価の値上がりが、7、8%だったから、それ並みのベースアップじゃあ生活が楽になるはずないんや」と山本がぼやく。

「物価は、今年も上がるんですかね」

「国鉄の運賃、医療費などの値上げがあるし、やっぱり上がるんやろな」

このような、自由気ままな会話も自ずと弾んできて、新しい仕事に取り組むチームとしての格好がつきはじめたようである。

今年の滋賀工場のゴールデンウィークは、昨年と同じ5月1日からの5連休である。この連休を利用して野村は、生まれ故郷の高知に帰省するという。

風花良太も家族とどこかへ出かけなければならないが、あれこれ迷うばかりで、まだ何も決まっていない。連休前に帰宅してから裕子や子供たちと相談して、そこで行き先を決めようと思っている。

風花が帰宅後、裕子と話し合って決めた行先は、京都宇治の三室戸寺《みむろど》でツツジやシャクナゲなどの花を見て平等院まで散策し、昼食は、たまのことだから奮発し、京料理の老舗の店とする。宇治へ行く日は、５連休のうち天気の好い日に決めた。

天気予報が晴れということで、昨夜から準備をしておいた持ち物を各自が携えて、風花良太の一家四人は、朝早く電車で宇治に向けて出発。電車は、難波から地下鉄で淀屋橋へ出て、京阪電車に乗り換える。淀屋橋を発車して30分を過ぎると緑が多くなって、郊外という感じになってきた。

中書島《ちゅうしょじま》でさらに乗り換えて、やっと三室戸駅に着いた。山側に向かって住宅街をゆっくり15分ほど歩くと三室戸寺である。

山腹と一体になっている寺の敷地には、新緑の木々に包まれてツツジが至る所に咲いている。入って右側の山の斜面に群生しているツツジは、赤紫、白、桃色と色とりどりに咲きほこっており、若葉と調和して美しい。

「ワーきれい」

「このお寺は、若葉も、ツツジもきれいいや」

「あら、うぐいすの鳴き声よ！」

「ここでうぐいすの鳴き声を聞くと、気持ちが落ち着いて好い感じやなあ」

「あの山の斜面、ツツジの群落がきれいや」

「シャクナゲの谷、登ってみようか」など話しながら道なりに散策する。

シャクナゲのほうは、見慣れたピンクのものが少なく真紅の花が、ところどころで鮮やかに咲いている。

まだ、つぼみの木も数多くあり、咲き終わったものも多くあるところから、ここには、いろいろな種類のシャクナゲが植えられているようだ。

数が少ないけれども、その他に山吹やオオデマリなどの花も咲いており、また、紫陽花などこれから咲く花やもみじも多い。花の寺といわれるにふさわしいところである。

三室戸寺の花を満喫して住宅地の山側の近道を歩き、宇治川べりの昼食場所の料亭を目指す。道のわかりにくいところもあったが、15分ほどで新緑の宇治上神社に着き、少し下ると宇治川に沿った道に出た。そして、朱塗りの橋を渡り塔の島に至る。

「宇治川って水の流れも速いし、水量も豊富や！」

「この流れ、迫力あるなー」

「どっちを見ても若葉がきれいや！」

「お腹も空いたし、予約の時間も近づいてきたし、昼食にしようか」

昼食の料亭は、すぐそこにあった。予約していたので、すぐ部屋へ案内され、しばらく待つと料理が運ばれてくる。

さすがに京料理の老舗である。見た目も美しいし、普段、家ではとても食べられないような料理である。作る人の腕が初めての者にもわかる手間のかかった料理である。風花にとって京料理に触れる機会はほとんどないが、やはり、京の人の何世代にわたる工夫の込められた料理だと素直に感じた。美奈と有香には少し口に合わないものもあったようだが、それでも食べ残していなかった。

平等院の見学は、風花一家にとって初めてであった。ツツジとフジの花が満開であった。フジの花は、よく手入れされており50センチを超える花房がそろって垂れ下がっているという、あまり見たことのないフジの花の姿に少し驚いた。写真や10円玉で見慣れている鳳凰堂はさすがに美しい。仏像の良し悪しなどわからないのだが、それでも国宝の阿弥陀如来像のその穏やかで円満な優しい眼差しの中にも、威厳をたたえた重厚さが感じられた。

風花家のゴールデンウィークの１日は、家族全員、大きな満足といかないけれども、ちょっぴり満ち足りた気分で過ごした。

連休明けの朝「さあ仕事だ」と気合いが入っていたのか、あるいは、休養が十分取れていたせいか、いつもより爽やかに目覚めて、気持よく自宅を出発。車窓から見慣れた景色にもかかわらず、新緑がいつもより新鮮で美しいと感じた。

仕事は、来年の製品に搭載する圧縮機の開発に取り掛かり、構想から具体的な仕様の検討に入る時期だが、どちらかといえば楽しい時期である。朝、事務所に入ると内田がすでに席に就いていた。

「おはよう、今日は早いですね」と風花が声をかける。

「おはようございます、いつもより早く起きちゃったんで」と内田。

「連休は、どこかへ出かけたんですか」

「日帰りで近くの山へ、ハイキングに行っただけなんです」

「そうですか、僕も同じようなもんで、宇治へ行っただけですが、野村君は、高知へ帰ったみたいですね」

「遠くに帰るところのある人は、好いですね」

「内田さんは、関西の出身ですか」

「実家は、大阪の高槻なんです、帰ったといってもあまりにも近すぎて、もう一つです、やはり田舎に帰る人がうらやましいです」

「僕も実家は、大阪の住吉なんで同感です、仕事の話になるけど、来年の小型新機種用の圧縮機の構想は、もうまとまりましたか」

「もう少しです、次のミーティングの時には、皆さんのご意見をお伺いしたいと思っています」

「それはよかったですね、次のミーティングを楽しみにしています」

内田と少しだけではあったが、仕事のコミュニケーションもとれて、気持ち良く仕事に取り掛かった。


圧縮機グループの今年のミーティングは、小型機がメインである。

内田が構想の説明を終えると、風花と野村の二人が質問や意見を出し、内田が回答するといった形で熱のこもった検討を行った。

このような検討を行うには、三人ぐらいの少人数のほうがよいようだ。中身の濃い喧々諤々の議論を闘わし、その結果、それぞれの知見とアイデアを結集した内容でまとまり、成功したといえる。この日は小型機のみの検討であったが、後日には同じように中型機やＧＨＰ用の圧縮機についても、担当者が提案して、三人でもって検討しながら進めていくつもりである。

さらに、昨年、大幅な改善案が認められず、やり残したと思っていたことも論議したが、抜本的で斬新な設計に関しては、どうしても周りの抱いている不安要素を払拭することが難しく、製品用に納得が得られない。そこで、すぐに製品に搭載しない、先行開発を行っておく必要があるという結論になった。故に、先行開発を行いたいが、そのための予算をもらえないかということが、総意となって風花が折衝することになった。その要望は、説得力のある説明が必要と思ったので、その日、家に帰ってからもあれこれ説明の仕方について考えた。

翌日、水野課長にその話をした。「課長、圧縮機グループの総意ですが、製品にすぐに搭載しないが、大幅な改善などを行った斬新な試作品を作るという、すなわち、先行開発を行って将来に備えたいんですが、どうでしょうか」

「うーん、そういう考えもあると思うが、予算もとってないし、じっくり検討してみないと何とも言えないが、ちょっと考えさせて」という返答であった。

その後、課長からの回答は、予算をとってないし、この時期に始めるのでは、他の仕事に差し障りマイナスとなることも考えられるから、今年に関しては、その意見を採用することができないとのことである。

風花は、山田部長にも直談判したが、やはり水野課長と同じような返事であり、あきらめるほかなかった。

森山真理子と白井美由紀のグループは、初夏になって今春もハイキングに行くこととし、奈良葛城山のツツジを見にいくことに決めた。今回も参加者は一〇名。もちろん若杉も山本も仲間に入っている。葛城山には、近鉄の御所駅からバスでロープウェイの乗り場の登山口まで行き、そこから山上を目指し歩いて登ることにした。

彼女たちの一行は、近鉄の阿倍野橋で待ち合わせ、近鉄南大阪線の尺土で乗り換えて御所駅に至り、さらにバスで登山口に10時に到着。葛城山の登山道は、急な坂道であるがよく整備されていた。登山道は川に沿って付けられていて、歩き始めてすぐ、落差10メートルばかりの滝に着く。そこから坂道を川に沿って登っていくと、前と同じような滝が表れた。一行は、登りが急なので無言で一列になって進んでいたが、河野から「ここで少し休みませんか」と声がかかった。前を歩いていた人も少しバックし、あとから来る人も、次々と滝の河原にみんなが腰をおろし、しばしの休憩となる。

「きつい坂道やから登るのが大変や」と日頃身体をあまり使ってない清水のぼやきもでてくる。

「何いうてんねん、きついのは、これからやで」と先輩の吉田が気合いを入れるなどいっとき雑談に花を咲かせた。

「ぼちぼち登ろか」と吉田が出発の号令をかけ、みんな登り始める。

どんどん登っていくと杉林から新緑の美しい落葉樹の樹木、ナラとリョウブが主体の若葉の美しい感じのよい林になった。うぐいすの鳴き声も聞こえてくる。あちらこちらに、山ツツジが咲いている中をさらに登ると、葛城高原ロッジの横に着いた。

ツツジ園の標識に沿って進むと、南斜面のツツジの群落は、斜面が真っ赤というか赤色の強いオレンジ色に染まり陽光に照らされて輝いていた。みんなにとって、これまで見たことのない華麗な美しさである。

「うわー、きれいや！」と女性たちから歎声があがった。

若杉も右手に金剛山が見えて、壮大な景観とツツジの群落には、彼が今までに見て好かったといえる景色に勝る美しさである。若杉は、きつい坂道を登ってきたかいがあったと思った。彼は、白井美由紀に近づいて話しかけた。

「ここのツツジ本当にきれいですね」

「ほんまにきれいやわ！」と彼女も感嘆の言葉を発した。

「白井さんも葛城山に来たのは、初めてですか」

「私初めてなんです」

そこへ河野芳子が近付いて「白井さん、お弁当、向こうのほうで食べようかと、みんな言うてるけど」

彼女は「いいですよ」と河野について行く、若杉もそれに続き、みんなが集まって席を作っている所へ向かう。

一緒に登ってきたみんなでツツジの見える草原に敷物を敷いて座り、持参の弁当を広げた。若杉も清水と並んで座り、天王寺駅の売店で買ってきた弁当を広げる。そこへ森山真理子から卵焼きが回ってきた。さらに、他の女性たちの手作りの食べ物が、次々と独身の彼らのもとに差し入れられ、味気ない弁当が豊かになった。

「きつい坂を登って運動したせいか、駅で仕入れた弁当でも美味しいし、そのうえ、こんなに差し入れがあったらごちそうや」と言いながら若杉が清水に声をかける。

「ほんまや、ツツジもきれいやし、天気も好いし、今日は好い日や」

「ツツジのこんなにきれいなところがあるとは、夢にも思わなんだなー」

「ほんまや、写真で見たり、人の話として聞いていたけど、来て見たら思っていた以上に見事なんで、正直なところびっくりしたんや」

弁当を食べ終わりひとしきり雑談をして、1時間後にこの場所に集合することにして、ツツジを自由に見て回ることにする。白井美由紀は、河野たち設計の人たちとツツジを見に回り始めたため、若杉は一人でこの見事なツツジを見ることにした。彼は、まず、下のほうに降りてから眺めてみることにする。ツツジの近くに立って、下から眺めると、上から見ていたのと感じが違い、生きているものの迫力というものが感じられる。若杉は、谷から反対側のほうへ少し登ってから、今降りてきたツツジを眺めると、これまでと異なった美しさである。彼は、ツツジの花を目の前に眺め堪能しながら、気ままに花の魅力を満喫しながら道なりに散策する。

途中で立ち止まって眺めていると、山本がやってきて「この美しさは、平山郁夫でないと描けんやろ」と話しかけてきた。若杉は、急に思わぬことを聞かれてどう返事するかも浮かばず黙っていた。

「若杉君、せっかくやから葛城山頂に行ってみようか」と誘われる。

頂上に向かって歩き始めた山本に、若杉もついて行く。このあたりの景観は、整備された公園である。

広々としたなだらかな丘陵に新緑が溢れ、さえぎるもののない頂上からの眺めは、さすがに広々としており、大阪平野とその右側に見える大和盆地、その奥に、どこまでも緑の山々が重なってまことに雄大である。


自宅で目を覚ました風花良太は、起き上がって窓を開け天気を確認したが、天気予報のとおりに晴れのようだ。今日は、以前から計画のとおり、庭に百日紅の苗を植えることとする。風花家の庭は、庭とは名ばかりの狭さであるが、それでも、ささやかながら植木や花を楽しむことにしている。いま植わっている花木は、ツツジとサザンカである。そして、ミカンも植えており、ミカンは、秋になると収穫できて、ちょっと酸っぱいけれども十分に食べられる。

花は、シャクヤクなどの宿根草《しゅっこんそう》と毎年季節毎に咲くように植え替えている。庭に木が少ないし、風花は、夏に長いこと花の咲く百日紅が好きで、前から欲しいと思っていたが、ついに植えることにした。百日紅は、〝すべる〟から縁起が悪いという人もいるが、気にせず植えている人も多く、風花もそんなことは気にならない。

植える場所は、庭の南西の隅から1メートルほど内側の日当たりの良い場所とする。苗木は、赤色の強いピンクの花をつけるという、背丈ほどのものを園芸店で買っており、適当な穴を掘って腐葉土を少し入れて植えた。

百日紅は、風に弱いというので支柱を立てて縄で縛った後、水をタップリとやって終了。長いこと気にかけていた植樹が片付き、風花の気分も爽やかになった。

植えたばかりの百日紅を少し離れた位置から眺めているところへ、妻の裕子がやってきて「やっと植えたわね」と声をかけた。

「うん、やっと植えた、夏にはピンクの花が咲くと思うよ」

「今年からもう咲くの」

「そうだ、多分、今年から咲くだろう」と言って片づけを始める。

「コーヒー飲まない」

「うん、いただこう」ということで二人のティータイムとなる。

南向きの庭に面した部屋に座り、庭を見やりながら妻がコーヒーを淹れてくれるのを待ちながらふと思った。

このあいだの新聞記事では、昨年の物価上昇が7・8%だったというが、我が家の家計への影響は、どうなんだろう。

妻がコーヒーを運んできたので「物価がどんどん上がっているけど、家計は大丈夫かいな？」と聞いてみた。

「家は大丈夫よ、貴方、心配しなくていいわ！」と明快である。

「そうやったらいいんだけど、物価がドンドン上がるから、ふと、心配になっただけなんだ」

「そうやわねー、国鉄運賃も医療費も上がったわねー、でも大丈夫よ！」

「土地の値上がりで億万長者が、２６００人になったと新聞で見たけどどう思う」

「私の知っている人も、この近くの山林の地主だったの、宅地開発で大きなお金が入ったそうだけど、うらやましいとは思わないけど、でも不公平や思うわ」

「そうや、持てる者と持たざる者の差があまりにも大きい。俺もほんまに不公平なことやと思うわ」

「あなた、住吉のほう行かなくていいの、ずいぶん行ってないけど」

「そうやなあ、たまには行かなあかんなあ、来週ぐらいにしようか」

「そうしましょう、子供たちにも言っておきますわ」

休日にしか話す機会のない夫婦の会話も、平凡でありかつ平穏である。風花の単身赴任生活もすっかり当たり前の生活スタイルとなっている。

風花が出席していたGHPの会議が早く終わり、山本に「ちょっと一杯どうですか？」と誘われて、二つ返事で飲みに行くことになった。二人は、協力し取り組む仕事ができたことで、親密度も以前よりかなり増して、飲みながらの話も気楽でかつ気分よく話せる間柄になっている。

「風花さん、滋賀工場で1年間やってきましたが、如何でしたか？」

「そうですね、これまで研究所にいた頃の、何年分にも相当するようなことを経験したような気がします」

「それは、大変な1年でしたね。滋賀工場の雰囲気は、研究所とかなり違うでしょう」

「そうなんです、違いますね、特に困ったことは、滋賀工場の方々と考え方の波長が、なんとなく合わないことでしたね」

「そうでしょうね、人と人の考えの違いを合わせていくということは、いちばん難しいことなんですね」

「実はそのことで悩みました、その一つは、私たちのグループが取り組んでいる仕事の内容の小さい部分ですけど、グループに相談しないで、上の方で勝手に決められたことがあるんです」

「そういうことは、私も聞いたことがあります」

「どうしてそんな考えになるのか、私にはさっぱりわかりません、そういうときは、少なくとも事前に相談すべきと思いますが、そうじゃないんですね？」

「私も風花さんと同じ意見です。これは本による知識なんですが、人の考え方は、その人の脳によるもので、人の脳そのものは、自らの経験によってかたちづくられており、当然、一人ひとりの経験が異なるわけで、その脳も各人によって異なる。したがって、考え方も違うことになるわけで、どうしようもないことかも知れませんね」

「そう言われるとそうかも知れませんね」

「そうなんだと思います、人の考えは、過去の経験によって創られるので、考えが違っても仕方ないと割り切るべきなんでしょうね」

「滋賀工場の人たちに腹を立てたり、付き合いで悩んでも無駄なことですね」

「きっと、そうでしょうね、それでも付き合いは大事ですが、ただ、どう付き合っていくか、難しいことです」

　難しい話が続いていたが、風花のこんな一言から酒の場にふさわしい、明るい話題に変わってくる。

「付き合いということでは、いろいろあったけれども嬉しかったこともありました。野村君の意見で早い時期に、生産技術に試作機を作る上で、難しいと思えるところをあらかじめお願いしておいたのですが、そのせいかも知れませんが、試作機を作るために好意的に協力していただけたことです」

「順調にモデルチェンジが進んだ裏には、そういうこともあったんですか」

「思い返してみるとそうなんです、グループの面々、生産技術、試験担当者など多くの方々に協力をいただきました。それで、なんとかやってこられたんです」

「仕事って、そういう多くの人の協力や支えがあって、その力がプラスされて進むのかも知れませんな」

「そうですね！　そう考えてみると腹を立ててイライラするなんて、小さいことでは、ダメですね」

「そりゃー、広い視野に立って考えることが一番良いことです。残念ながら我々凡人には、なかなかそういう良い方向で考えることができませんね」

「全くそのとおりですね。これは別の話ですが、研究所でも昨年の赤字を理由に何らかの対応が求められてきていますか」

「エアコン部門の赤字に関しては、上司の発言でいろいろ触れてますが、具体的には今のところ何もありません」

「設計のほうは、大変ですねん、人が減って代わりに派遣の人が入ってきて、外注化ということですが、これでいいんですかね」

「それは、何か部分的、専門的な仕事を彼らに依頼するんですか」

「初めはそういう話だったのですが、人員のスリム化ということで、結果的に設計マンが減っている反面、コストダウンなどで仕事が増えています。派遣社員に与える仕事の内容を限定するというわけにはいかなくなってます」

「そうなんですか、だとすれば、設計に派遣社員を入れることには、技術の蓄積とか機密保持などの面から見ると問題があるんじゃないですか」

「当然そうだと思われます」

「会社は、何だか変なことをやってますね？」

「しかし、人員のスリム化という錦の御旗を掲げてやってますから、われわれ設計の者も何も言えません」

二人の話は、冷夏で売り上げが落ちて赤字に転落したエアコン部門の合理化の矛盾を突く話にまで発展するなど忌憚なく続いた。


冷夏でエアコンの売り上げが落ち、エアコン部門が赤字になったことで、もし昨年の水準まで売り上げが落ち込んだとしても黒字にする。そのためには、構造改革が必要だということで様々な改革が実行に移されてきた。

一つには、間接業務のムダを省くなど、人員のスリム化である。設計においても、CAD化などすでに取り入れており、ムダをなくす面では一定の成果も上がっている。その上に、CAD化をさらに徹底することで、人員の削減につなげようとしている。先ず人員を削減して、その代わりに派遣社員を増やす。さらには、女性社員に今まで男性の仕事で女性には難しいとされていた仕事を与えることで人員減をカバーする。

設計業務の根本をなすものは、過去のデータや新しい技術を参考としながらも、設計に携わる技術者が新たな創意工夫を付け加えること。その付け加えられた知恵の内容によって、世の中に受け入れられる設計（製品）が生まれるのである。

近畿電機の設計部門の合理化は、この創意工夫を積み重ねて、蓄積してきたこれまでの設計業務と異なるもので、問題点が多いと言わざるを得ない。ただ、上司に面と向かって自説を述べられる状況になく、忍耐の精神で従うほかない。

風花のグループは、小さな集団であり、派遣社員が入ることもなく、人に関しては、従来どおりであるが、さまざまな面で他のグループの影響をうけざるを得ない。

次に、購入品の大幅なコストダウンである。これは、設計の直接的な仕事ではないが、外注部品や購買部品の購入価格を大幅に下げようということである。正当化のため、様々な理由を挙げたとしても、弱い立場の下請け業者に負担を押し付けざるを得ないだろう。

三つ目は、冷房専用機を減らし冷暖房機の生産に切り替える。すなわち、儲かる商品に重点を移そうということである。営利を目的とする企業としては、当たり前のこととして強めてきている。

さらに、多機種少量の生産方式である。この生産方式は、トヨタ自動車から導入し近畿電機に合うよう若干変更したもので、多くの機種を1台流しで混合生産するものである。この生産方式によって売れたものだけを生産し、在庫を減らそうというのだ。

構造改革という名分でこれらの課題は、推進チームを作るなどのあらゆる手段で実行の徹底が図られている。

山本の席に宮井がやってきて「山本さん東都ガスへ行ってくれますか」と、いきなり出張しろといわれる。東都ガス食堂に設置し、実用運転中のガスエンジン冷暖房給湯機の調子が悪いということである。

東都ガスからのクレームの連絡によると「冷房になってエンジンの回転数制御が自動で機能していない」という。山本は、考えられるところの様々な原因に対処できるよう準備して、修理のため東京へ出張することになった。

急いで準備をしても新大阪で新幹線に乗車できるのは、11時半、東京着が2時半、東都ガスに到着するのが3時過ぎになる。この時間からの出張修理というのは、うまくいけばその日の内に大阪に帰れるが、少し難しくて手間取れば帰れないということで、東京で宿泊する用意も必要だ。急な出張なので、着替えなどの準備ができるはずもなく、宿泊できる旅費を会社から借りて出発した。

新幹線の3時間は、やはり長いと感じ退屈である。時間つぶしの本も用意しておらず、仕方ないので制御装置の図面を改めてチェック。チェックすればそれなりの新たなことも思いつき、修理する上で少しは役に立つと思う。退屈しながらも、東京駅には、予定どおりに着き、３時過ぎに東都ガス研究所に到着した。担当者への連絡を受付で済ませて、食堂へ直行して運転状況を確認することにした。

食堂で働いている人に故障の状態を聞くと「今までどうもなかったが、冷房運転を始めてからどうも冷えが悪い」ということである。山本は、直感的に冷暖房の切り替えに問題があるのでないかと直感した。そこで、室外機の制御盤の扉を開けて点検をすすめると、冷暖房の回転数制御を行うために、リレーで冷暖房を切り替えていたが、そのリレーが緩みのためで接触不良を起こしており作動していない。

運転中の制御盤内は、エンジンの振動が伝わるようであり、抑え金具を付けていなかったため、長い時間運転している間に、振動で自然に緩んだのだ。山本がそのリレーをきっちり差しこむと、正常に負荷に応じて回転数が制御され、正常な運転に戻った。初歩的なミスによる故障であり、恥ずかしい限りだ。

担当者に原因を説明し、平謝りに詫びて、後日、対策のため抑え金具をすべてのリレーに取り付けることを約束する。そのあとも1時間ほど運転の状況を見ていたが、順調に運転が続いているため東都ガスを辞去した。

田町駅で時計を見ると5時を少し回ったところで、東京に宿泊する必要のない時刻のため、ビジネス回数券を指定座席券に替える。これで安心して帰れることになったが、そうなると急に何か食べたいと思ったが、好みのものが手に入りそうもない。

仕方なく東京駅で何か買うことにして電車に乗る。山手線もさほど混雑もなく東京駅に着いた。時間にさほどの余裕がないので、ホームの売店で缶ビールのロング缶2本とつまみを買って急ぎ新幹線に乗車する。指定の席に荷物を置き、念のため自由席の込み具合を見に行くが、ガラガラというほどでないため指定席に戻った。山本の席は、運よく窓側であり、まだ見えていない隣に人が座ったとしても、迷惑の度合いが少ないと思い買ってきたビールを早速飲むことにした。

今日のビールは、つまらんミスが原因で会社と客先に申し訳なかったものの、仕事がすっきりと片付いたので、気分も爽やかで美味しく飲めた。発車の間際に隣の席には、年配の会社員風の人が座った。

それでも、山本は、窓の外を眺めながら黙って、隣の人に気遣いすることもせず飲んでいた。少しアルコールの回ってきた頭には、自然と今日1日に起こったことが、浮かんできて、それを、振り返りながらさらに飲み続けた。

夕暮れの富士川では、珍しく富士山がきれいに見えた。この時期の山は、まだ白い冠をかぶって美しい姿である。山本は、この美しい富士山を見ることができ、故障修理も簡単に済んで運の良い日だと思った。車内販売のビールをさらにもう1本買って、追加で飲むことにした。ロング缶を2本も飲んですっかりいい気分であるが、それでも、飲みだすともう少し欲しくなるという山本の悪い癖である。こうして、往きは時間を持て余したが、帰りは退屈することもなく、少しだけ好い気分で京都に帰り着いた。

風花良太は、新しく担当する圧縮機グループのミーティングも、少人数であるが昨年と同じようにすすめている。内田が小型機、野村が中型機を担当しており、ミーティングでその設計の仕様等について検討を行うが、このグループでの日常の設計開発業務は、ほとんど担当者任せである。

風花の主な仕事は、サポート業務であり、相談に乗ったり調査したり、他の部署との折衝などである。本来の仕事より負担に感じていることは、ＱＣ（品質管理）活動だが、彼は、研究所に在籍していたことで、この種の活動の経験が全くないし、あまり必要性を感じていない。昨年は、グループとしてＱＣは、リーダーに任せきりで忙しくもあってあまり熱心に活動していない。

今年は、水野が課長になってリーダー会議の席で、他のグループに比べて遅れていることを追及されるため、昨年のようにいい加減で済まされなくなって、かなり力を入れて取り組まざるを得ない状況に追い込まれている。

風花は、そういう状況でも、みんなが忙しいときのＱＣ活動を控えめにすべきと考えており、ＱＣリーダーの内田と相談して、仕事に少し余裕ができてから力を入れて取り組むことに決めている。そのため、リーダー会議でＱＣが議題に上がったときには、取り組みの報告は、調査中などとあいまいな内容でかわしている。

風花のグループが昨年開発に携わった新商品の売り上げのほうは、心残りのところもあり満足のできていない製品だったが、聞くところによれば好調のようである。グループとして、もう一つ納得できてない仕事であったが、市場の評判のよいことに対し、風花は、わからんものだと思った。

今年の仕事の主なテーマは、昨年と異なり主力の小型エアコンのモデルチェンジであり、風花のグループは、圧縮機を担当しているが、風花自身は昨年ほど忙しいわけでない。それは、自分があれこれ指示をするわけでなく、昨年から継続して担当する内田の取り組みに対し、ミーティングで一緒に検討し、知恵を貸すことと、もろもろの調査や他部門との折衝などのサポートを主な仕事としている。

滋賀工場での勤務も2年目となり慣れてきて、日々の仕事や単身赴任の生活にも余裕が感じられるようになってきた。ただ、週はじめの早朝の出勤は、楽になったわけでもなく、いつも緊張して臨んでおり必死の想いである。

今年もうっとうしい雨の季節がやってきた。１週間ごとの通い単身赴任の風花にとって、本当に嫌な季節だ。車だから関係なかろうと思われるかもしれないが、雨の中、２時間走るのは、やはり、気も遣うし嫌なものである。

昨夜の天気予報どおり、今朝もしとしとと雨が降っているので、何時もより15分早く家を出ることにした。雨の中では、やはり速度を落として走らないといけない。時間に追われ無理に走るようなことを避けんがためだ。奈良から京都府に入ると緑も多くなり気分は、落ち着くけれども、カーブが増えて運転に気を遣い、車の速度を落とすことになる。特に雨の日は、何時もよりさらに低速の運転となる。

このように注意深く運転して、何事もなく社宅に着いたが、何時もより5分、遅かった。会社への出勤には、時間的に何も影響がなかったが、精神的には疲れが残りストレスがたまったといえよう。


今年もボーナスの時期がやってきた。この時期だけは、働いている人ならば誰しも懐になにがしかの余裕ができる。それが気持ちにも反映されて、明るく活気ある顔が多いようだ。最近は、成績査定の幅が大きくなって、評価が低く思っていたより少ないと、気分を害し不満を漏らす社員もいる。それでも、普段の月に比べると小遣いが、いくらか増えている。もっとも、妻帯者の多くは、振り込まれた一時金から少しだけ小遣いをもらうので、昔のように自分の取り分を決められない。

自分が自由に使える所持金が増えると、現金なもので誰でも活力が出てくる。金の力は大きいと改めて自覚する時期でもある。飲むのが好きな者は、ちょっと一杯と、待ちきれずすぐに出かける。そうでない者は、ほしかったものを買いに行く。あるいは、夏の旅行に使うなどさまざまである。

風花良太は、ボーナスが出ると妻の裕子から小遣いとしてそれなりの金額をもらっている。ただ、彼は使い道を特に決めているわけでない。小遣いが増えるとなんとなく心にも余裕がでてきて、豊かな気分になりどこかへ行きたくなる。風花は行きたい気持ちがあっても、一人でどこかへ行くということをしない男で稀なタイプだといえよう。

誰かに誘われた場合は、別であり、付き合いの悪いほうでない、若者と気楽に飲みにも行ったりもする。今朝も課内を見渡すと、昨夜の遊びが過ぎて、疲れた顔をしている若者もいる。若い者の中には、自由に使える金をもてば、いち早く使わずにおれない者もいるようだ。

圧縮機の仕様については、水野課長にグループで決まった内容をその都度報告し承認を得ている。小型機種用とGHP用に関しては、すでに部品の発注も終えている。小型機の目標の効率が出るかどうかは、ハードルが高いため今のところわからない。試作機が完成してからの試験の結果次第といえる。

残された中型機用の圧縮機についてもグループとしての仕様が決まり、課長に説明したところ部長の承認を得るということである。中型機用は部長の決裁待ちであるが、グループとしては一段落である。

ただ、小型機に求められた性能が出るかどうかについては、メンバーのだれにも自信がない。そのことがグループのミーティングで出され、いろいろ検討したが、試作品が完成し試験をしてから対策を行うという現状は、きついというのがグループ全員の一致した意見である。

その解決方法として、新商品に搭載するものをその時になって直接開発するという一発勝負の現状を変えて、来年の新商品用でなく、効率や耐久性など性能を特定して確認するために、試作品を先行で開発することが必要との考えで一致した。その先行開発に取り組めるようにするため、グループを代表して風花が、これまで部課長に要望してきた。風花は、グループのこの意見が至極当たり前で、将来、必ず会社のためになることで、いずれ実施されると思っている。

ただ、今年に関しては、いい返事をもらうことができず実施できなかった。たとえ、承認されなかったとしても、とりあえず要望しておくことが、今後のことを考えるならば、大事だという認識もあって部課長に申し入れたのである。

今日は設計課のリーダー会議の日である。リーダー会議は、課長の水野が招集し風花を含む五名のリーダーで構成。月に1回程度開き、課の方針の伝達と各グループの進捗状況の報告が主となる。その報告について若干の質問などがあった後、水野課長から今回もQC推進のためということで各グループの取り組みの報告が求められた。

風花の圧縮機グループは、まだテーマすら決まっておらずかなり遅れており、報告すべきことなど何もない。「現在テーマの検討中である」ということを報告して、さらなる追求の難を避けた。

その翌日、水野課長に呼ばれ、部長の承認待ちにしていた中型機の設計変更を指示された。変更の理由は、部長の意向で耐久性に不安があるとのことだ。

風花は、コンピュータによる強度計算も行っており、何よりも独自性を追求した設計である。しかも、グループとして十分な検討をしているので心配ないと説明したが、部長の意向という一点張りである。

会社で「上司の指示」で押されたら、納得できなくても従うほかない。それで、さっそく緊急のミーティングを開いて、設計変更の指示のあったことを報告し、その変更した内容で試作を進めるよう動いた。不満であっても風花のところで留めておいては、プラスになることが何もなく時間を無駄にするのみである。嫌なことは、できるだけ早く処理するのが、最もよい方法であると考えたのだ。

グループミーティングでは、野村から不満との意見が出たけれども、風花は、彼の案が、将来、多分実施されることになると思うが、今回は部長の強い意向であり、どうしようもないと説得した。

野村も昨年経験済みのことでもあり、不満が消えたわけでないけれども、風花の説得に率直に応じてこの問題は、さほど時間もかからず解決。野村は、この上司からの指示に基づき、すぐ設計変更に取り掛かった。

これで、グループは、残された課題を速やかに進めていくための態勢も整った。こうして、圧縮機グループは、少人数であるけれども全員が協力して、目標の達成に向けての取り組みに全力を傾けている。

年の差のせいか山本と若杉が二人で飲みに行くのは、意外にも初めてことである。二人ともに知っている本町の炉端焼き店で杯を傾けることにした。6時半の待ち合わせなので山本は、5時半頃仕事を終え店には時間どおりに着いた。

山本が店に入ると若杉がすでに奥の席に座っており「山本さん、こっちです」と声がかかる。

その声を聞いて山本は「おー」と手を挙げ歩み寄り若杉の横に座った。

「山本さん、とりあえず刺身だけは、もう注文してます」と言って「ビール」と大きな声をかける。

ビールで乾杯して二人は、すぐに飲み始める。

「山本さん、今年は、気象庁が長期予報を修正したし、猛暑みたいですね」

「そうらしいな、猛烈な雷雨で東京の都心が水浸しになるなど、このところ天候の異変がちょっと多いいん違うかな」

「そうですね、雷雨で水浸しになったというのは驚きですね」

「そうやなあ、俺も初めて聞いたんや、雷雨いうたら夕立やろ、夕立も馬鹿にできへんということやなあ」

「今年のボーナスは、鉄鋼なんか良かったらしいですね」

「新聞で見たけど、11%増えて100万円らしいな、それに比べると、近畿電機はさびしいなあ、会社全体としては、けっこう儲かっているんや」

「そうですよね、鉄鋼に近いところまで出してほしかったですね」

「そうや、仕事かて、黒字化のため部門ごとに、それぞれの目標で頑張ってるんや、会社も出すもん出さなあかんで」

「ほんまですね、ところで山本さん、コントローラのほう、もう設計は、終わったんですか」

「うん、ほとんど終わったんや、そやから、次のミーティングに備えて見直してるところなんや」

「早いですね、僕らまだまだですねん、良いですね」
「そんなことないで、マイコンソフトもあるから、納期が長い思うし、これでぎりぎりやで」
「そやかて、終わったら、やっぱり、楽やないですか」
「そりゃー、気は楽やけどな」
「山本さん、このところ教科書検定のことが話題になってますけど、どういうことなんですか」
「うん、教科書での日本の侵略戦争に関する記述に対し、文部省が介入して改編させたことが問題になっているんや」
「それって、そんなに大きな問題なんですか」
「うん、第二次世界大戦では、軍国主義教育を推し進めたことが、侵略戦争に突き進んでいった原因の一つだったんや、そやから、教育は重要なんや」
「なんでそんなことがされるんですかね」
「あの第二次世界大戦での、日本の中国や朝鮮などに対する侵略戦争を反省していない政治家が、いまでも日本の政治の中枢に残っているということや、だから軍国主義の復活さえ心配されているんや」
「それで大きな話題になっているんですか」

二人の会話は、幅広く自由闊達な話題が次々と出るが、なかでも山本の口調はなめらかでとどまるところを知らない。

森山真理子と白井美由紀は、去年の白浜海水浴場が気に入って、今年も同じ白浜で泳ぐことにした。白浜は、海水浴場がきれいだし、旅館の食事や温泉もよかった。家から近いので「ほんまにええとこや」と気に入ったのである。

宿泊先も同じ旅館を予約し、特急列車も和歌山から乗車することにし、一つ早い白浜行の列車で自由席とした。聞くところによると、自由席が空いているようなので、それならば指定席を予約する手間もかからない。指定席代も不要だ。

森山真理子が和歌山まで快速電車で来て、待ち合わせ場所の特急の停車位置を探していると、白井美由紀も同じ電車だったようで「おはよう、同じ電車やったみたいね」と声をかけられた。

「そうやね、この電車しかないもんね」

予定の特急に乗車し、自由席に入ると、思っていたより座席が詰まっていたが、それでもなんとか空き座席があった。

「席があってよかったね」と真理子がホッとした様子であった。

座席指定券の予約が面倒なので、自由席が空いているからと、自分が言いだしたことで内心は心配していた。たった1時間余りであるが、席がなければやはりつらい。席に座ると旅の気分になってくる。御坊を過ぎて車窓から青い海が見え始めると、いよいよ海水浴の気分も盛り上がってくる。

白浜駅でのバスに乗り替えは、昨年もそうだったが、ドタバタした感じでもう一つ好い気分といえない。昼食は、やはり気に入りのカレーライスにした。昨年より早く旅館に入り、着替えて白良浜にでる。

白良浜の人出は、昨年より多いがそれでも彼女たちのパラソルを立てる余裕が十分にある。海にさほど遠くない、堤防との中ほどに、パラソルを立てシートを敷いて海に入る拠点を作った。そして、夕方まで海に入り泳いだり、浜辺で寝そべり話をしたり、のんびりと気ままに過ごした。この日常と全く異なる時を過ごすことが、二人にとってリラックスできて英気を養うかけがえのない貴重な時間になっている。

夕食も真理子にとって期待どおりであった。食後のいっとき、広い部屋で美由紀と団らんしながら静かに過ごしていると、落ち着いた解放感と充実感が湧いてくる。しみじみと生きている喜びが感じられ心豊かな気持ちになる。

「私にとっては、好い1日になったんやけど、美由紀はどう」

「うん、いい日やったよ、気持よく泳いで、温泉入って美味しいもの食べてこうしていると、来てよかったとしみじみ思うねん」

「私が無理に誘ったことだし、美由紀にそう言ってもらえると嬉しいわ」
「そうやね、誘われへんかったら白浜に来ることもなかったが、来てよかった思うねん、このところ仕事もきつうなったし、ストレスがたまってると思ってたんやけど、すっきりしたわ」
「そう、やっぱり仕事きつくなってるんや」
「そうなんや、人も減ったし、その代わりに外注の人が入って、なんやしらん忙しくなってるねん」
「私の仕事の方は、同じ仕事ばかりでなんか物足りないけど、忙しすぎるのもかなわんと思うわ、でも残業なんか無いんやろ」
「そうも言っとられんのよ、男の人が残業規制になってるでしょう、先月なんか17時間も残業したんや」
「それは大変やねー、話変えるけど、イギリスのチャールズ皇太子の結婚式のテレビ中継見た」
「見たよ、ダイアナさんてきれいな人やね」
「美由紀もそう思うんや」
「イギリスの王室のことなんか、まったく私たちと別の世界やねんなー」
「ほんまにそう思うわ」

働く女性も友がいると自由に旅することも可能で、二人の小さな旅は、かなり満足のいく旅であったようだ。明日は、泳ぎを午前中だけで切り上げ、午後から三段壁を見に行くことにしている。

中型エアコンのモデルチェンジでグループの一員として、ともに働いてきた中山が退職するという話を野村から聞いて、風花は、ショックを受けた。短い期間であるが、ともに働いてきた仲間が去っていくことは、寂しいことである。

野村の話によれば「近畿電機を退職して田舎に帰る」と本人は言っているようだが、どうも腑に落ちないところがあるという。彼の生まれ故郷は、熊本県の海辺の小さな町と聞いている。野村の言うとおり、仕事を探すのが難しい所のような気がする。

もしかしたら、熊本の親元が仕事を準備して待っているのかもしれない。それならば良いのだが。また、田舎の旧家の跡継ぎが、都会でしばらく仕事して、結婚とかで帰って、家業を継ぐという話も聞いたことがある。

彼には、そういう事情も在り得るし、真剣に考えたうえで決めたことであろうし、これ以上、詮索しないことにした。

中山の退職のことで風花の脳裏に浮かんできたことがある。過去に会社を辞めた人の中には、気の毒だと思われた人もいた。その方は、研究所に所属していた方でなかったが、転勤が厭で会社を辞めた人である。自分と何のかかわりもなく、しかも、自分の考えと異なる行動であったけれども、この人の気持ちがよくわかる。何とかならなかったのだろうかと、いまでも思いだす。

若い人の中には、自分の希望する仕事が与えられないことで、会社を辞めていった人も何人か知っている。会社を辞めるということを若い人たちは、風花なんかより気楽に考えているのかもしれない。家庭を持ち子供のいる人にとって会社を辞めることは、すぐに生活の問題が出てくるわけで若い独身者のようにいかない。生活のこと抜きで考えるならば、自分の人生なのだから、納得できる仕事が与えられないとすれば、リスクがあったとしても、転職するということが、正しい選択といえるのかもしれない。

夏も終わりに近づいた8月最後の週末には、滋賀工場の恒例となっている夏祭りが行われた。昨年、風花は、出張のため夏祭りに参加しなかったが、工場あげてのイベントであり、帰宅を明日に延ばして参加した。

夏祭りの日はバスで通勤。アルコールが入ることが予想されるため、いつものように車で帰るわけにいかない。業務を終えて社宅に戻って、着替えをしてからバスで夏祭りに参加することもできるが、その時の手間を考えれてみれば、朝にバスで通勤するのが断然便利である。

滋賀工場の夏祭りに盆踊りはないが、工場の各部、各課などの単位で模擬店を出して、食べ物や飲み物が安価に提供され、参加者に豪華景品の当たる抽選会もあって、従業員の家族や地域の方々も多く参加する。運営や模擬店の担当となっている従業員は、会社の業務時間中から、すでに夏祭りの準備に取り掛っている。

風花たち参加するのみの者も、業務の終了とともに、仕事を切り上げ作業服から通勤の服に着替えて、夏祭り会場である工場前広場に集まった。その頃には、もうすでに外部から訪れた方々が模擬店で食べ物と飲み物を手に入れて、設営された席に落ち着いて、くつろいでいる人も多く賑わっていた。

会場の模擬店でおでんとビールを手に入れた風花は、それをもって野村や内田たち設計の仲間の陣取っている席を目指す。

「風花さん、ここ空いてます」と野村が声をかけてくれた。

その仲間たちの席は、何時にもまして華やかである。藤山、井上の女性陣が加わっており、風花もびっくりした。野村が井上との間を空けてくれたので「井上さん、ここに座らせてもらってもいいかな」と彼女の顔を見て、「いいですよ」という優しい響きの返事をもらい、「ありがとう、ここに座らしてもらうわ」と靴を脱いで座った。

「風花さん、堺工場は、夏祭り無いんでしょう」といきなり内田に聞かれる。

「堺では、夏祭りは、やってないな」

「茨木工場では、地域の住民を招待して派手にやってるみたいですけど、夏祭りを開催しない工場の方が多いみたいですね」と内田が圧縮機用モーターの内作のつながりでよく知っている茨木工場のことなどについて紹介した。

「そうやな、堺に居るときは、夏祭りなんて思いもよらなんだなー」

そんな会話が始まっているときに、藤田が「みなさん、早いですね」とやって来た。みんなが少し詰めて、藤田が腰を下ろせるだけの場所を開ける。すると、藤田が「すみません」と声をかけ遠慮なくそこへ座る。

「この最初の一杯はこたえられんなー」と言いながらうまそうにビールを飲みながら「今日は珍しいことに美っちゃんもここに居るんやな」と斜め前の藤山の方を見やる。

「今宵は、こちらでお世話になってるんです、よろしくお願いしますね」と藤山美智子もにこやかに藤田に応じる。

「いやー、今宵は好い席で過ごせてラッキーや」と藤田。

「風花さんのグループで開発された中型エアコンの売り上げが、随分と良かったようですね」と井上京子が営業成績の話題を持ち出した。

「売り上げが好調だと風の便りに聞いていましたが、やっぱり良かったんですか？」

「そうみたいですよ、部長や営業の人の話では、中型エアコンの売り上げは、かなり伸びたみたいですよ」と井上。

「風花さんの頑張られたことが、実を結んだんですね」と野村。

「そんなことないよ、これは、藤田さんや野村君をはじめメンバー全員で頑張ったことと、井上さんに資料をそろえていただくなど多くの方に助けていただいたことが、こういう結果につながったんや」と良太。

「自分たちが一生懸命に努力を積み重ねて世に出した商品が、社会で評価されたということは、格別に嬉しいですね」と藤田。

「そうですね、素直に喜ばんといけませんね」

「中型エアコンの評価の好かったことは、山田部長も自慢しておられました。みなさん、ほんまに良かったですね」と、井上らしい優しい笑顔を見せながら、彼女も共に喜んでくれた。

風花は、無我夢中で頑張ってきたことが、このような場で仲間からも好い評価をもらって、報われたという充実感を味わうことができた。

野村と内田が立ち上がり「ビールと食べ物、買いに行ってきますけど、ビールいる人」とみんなから注文を聞いて席を離れる。

「井上さんは、休みの日、どう過ごされてるんですか」と風花が話題を変えた。

「休みの日は、家でゆっくり休んでますけど」と井上。

「家事の手伝いなんかもされるんですか」

「家の手伝いは少しだけで、本を読んだり、音楽を聞いたり、テレビを見たりしてゆっくりしてます」

「遊びに外出なんかしないんですか」

「ついこの間は、五山の送り火を見に行きましたが、京都へ行ったのは、5月以来で久しぶりのことでした、家でゆっくり過ごすことが多いですね」

「美っちゃんは、どうなんです」と藤田。

「私も、ゆっくり起きて、何もせずに、のんびりしてます」と藤山。

勤続年数を重ねてきた彼女たちは、仕事を重く見ており、休日に疲れをとり仕事に備えるということもあって、休日はゆっくり休むことが多いのかもしれない。

風花にとっては、設計の仲間たちとにぎやかに雑談をしながら、飲んで食べて楽しい時間を過ごせた滋賀工場の夏祭りであった。


夜も更けて終了のアナウンスが流れて、みんなが帰り仕度を始める。藤田が「風花さん今日は、車じゃないんでしょうね」と聞く。

「今日は、バスやねん」

「ほんなら、風花さん、一緒に帰りましょか」

「いいですよ、バスの時間は、どうなってるんですか」

「何台か時間をおかずに続けて出るみたいですよ、並んどきましょう」

野村や井上、藤山などと別れの挨拶をして風花は、藤田、内田と一緒にバス乗り場に向かう。そして、たくさん並んでいる人の後ろに立って、バスの到着を待つ。藤田のいうとおりバスは、すぐにやってきた。混雑していたが三人はそのバスに乗り込む。

「風花さん、駅前で仕上げに一杯どうですか」と藤田に誘われる。

「いいですよ」と迷うことなく藤田と飲むことにした。

内田もつきあうことになって三人連れは、駅の一つ手前のバス停で降りて、藤田の後に続いて居酒屋に入る。藤田がビールと刺身を頼み、ビールをお互いのグラスに注いで乾杯する。

「風花さん、仕事のほうですけど、今年は省エネの目標値が高いようですが、順調に進んでますか」といきなり仕事の話で藤田が会話の口火を切った。

「うーん、内田君どうやろう」

「目標値をすんなり達成できるかどうかは、五分五分ですね、でも、目標値の達成は至上命令ですよね！」

「そりゃーそうや、目標値に届かんかったら大問題や、そやけど、きつい目標やと僕らも陰ながら心配してるんやけど、大丈夫ですか？」

「試作品の手直しは、必要になるかもしれませんが、何とかするつもりやねん、なあ内田君、何とかなるやろう」

「そうです、大丈夫ですよ！」

「風花さんと内田君がそういうなら大丈夫でしょう、ところで、ガスエンジンのほうの性能は、どうなんですか」

「家庭用のほうは、これからなんやけど、東都ガスの食堂に据え付けた業務用の効率を東都ガスが計測してるんやけど、トータルの効率が凄く良いみたいです、研究所のテストでは、特に低負荷時の効率がよかったんですけど、さらに、暖房のときはすぐ温まるし非常に暖房の性能が良いと言ってました」

「やっぱり、回転数制御すると性能がトータルとしてかなり良くなるんですね」

「それは間違いないようです」

「そうすると、インバータも魅力ありますね」

「当然、そうなりますね、話変えるけど、人員のスリム化の影響はどうですか」

「そりゃーありますよ、設計というところは、とにかく、結果をださなあかんところやから大変です」

「やっぱりサービス残業が増えてますか」

「そうするより仕方がないんです、もともと制御については、家に帰っても考えることがありましたけど、それが当たり前になりましたね」

「そうなんや、みんな何にも言わんけど同じなんや、なあ内田君」

「ほんまに、そうなんですね」

会社の方針で人員のスリム化が、設計でも着々と進められており、その影響は、具体的な形として表れてきている。４月に二人の配置転換による減員があって、そのうえ、中山の退職にも補充がない、その代わりとして、二人の派遣社員が入ってきている。

派遣社員は、設計の限定的な仕事をするというが、派遣社員は、技術の蓄積とか保持の面で疑問があるが、会社の方針としては、どんどん導入するようだ。また、仕事を効率的に行うことによって、残業を減らせと指示されて、１か月の残業は、20時間以下という目標まで示されている。

一方、仕事のほうは、「他社にない独自商品」「他社に負けない優れた商品の開発」ということが繰り返し指示されて、残業なしで帰宅できるような状態でない。設計では、これまでも恒常的になっていたサービス残業や持ち帰り残業がいっそう増えている。

風花も残業を減らせという指示が出ているので、帰宅の時間は、若干早くせざるを得ないが、そのぶん仕事を持ち帰っている。ただ、今年に関しては、昨年ほど忙しくないため、他の人に比べると多くない、それでもかなりの仕事を持ち帰らざるを得ない。

設計には、専門知識が必要で、グループの中でも担当者の仕事の代わりをすることが難しい部門である。設計マンとしては、自分に委ねられた仕事において、自分に求められている結果を出すことが使命である。どんなことがあっても、常に求められている結果を出さなければならないのだ。

合理化がすすめられてくると、結果を出さざるを得ない設計では、自分を犠牲にしてでも頑張るほかない。陰では、みんなぶつぶつ言っているが、労働組合に持ち込むこともできず、我慢して一生懸命働くばかりである。

風花が仕事を終え屋外に出て空を見上げると、満月である。この見事な月をしばし眺めた。古来から中秋の名月と愛でられた月は、この夜、今、見ているような月なのだろう、静かな美しさである。

空には、無数の星も輝いていた。車を走らせながら考えた。古の人々は、あの無数の小さく見える星よりも、月のほうが大きいと思っていた人が、ほとんどだったのだろう。人の目で見える外見のみで判断するならば、誰が見ても疑う余地なく月のほうが大きい。

稀に外見の大きさによる判断を疑う知恵ある人々が表れ、物事の本質を追究する先駆者となり、科学が進歩したのだろうと思う。現在では、科学による真実が万人に認められ、小さく見える星の中に、月より大きい星が無数にあることは小学生でも知っている。

自分の取り組んでいる仕事においても、目に見えることのみに惑わされたり、過去の経験に捕らわれて真実を見失ってしまうことがあるかもしれない。

まして、人の心の中など、とうていうかがい知ることができない。今朝のリーダー会議で部長の報告の、エアコンの売り上げに関する発言を思い出した。今年のエアコンの売れ行きは、昨年に比べれば良くなったという。そのぶん、赤字もなくなり決算も良くなるはずだ。しかし、いま進めている赤字対策の合理化に、部長は、何ら触れなかった。決算が改善され黒字になっても合理化を続けるのだろう。この合理化によって、部下にしわ寄せがきて、苦しんでいることも知っているのだろうが、何も知らないように装っている。

部長にとっては、部下の持てる力をできる限り多く引き出すことが、彼の会社での評価を上げることになるのである。反面、部下を思いやって仕事で楽にさせるということは、仕事の効率を後退させることにつながる恐れもあるので、口にしないし部長にとってありえない対応であろう。

部長と部下の間には、矛盾もあるが、部長の社内での評価が上がれば、部下の評価も上がるという側面もある。部長の側近の社員にとっては、他部門の競合している社員より早く昇格するなどで優位に立つことがあるといわれている。ただ、部下の大多数にとっては、そんな有利なことなど、自分たちに廻ってくることもなく、忙しく仕事をして、自らをすり減らしながら頑張るばかりである。

圧縮機グループが担当して進めてきたモデルチェンジ圧縮機の部品がそろったので、生産ラインで組み立てることになった。当然、担当の内田が立ち会うが、風花も一緒に立ち会うことにした。生産ラインで立ち会うのは、昨年の中型機モデルチェンジの試作機の組み立て以来である。生産ラインといっても圧縮機のほうは、ラインも短く防塵の囲いの中で作られており、かなり様子が異なる。回転に伴い摺動する部分は、クリーンルームでラッピングして、クリアランスや摺動の具合をチェックしながら組み立て半製品となっている。

組み立ては、囲いの中の組み立てラインに部品が投入され組み立てが始まった。昨年の製品と異なり、こちらは、すべての部品の勘合などの寸法がきっちり合うように作られており、順調な流れで組み立てられていった。そして20台のモデルチェンジされる小型機用の圧縮機が全て組み立てられた。

組み立てが終わって試験係が性能試験を始めることになったが、目標の性能が出るかどうか気がかりである。

その結果は、効率が目標値に達していなかった。過去からの蓄積された技術を駆使して渾身の力を込めて設計した圧縮機であったが、目標値が高いために、心配していたことが現実となったのだ。圧縮機グループとしては一大事である。

風花の緊張感は一気に高まって、頭がフル回転の状態となった。急遽、効率の上積みの対策を行うためミーティングを開き、夜遅くまで検討した。みんなで頭をひねり相談したが容易に好い案が出てくるものでない。

問題の解決は、急がれ、必ず成し遂げねばならない。それでも、風花は今日、この熱くなった状態でいくら時間をかけて検討したとしても、妙案が、今夜中に浮かんでくることがないと直感した。

「今日はここまでにして、明日、すっきりした好い頭で考えようか」と提案、あらためて、明日の10時から、ミーティングを再開することにした。

翌日、切羽詰まって何とか絞り出したのは、冷媒流れの抵抗減を狙って手直し加工する案と、野村が効率を良くするために、昨年の中型機のモデルチェンジで提案していたことに着目し、その内容を小型機用にアレンジすることであった。この二つの案は、良くなる可能性もあると思えるが、いくばくかの不安も残っており、急いで確認することが必要だ。野村の案は、設計に時間がかかるし、部品の納期もかかり確認できない。冷媒流れの改善案は、使える部品をそのまま使って、生産技術課に依頼して、一部の部品を手作業で加工すれば、短期間で試作機が作れるかも知れない。

風花は、岡山生産技術課長に、改善のための緊急な部品加工を頼みに行くことにした。岡山課長は、その依頼に応えてくれ、即座にともに試作職場の責任者の荒井のところへ、直に頼みに行ってくれた。そのことにより、何とか試作職場の仕事の中に、この部品の加工を割り込ませてもらえることができた。

さらに、改善案を確認するための予備試験を行うことと、それで見通しがつけば、その改善案に基づき正式な図面を作成して外注し、新規に部品を製作するという提案を上司に示し、承認を得た。さらに、生産技術課に作業依頼票を提出するなどの事務的な処理を済ませた。さらに、部品がそろい次第、組み立てをラインに投入していただけるよう、あらかじめ製造課にも依頼しておいた。

試作職場の部品加工が終わると、直ちにラインに流して組み立て、改造試作機をすばやく完成させた。その性能試験の結果は、効率が良くなり、ギリギリであるが目標に達していた。この結果によって、改善した図面で部品を発注すれば、必ず目標をクリアできるものとグループの全員が確信した。

1か月後、部品が入荷し試作品が出来上がり、性能試験の結果すべての性能において、余裕はないもののなんとか目標を達成できた。グループとしては、ギリギリで今年の仕事の大きなヤマを越えられたのである。

こうなれば、仕事が一段落した区切りとして、グループの飲み会を野村に相談すると、彼も賛同し、自ら積極的に内田と日程など打ち合わせてくれた。

場所は、野村の行ったことがあるという小さな店である。ちょうど残業を減らせと言われている時期であり、仕事を早く切り上げ6時の集合とする。風花も社宅に帰って着替え、その店まで歩いて行った。

この日は三人ともに時間までに集まって6時から飲み会となった。グループでもっとも重要な仕事として、みんなで力を入れてきた仕事が一段落ついたことにより、気が楽になったようである。みんなが明るく、ビールを飲んでアルコールが入ったこともあり、会話が声高になり底抜けに陽気な雰囲気となった。

「風花さん、今年も目標どおりに仕事が進んでよかったですね」と野村がしみじみとした口調で風花に話しかける。

「そうやなあ、小さなグループやし、みんな力合わせてやってきたもんなあ、何とか結果が出せてほんまによかったなあ」

この会社では、能力給が取り入れられ、各個人が上司に職務遂行能力を評価され、能力があるとされれば資格が上がっていくのである。能力の評価というのは、相対的なものであって、社員の間での激しい競争があるのは当たり前となっている。

これらのことが反映され日頃は、担当の仕事で確執もあったりするが、この一時は、その壁など消えて無くなったようであった。

風花が入社した頃は、毎年のように行われていた慰安旅行も、このところ2年毎となっている。設計課の慰安旅行は、人数が少ないにかかわらず、設計課だけで行うことになったため、京都から山陰線の特急を利用し城崎温泉に一泊となった。

工場の他の部門では、観光バスを使用しているのに比べ、何かと不便であるけれどもこの人数では、国鉄を利用するほかない。出発する日は、京都駅に10時に集合して、城崎温泉行の特急に乗車。城崎の一つ手前の玄武洞で下車して、玄武洞を観光した後、城崎温泉の旅館には、午後4時頃に入る予定という。

風花は、昨夜、家に帰ったが、ゆっくり休む間もなく、朝8時に家を出なければならない。大阪駅ならばもう少しゆっくりできるのだが、京都始発なので仕方がない。

不参加者は、女性と都合が悪いという人、派遣社員も不参加で、一二人の参加である。近畿電機滋賀工場の慰安旅行としては少人数ではあるが、マイナスばかりでなくそれなりの良さもあり、特急列車を利用するのも変わっていて楽しい。列車に乗り込むと直ぐに、幹事から弁当とビールが配られた。ビールの足りない人は、追加が可能とのことである。座席の方は、気の合うものが自由に座ることになって、風花と藤田、野村、内田が相席となった。

列車が京都の市街地を抜けると、景色のよい保津峡である。風花と合い席の四人とも弁当を広げて缶ビールに口をつけ始める。

「風花さんどんどん飲みましょう」と野村が広げた弁当に手をつけながら、元気な声でグイグイと飲み始めた。

他の三人も同様にゆっくり食べながら、ビールを飲み始め、しばらく、みんな黙って車窓から景色を眺めて飲みながら食べていた。そこへ、野村が缶ビールを空にして、「皆さん、もう1本飲むでしょう」と声をかけ幹事のところにビールをもらいに行った。

缶ビールを４本持って帰り「飲みましょう」と声をかけ他の三人に手渡した。

「まだ残ってるけど」と言いながらみんな受け取る。

「今年は、巨人が日本一になったなあ」と藤田が野村に向かって話しかけた。

巨人ファンの野村は、嬉しそうに「良かったですわ」と応える。

「藤田さんも巨人ファンですか」と風花。

「そうなんです」

「関西でも結構、巨人ファンが多いですね、内田さんはどこですか」

「僕は阪神なんや」

「阪神は、なかなか勝てませんね」

「野球はやっぱりピッチャーやな、巨人も江川なんかのピッチャーが活躍したから優勝できたんやで」

「そうやな、パ・リーグの日本ハムも江夏がMVPやったなー」

「パ・リーグでは、落合が首位打者になったけど知らん選手やなー」

「いや、あまり知られてないけど、打撃センスがあると言われてた選手やで」と南海ホークスファンでありパ・リーグに詳しい風花が解説する。

「エジプトでは、サダト大統領が暗殺されたけれども、エジプトも中東の一角と言えるんですかね」と野村が話題を変え新たな質問を投げかけた。

「どうなんだろう、アフリカ大陸にあるけどイスラエルの隣やし、中東の影響が強いんじゃないですかね」と藤田が風花に向かって問いかける。

「私もよく知っているわけではないけど、アラブ系の住民が多いし、イスラエルが隣国だし、中東との関係が深いんだろうと思う」

「やっぱり暗殺というのは、良くないですね」と内田。

「ノーベル賞の化学賞に、福井謙一京大教授が選ばれたけど、ノーベル賞は京大の人が多いなあ」

「京大は自由な風土があって、独創的な研究に取り組みやすいと言われているけど、そのとおりなんだと思うが、どうなんだろう」

ビールの効果でみんな口の方も滑らかになり、彼らの雑談は、留まるところを知らずどんどん発展していくようである。一行は、途中、玄武洞を見て、城崎の旅館に4時前に着いた。宴会は6時からということで、各自思い思いに温泉に入ることになる。旅館では、希望者に外湯の入浴券をくれるということで、何人か外湯に出かけるようである。風花も宴会のあと外湯めぐりをしたいので入浴券は、もらっておくことにした。宴会前は、旅館の内風呂に入ってゆっくりしようと考えている。

宴会は、６時から、水野課長の挨拶と乾杯の音頭で始まる。途中、女将の挨拶や芸者さんの歌や踊りでにぎやかな場面もあったが、隠し芸も出ず、どちらかといえば静かな宴会であった。宴会のあと、風花はマージャンをする組、夜の街に繰り出す組の何れにも加わらず、一人で外湯巡りをする。そのため、宴会が終わると静かにみんなから離れて、風呂の用具を入れている袋をもって一人で外湯に向かった。外に出ると城崎温泉の夜の柳並木は、雰囲気があり旅に出たという気分がしっかりと感じられる。

風花は、まず、一の湯に入ることにする。温泉に入るとけっこう人が多く、混んでいた。浸かるだけであり十分温まったところで出てから次に向かうことにする。こうして、外湯を３軒も巡り温泉を堪能した。そして、遅くまで騒ぐ人たちと静かに離れて、先に寝床に入った。

翌日は、餘部鉄橋を見に行くことになった。旅館を出て城崎温泉駅から鳥取方面行のローカル列車に乗車した。

トンネルがちょっと多いけれど、トンネルを抜けると列車の車窓からは、美しく色づき始めた木々や山陰海岸の好い景色もそれなりにあって退屈することもない、どちらかといえば楽しく快適である。列車から見下ろすと人家が見える。その鉄橋（餘部鉄橋）を越えると、そこが餘部駅である。次の折り返し列車まで一時間余あるということで下車して、階段を降りて下から餘部鉄橋を眺めた。

「下から見るとずいぶん高いなー」と風花が藤田に話しかけた。

「ほんまですねー」

さすがに餘部鉄橋は、下から眺めるとその大きさに驚き、見に来ただけの価値があると納得した。この餘部鉄橋を見ると、後は、帰るのみである。

風花は、滋賀工場における最初の慰安旅行を思いのほか楽しく過ごし、気分を一新しただけにとどまらず、深く印象に残る社員旅行となった。

東芝がインバータエアコンを発売するという情報が入ってきた。当然のことながら設計では、大きな話題になった。風花が研究所GHPグループから聞いているところによれば、回転数制御を行うことによる効果は、エネルギー消費効率を大幅に上げることのみでなく、立ち上がりを良くするとか発停の回数を減らせるなど、優れた面が多いという。滋賀工場の幹部の考えは、インバータのコストが高いため「あんなもの」という感覚であり、軽く見て大きな問題にするほどでないと無視しているようだ。

風花は、コスト面についての幹部の考えに疑問がある。気になったので藤田に聞いてみたことがあった。彼の考えによると「台数さえ増えれば、コストは十分下がる」とのことである。そうであるならば、インバータエアコンは、電子機器の発展成長の状況から見て、そう遠くない将来に、必ず普及し主流の位置を占めることになるだろうと、風花と藤田の考えが一致していた。

その将来が何時かというのは、「台数が増える」ことが条件であり、東芝に他のメーカーが追随するときだ。その時期は、断定できないものの、電子技術の進歩のスピードを見ると、そう遠くない時期になるだろう。

風花は、近畿電機も今すぐ東芝の後を追いかけ、インバータエアコンの開発に取り組まないと立ち遅れるのでないかと心配するが、近畿電機のエアコン部門の幹部たちは、何も心配していないようだ。風花や藤田などの下っ端が、いくらやきもきしてもどうにもならない話である。


GHPシステムの機能試作品、10台分の部品がそろい、研究所の組み立ての担当者と山本、若杉、篠原も含めて、総がかりで組み立てに取り掛かった。

このGHPの家庭用システムは、部品数も多くて複雑な初めてのシステムである。組み立ては、多くの部品をどう収納するかなどで手間取り、遅々として進まず時間ばかりどんどん過ぎていった。それでも、多くの時間をかければ、ゆっくりであっても組み立てが進むものであり、やっと1号機が完成した。

機能試作ということで、あれもこれもと多くの機能を備えており、複雑で大きなシステムだが完成したので試運転となった。配線も多いし複雑なのでいきなり電源を入れることに、篠原、若杉など不安がったが、山本は平気であり、とりあえず電源を投入。次に、エンジンに対する回転数の指令が正常なことを確かめて起動のスイッチを入れると、エンジンは何事もなく回り始める。エンジンは回ったものの、動作の確認を進めていくと問題点が次々と出てきた。

まず、冷房運転の1室で起動させて、2室に切り替えるとエンスト。さらに、外気温度が高くて負荷の重いところでは、起動できないなど、さまざまな問題が続々と表れてきた。なかでも、エンジンの問題が多く、ヤマダ発動機の担当者に連絡し、これらの不具合の対処を依頼した。

ヤマダ発動機の担当者も初めて製作したマイコンコントローラーなので、ある程度のトラブルは想定していたようで、対応は素早かった。この後もトラブルが発生したが、一つひとつに対応しながら、ともかく前に進めていった。また、エンジンが動くので、冷暖房給湯機としての機能の確認もどんどん行う。

システムが複雑なだけに、新たなエンジントラブルやマイコン制御器のプログラムミスなど不具合も多く、かなりの時間を使ったが、1号機はとりあえず、冷暖房給湯のマルチシステムとして機能の確認ができた。

続いて、性能試験を始めると、当初から不安があったマイコンコントローラーのノイズによる誤動作が発生した。さらに、排ガスのｎｏｘ濃度が高いなどヤマダ発動機に対処していただかなければならない難しい問題も出てくる。ｎｏｘ濃度の問題は、いますぐ解決せねばならないということでないが、いずれ重要な課題となることである。

こうして、一つひとつのトラブルに対処し解決していきながら、10台の機能試作機を1台ごとに時間をかけて調整を行って、６台のガス会社への出荷用と自社とヤマダ発動機で試験用に使用するための４台については、とにかく、時間をかけて調整し試験用として使える状態となった。

自社の試験用を確保したあと、ガス会社に調整の終わった試作機を順次出荷していったが、その出荷の終る頃には、この機能試作機の性能がかなり明らかになってきた。それは、当初考えていたよりも効率が良いことである。特に、負荷の軽いところでの効率が抜群に良かった。

その要因は、負荷の低いところでの運転は、回転数が低く、そのため冷媒の流量も少なく、相対的に熱交換器が大きくなって効率が良くなったのである。

また、試運転の間に、当初見つかったエンジンの問題点も一つひとつ解決していき、ほぼ、設計どおりの機能となるように調整した。そのうえ、なんとか約束の期限内に、ガス会社へ試作品を供給できて初年度の目標を達成した。

圧縮機グループは、三人という小人数であるが、みんなの希望で人並みに今年の締めくくりとして忘年会をすることにした。場所は、いつもの小さな料理店である。風花が休日前に帰宅するからと、内田と野村の二人が気を使って、12月第3週目の水曜日の午後6時から始めることにした。

風花は、仕事を5時30分に終え車で帰宅。着替えを済ませ、6時5分前に着くと二人は、もう座っていた。

風花は、「お待たせ」と謝る。

「僕らも今来たところです」と野村が答えてから「それじゃあ、始めましょうか」と言って、大きな声で「お願いします」と店の奥に向かって声をかけた。

すぐに、女将さんが刺身などの料理を運んでくる。そのあとから、ビールをかごに入れ持ってきて、栓を抜き注いでくれる。

「それじゃー、皆さんのご健康を祈念して、乾杯」と風花が音頭をとり小さな忘年会のスタートである。

コップのビールを飲み干し、お互いに注ぎ合って、しばらく静かに食べていたが「内田さん、来年のモーターは、内作ができるんですかね」と野村が仕事の話を持ち出した。

「ううーん、いまのところ、まだ何とも言えませんけど、茨木工場では、検討を始めているようです」

「検討を始めたということは、可能性がありますね」

「でも、まだ何ともいえませんが」

「検討を始めているということは、技術的に可能性があるんじゃないかな？　いい方向になるようにプッシュを続けるべきですね」と風花が締めくくった。

「風花さん、東芝のインバータは、どうなんですか」と内田。

「藤田さんの話なんやけど、今はコストが問題だと思うが、台数さえ増えればコストの問題はなくなるみたいや、エアコンの成長は、これからも続くので生産台数もどんどん増えるし、目を離せないと思うな」

「部長の言によれば、あんなもんと馬鹿にしてますが、そうでもないんですね」

「そうやな、とうてい馬鹿にできるようなものじゃないことだけは、はっきりと言えるよなー」

「それじゃ、近畿電機が後れを取る恐れがありますね」

「そういうことになるかもしれんなー」

「ちょっと心配ですね」

「そりゃー、心配やけど、これについては、藤田さんところも提言したようやけど、コストを持ち出されるとどうにもならんみたいや、ただ、他社に遅れたとしても、１～２年やろから致命的なものとならんやろ」

「そうですね、特許と違いますしね」

「それに、ガスエンジンで回転数制御は経験できてるし、そう心配することないんじゃないですか」と内田。

「そうやな、圧縮機さえ回転数変動に耐えれば、何も問題ないと思うよ」

「公共事業の談合とか汚職の報道が多いですけど、ひどいもんですね」と野村が話題を変えた。

「汚職蔓延列島、摘発すでに106件と新聞で報道してたけど、公共事業をくいものにしてるようやな」

「政治家が天の声を出し、公共事業の受注を左右してるみたいですね」

「日本を良くしていくために働くべき人が、私利私欲のためばかりに動いていては、この国の先行きに不安があるよな」

「そうですね、何とかならないんでしょうか」

「政治は、やはり国民によって作られるものなんだと思う、難しくても意識を持って、一歩でも二歩でも政治を国民のためになる方向に、みんなが努力を続けていくほかに道がないと言えるん違う」と風花が持論を強調する。

「そうですね、しかし、努力したとしてもその効果のほうは、よくわからないし、それだけに努力するのが難しいことですね」と悲観的な意見を内田が述べる。

この後も彼らの議論は、アルコールの勢いもあって、延々と店の制限時間いっぱいまで続けられ、グループの今年のしめくくりとした。

新年度の会社方針は、景気変動に柔軟に対応できる体質に変えなければならない。その方針の設計部門での具体化は、「独自商品の開発を強化せよ！」と、技術部門のトップから設計課に対し指示があった。

独自商品という言葉を聞くと、凡人の感覚として手の届かないような難しいものを想像するが、よくよく聞いてみれば「競合する他社に比べ競争力があって、儲かる商品を開発せよ」ということである。

そういう目で見るならば、昨年、風花のグループがモデルチェンジを行った中型エアコンも独自商品に当てはまるといえよう。設計マンにとって新方針は、他社に負けないように製品の性能を向上させること、あらゆる面からコストダウンを行い、他社より優れていて競争力があり、儲かる商品を設計していくことであろう。

そう考えると風花のグループは、すでに加工のしやすさ、さらには、材料費を抑えるために、強度のムラをなくしてムダ肉を減らすなどコストダウンの検討も進めており、既に新方針の取り組みを進めているといえよう。それだけでなく、コンピュータによる技術計算を取り入れ、強度や効率の面で従来の経験を生かしつつ、経験にのみ頼る設計からの脱却も目指している。新年度の会社の方針は、こういう現状の取り組みの延長線上にあるといえよう。

それゆえ、会社の新しい方針が出たからといっても、特別な対応をとる必要がなく、今取り組んでいる仕事をよりいっそう充実させればいいのだ、と把握しており、この考え方で今年の仕事を進めていけば良いものと確信している。


底冷えのする寒い朝、土、日に降った雪が溶けて凍っている所もあって、月曜日の朝の出勤がいつもより遅れて事務所に入ると、部長をはじめ生産技術課長やサービス部長などが集まってミーティングをしていた。

風花も呼ばれてその内容を聞くと、今年販売した小型家庭用エアコンの圧縮機が、この大雪で3台も焼損事故が発生したという。サービス部の報告によれば、雪が付着したため熱交換が悪くなり、液圧縮を起こして焼損したというのだ。霜がつけば、デフロスト運転することになっており、何故、雪では、デフロスト運転をせず焼損に至ったのかよくわからない。

故障発生の場合は、再現できて原因が明らかになるまで徹底して追求することになっており、風花もこの件でかなり時間をとられることになるかも知れない。風花が直に携わった製品でないけれども、圧縮機設計のリーダーとして、何らかのかかわりが出てくるものと覚悟した。ただ、この件は、その後、圧縮機に係る問題がなく、据え付けの状態が悪いため、雪が異常に多く吹き込んで発生した故障ということで収束した。圧縮機がトラブルの原因から無関係と判断されホッとした。

こんなとき、風花は、雪の名神で車50台が追突事故を起こしたというニュースを見て、雪の積もる地域を車で通勤している彼にとって、他人事でないと思った。週1回であるけれども大阪から滋賀県という長い距離を走っており、改めて注意しなければならないと考えをめぐらせた。

自分が事故の原因とならないためには、雪が積もればチェーンを巻きスピードを落として走れば大丈夫だろう。堺の自宅からスピードを落として走るならば、30分早く出発したとしても会社に遅刻するだろう。なお、ゆっくり走ったとしても、他人のスリップ事故に巻き込まれる恐れがなくなるわけでない。

自宅近辺に雪の積もっているときや大雪警報の出ているときは、電車で通勤したらどうかと考えて、時刻表を調べてみた。時刻表の上では、家を5時に出発すると遅刻せずに出勤できるようだ。それならば、危険を冒して車で通勤すべきでないことは明らかだ。もし、大雪が降ったならば、電車通勤に切り替えるという安全な手段のあることがわかって、かなり気分的に楽になった。

圧縮機グループのミーティングは、以前から意見として出ていた〝圧縮機の先行開発〟について議論した。それは、商品に搭載する圧縮機を設計するのみでなく、将来のさらなる飛躍のため、あるいは、いざというときというか、今回のように効率が目標に達しなかったような事態を未然に防ぐことにも役立つよう、大胆な発想の開発を先行させておくべきだという考え方である。

商品に搭載する場合は、失敗が許されないので安全を考え、思いきった改善が難しい。商品化の予定がない時に、大胆な改造（先行開発）を行って、性能の確認をしておく必要がある。即ち、圧縮機グループの考えは、生産に追われず失敗の許されるときに、斬新かつ高性能を追求した独自の開発を行うことで、商品開発能力を強化し、将来に備えておこうということである。

もちろん、今、そんなに思いもよらぬ妙案があるわけでないが、それでも各々が以前から温めていた案が出された。風花は、この意見を前向きなものとしてとらえ、実現できるよう部課長に提案し力を尽くしてきた。しかし、余分なことに取り組めば、モデルチェンジの仕事がおろそかになるおそれがあるとか、予算がないなどという理由で取り上げられなかった。これに反発したのかＱＣのテーマにしようという声が上がって、サークル活動でテーマとして取り上げることになった。

風花は、自主活動のＱＣなのだから何ら問題ないと思っていて、テーマ名を「ＮＯ１圧縮機の開発」として、そのために考えられる思い切った案を取り入れて設計をすすめてきた。そして、この時期になって、みんなの意見をどうしても一つにまとめられず、２案の設計図が完成した。設計図ができてもＱＣ活動の予算では、とうてい圧縮機を作って性能を確認することなどできないため、性能の確認に関しては、研究所の岡田に技術計算を依頼できないかということになった。

早速、風花は岡田に本来の商品開発のための仕事でないが、準じるものとして依頼したが、岡田は快く引き受けてくれ、試作機の代用とするめどが立った。

シミュレーションでは、それぞれの案がともに現行の圧縮機を上回る結果となり、彼らが温めてきたことが、シミュレーションの上であるけれども確かめられて、圧縮機グループの大きな自信となった。

春とは名のみの寒い日が続いている。以前、ロッキード事件で全日空の若狭社長らが召喚されて、テレビで国会の証人喚問を見たとき、若狭社長の疑惑がいっそう深まったと感じていたが、裁判で全員有罪との報道があった。やっぱり視聴者の感覚が正しかったようだ。この分では、疑惑のもたれている政治家も有罪だろう。

さらに、少し前に報道された、防衛施設庁が天下りの土産に談合したとの記事では、銭高組が10億円の工事を下見もせず、受注したということも思い出した。この事件は、特に官製談合が丸見えでありひどいという印象が強かった。

これらの事件を見るとこの国では、汚職がはびこっており、国民の税金が食いつぶされているのだと腹立たしく思った。しかし、その張本人である自民党政権は、依然として多数を占めておりどうにもならない。

山本は、このところこの汚職や今の政治のことが気になり、少しこだわりすぎだと自分でも思うくらい考えて気分が晴れない。こんなとき山本は、男山団地から電車の駅までの通勤バスの区間を歩いてみるとか、休日には、男山団地から竹藪の道を抜け、石清水八幡宮など長い時間をかけて散歩し、少しでも気分を晴らそうとしていた。

ともかく、身体を動かせば、うさうさした気分がどこかへ飛んでいくようだ。そのため、今朝も家を15分早く出て、駅まで体が少し温まるぐらいの速さで歩いて、何時もの電車に乗ろうとしホームに立った。すると、珍しいことに、岡田が行列の後ろに並んで電車を待っていた。

「おはよう、岡田さん」と山本が声をかけた。

振り向いて岡田が山本を見て「あー、山本さん、おはようございます」

岡田とは、同じ電車の樟葉駅から通勤しているのであるが、二人が顔を合わせることは、めったにない。なぜならば、出勤の時は、岡田がいつも早い時刻の電車に乗っており、帰りの電車は、逆に山本が早い時間に乗車することがほとんどであって、二人の電車に乗る時刻にかなり違いがあるのだ。

「山本さん、マイコンのコントローラうまくいってますか」

「機能試作の方は、何とか動いているようですけど、これからのフィールドテストが本番ですね ん」

「マイコンのプログラムというのは、フォートランとかのコンピュータ言語を使うんですか」

「いいえ、機械語そのものでプログラムしています、理由は、コストなどを考えて１チップマイコンを使いますが、このマイコンのメモリ容量の関係からプログラムを短くする必要があるし、エアコンの制御なのでそんなに複雑なプログラムを必要としないこともあります」

「機械語というのは、どういうものなんですか」

「８ビット、すなわち、００からＦＦまでの数値が、マイコンの命令とかデータにあてられており、その命令（数字）を組み合わせてプログラムを作るのです」

「そうすると、さまざまな命令を並べていって、エアコンの制御を行うプログラムに作り上げるわけですね」

「そういうことになります、ところで、岡田さんの仕事は、大変忙しそうですね」

「そうなんです、おかげさんで、各部門から仕事をいただいて、いまのところかなり忙しくやっております」

「滋賀工場の風花さんも依頼されてましたけど、他の工場からも仕事の依頼がかなりあるんですか」

「淀川工場とか茨木工場なんかからの依頼もあります。いまのところ他工場からの仕事も徐々に増えてます」

「これからは、コンピュータを活用して仕事を進めることが、ますます増えると思われますが、コンピュータの計算力と記憶力は、はかり知れないですよね」

「コンピュータの活用は必須条件になると思いますけど、マイコンのほうも、これから電化製品などあらゆるところに使われるようになるんでしょうね」

この日、山本は、仕事熱心な岡田と通勤電車の中でこんな話をしながら、岡田と一緒に出勤し、いつもどおり仕事に取り掛かった。そこへ、宮井リーダーがやってきて、東都ガスで超低温の試験中に、制御システムの不具合が発生したという知らせを受けた。その内容とは、給湯運転の起動時にエラーが出て停止したというのだ。

これを聞いて山本は、圧力低下異常の設定値の問題でないかと直感したが、やはり東京へ出張し原因を調べて修理するしか方法がない。設定値の問題なら、修理は簡単だが、それでも訪問して治すほかどうしようもないのである。こうして、山本はこの日、突然、東京へ出張することになった。

山本は、修理するために必要なROMライターなどの道具一式、そして図面など資料をそろえ旅費の前借を済ませて、9時半に会社を出発した。ガス会社に着くのは、午後2時過ぎになり、宿泊となるかどうか微妙なところである。

東都ガスに着いたのは、やはり2時過ぎであり、早速、試験を行っているところに案内された。東都ガスでは、気温を下げて寒いところでの試験の真最中であった。区切りのつくのを待って、エラーの原因を調べることにした。

エラーの原因は、聞いたときに予想したとおり、圧力低下の異常が発生していた。念のため、エラーの条件を作り原因を確かめることにした。

テストしたがエラーの再現がなかなかできず、かなりの時間を要して、確認できたのは、夕方の5時をかなり過ぎてからであった。

山本は、持ってきたROMライターで、その設定値を書き換えた。そして、エラーが発生しなくなったことを確認することになったが、その確認に必要な条件を作るためにも多くの時間を費やした。そのため、この日は、東京に宿泊することになった。

東京に宿泊するのであるならば、「昼まででいいから明日も来てほしい」と、東都ガスの担当者の東山に要望された。

これらのことを宮井リーダーに報告して、承認をもらって、明日の午前中も東都ガスで念のため試作機の試験に立ち会うことになる。仕事を終えると今夜の宿泊先を探さなければばならない。以前に泊まったことのあるところに電話すると、稲荷町のビジネスホテルが空いており今夜の宿とする。

ビジネスホテルには、午後9時前に着き、チェックインし荷物を置いて、すぐに街に出て夕食を兼ねて一杯飲み屋に入る。好物のマグロの刺身や焼き魚などを食べながら、ビールを次々に空《あ》けていった。一人であってもなんとなく調子がよく、かなり早いペースで飲んで好い気分になった。今日は、急に東京への出張となって意に反した日であったが、仕事のみならず私生活でも気持ちよく締めくくれたことで、山本はラッキーな良い1日になったと満ち足りた心持でビジネスホテルに戻った。


奈良市内を通過して国道24号線から府道に入った頃から、木々の間から霧が湧きだしてきた。進むにつれて霧は、だんだん濃くなりカーブが続く山中では、前方が見えにくくなり、車のスピードを落とさねばならなくなった。

朝の出勤中のこのような濃霧は、初めての経験である。とにかく、濃霧が立ち込める山の中は、幻想的な別世界に入り込んだような感じがする。山の中を抜けてからも濃い霧が続き、社宅には20分も遅い到着。あわただしく荷物などを収納して、あたふたと出勤することになった。

社宅の出発が少しばかり遅くなったことで、渋滞に巻き込まれてしまう。会社に着いたのは、何時もより大幅に遅くなっていた。事務所に入りカバンから書類を取り出すと同時に始業のチャイムが鳴った。

風花は、このところ、来年の新製品用圧縮機の開発目標の検討に取り組んでいる。新製品の目標は、営業サイドの要望に強く影響されて決定されるが、それでも、設計として言うべきことをきっちりと主張しておくことが大事だ。野村と内田の意見も聞きながら、設計としての目標を決めようと考えている。二人の同意を得てミーティングで、グループの意見を集約しておこうと「来年の新製品での目標について、グループの考えをまとめておきたいんやけど、どうだろう」と二人に向かって風花が相談をもちかけた。

「それは、営業が中心になって決めるんじゃないんですか」と内田がすかさず聞き返してきた。

「もちろんそうなると思う、そうであったとしても、設計が腹案をもっていることも必要だと思うんだ、なぜかというと、本当に良いものは、やっぱり設計しか作れない、設計としては営業の要望を汲んで、その奥にある本物というか、本質の技術的課題が何かということを見抜いたうえで、設計していくことが大事なことなんじゃないかと思う、そういう設計をするには、我々設計としても新製品についての考えを持っておくことが必要じゃなかろうか」

「難しそうやけど、風花さんの言ってることが、なんかわかるような気がします」と野村が言う。

「そうですね、決められたことを表面的に把握して仕事するんじゃ足りないということは、そのとおりだと思いますね」と内田も同意した。

「それじゃあ、1度、そのためのミーティングをもつことにしようと思うけどいいかな」とグループメンバーの同意を得た。

ミーティングの日を3日後の木曜日に決め「それじゃー、それまでそのことについて、考えておいてくれるかな」と風花が締めくくった。

この日の仕事は、風花の気にしていたことがグループミーティングで検討できることに決まり、来年の新製品にもそれなりに良い考えが浮かぶという期待感で過ごした。

3日後、新製品用圧縮機の開発目標を検討するミーティングを行う。議題を決めて検討すれば、それなりに良い考えが出てくるもので、グループとして納得できる開発目標が決まった。

後日のリーダー会議において、新製品についての説明とそれに対し意見が求められた時に、圧縮機グループで検討した内容を提案した。こうして、来シーズンの新製品に対し、グループの意見をそれなりに反映させることができ、納得できる内容のテーマとさせるうえで一定の役割を果たすことができた。

ガス会社で行った機能試作機の試験結果は、近畿電機とヤマダ発動機のグループの評価がかなり高かったようだ。全般的に見ても機能試作機の効率が、予想を上回っていたようである。このことが加味されたのかフィールドテスト機に対しては、ガス会社から若干の追加仕様が出た。

ＧＨＰグループのミーティングでは、仕様の検討が始まる。フィールドテストは、実用として各家庭で、冷暖房給湯機として使用されるのだ。効率の良いことに加え、安全性、故障のないこと、使いやすさ、低騒音が求められ機能試作機から、かなりの改善が必要になる。それでもモデルの在るということは、強いもので一つひとつ仕様を検討し、決めていくことにさほど苦労することもなく大枠の仕様が決まった。残すところは、各担当者が受け持った部分についてであるが、こちらのほうは、個別に具体的に詰めていかなければならず時間のかかる仕事となる。

山本や若杉は、仕事が忙しくなってきたが、その進行のスピードは、機能試作の時よりも速く気持ちよく仕事ができている。特に、山本は、マイコン制御システムの改善案も検討のうえ立案しており、時間的に余裕もあり特許の申請も行った。

特許に関してもガスエンジンヒートポンプという分野は、これまで商品として存在しない分野であるため、エンジンの廃熱回収に伴うことや回転数制御に伴うことなどグループ共同で数多く出してきた。

同時に、山本個人としても特許を申請した。その一つとして、冷暖房能力の制御に関する特許を出した。これらのこの特許申請の中には、山本の頭で考えたところの構想を特許として出願したものも含まれており、今回実施していないことも入っていた。この特許申請の中には、製品には実施しなかったものの審査で特許として、認められて登録されるようなものも出てきた。さらに、山本はフィールドテストということで、家庭で実際に使われることに耐えられるよう、改めて念入りにチェックを行った。

風花たち圧縮機グループに対しても、圧縮機については、機能試験機で特に問題点の出ることもなかったが、フィールドテストということなので製品としての使用が、可能でなければならない。そういう面から、改めてチェックを行うよう依頼した。

こうして、GHPグループは、今秋のフィールドテスト機の製作に向けて、携わる全員がフル回転で取り組みを開始した。

毎年、春になると春闘の賃金引上げ交渉が行われ、組合員は、労働組合の集会に動員される。このところの春闘では、賃金引上げとともに夏、冬の一時金を合わせて交渉するようになった。そのため、この春の交渉で近畿電機の労働組合員の年間の賃金が決まるのだ。このように、組合員にとっては、生活のかかる重要な交渉であるにもかかわらず、一般組合員の盛り上がりがもう一つである。

これは、賃金交渉のこれまでの成り行きを見れば、他の労働組合や同業他社に大きく影響され、世間情勢に追随して決まることが多い。しかも、近畿電機労働組合は、会社の言いなりであまり期待がもてないと思われているからだ。そうであったとしても、労働者と労働組合にとっては、最も重要な戦いであり、労働組合の幹部としては、組合員の声をバックに会社との交渉に臨む姿勢を見せたいようである。

工場全体の集会や各職場の集会では、団結が叫ばれ組合員の苦しい生活実態を発表するなどの活動にも取り組んでいる。今日も総決起集会ということで、定時終業のあと各職場で集まって、食堂まで集団で行進して決起集会の予定である。集会では、中央交渉団から派遣されてきた組合幹部が、交渉の状況を説明し、労働組合の要求を阻む会社の姿勢を変えさせるための一致団結を呼びかける。

形は、勇ましいけれども毎年やることがほぼ同じであり、いささかマンネリであるし、会社との交渉も他社状況に大きく左右される。また、会社にガンとしてははねつけられたときは、腰砕けとなることもわかっており、号令どおりこぶしを振り上げているものの、しらけている人も少なからずいる。それでも、会社回答の出る前のヤマ場では、拘束されて連日のように集会が開かれる。

会社回答が出れば交渉に臨んだ組合役員から、「会社の経営状況及び世間情勢、他社状況から見て、この額が精いっぱいであり収束すべきである」という説明がなされる。

これで春闘は、毎年、組合員が納得していようがいまいが、代議員大会が招集され、代議員大会で可決され収束を迎えるのである。

今年の圧縮機グループの主な仕事は、大きなモデルチェンジではないが、小型機、中型機、マルチ用ともに来年の新製品用圧縮機の開発である。

そのなかで、他社にない強みのある独自商品の強化ということでは、マルチ用と中型機に力を注ぐことにした。重点的に取り組むこれらの機種は、他社も生産している商品であるが、競争力のある商品であり、売れると儲かる商品なのだ。企業にとって儲かる商品ということが、最も重要なキーワードであることは、言うまでもない。

昨年グループで取り組むことを要望し、QC活動に取り上げてまでアピールしたところの圧縮機の先行開発も認められ、将来のコストダウンと効率の向上を図る目的でテーマに挙げることになった。この先行開発の圧縮機は、従来型と大きく異なった設計になることから、効率を見るだけでなく、耐久性の検証も必要となる。

さらに、設計として検討すべき一般的な課題のコストダウンに関すること、効率を上げること、低騒音化を図ること、耐久性の向上など数多くある。その一つひとつを取り上げて、それぞれのテーマで何がしかの成果を上げ、それらを積み重ねていくことも大事である。口で言うと簡単なようであるが、個別のテーマで成果を上げることは、そう簡単でなく創意工夫と努力の積み重ねが求められる。ともかく、設計は「努力した」だけでは、何ら評価されない。成果を上げ、目標達成の実績が必要なのだ。

東芝がインバータエアコン発売したが、近畿電機は追随し開発しないけれども、他社が追随する動きも見せている。圧縮機の設計マンとしては、注目しておくべきことだ。

ＧＨＰ用の圧縮機も今年は、フィールドテスト機ということであり、新製品と同じスタンスで取り組むべきテーマである。グループの新しい年度のスタートは、テーマも明確であり、かつ、それなりに質量ともに十分な負荷がある。それに対し、気力も充実しており、活力あふれる状態で臨むことができそうだ。

長女の美奈が小学校を卒業する。風花は父として感慨もひとしおである。ただ、その卒業式が平日に行われるため、残念ながら出席することができない。まして、単身赴任の身であり、卒業式の出席は、あきらめるしかない。その代わりに親としては、何らかの祝いをしてやりたい。

いろいろ考えたが、二人の子供たちは、東京に行ったことがないので、東京見物はどうかと妻の裕子に相談する。

「美奈の卒業祝いを兼ねて、春休みに東京見物はどうやろ」

「そうね、子供たち喜ぶと思うわ」

「喜ぶんなら、じゃー、そうしようか」

夫婦の話し合いで、春休みに子供たちを東京見物に連れていくことを決めた。風花は、その旅行についていろいろ考えたうえ、日程を3月末の金曜日からの2泊3日と決めた。それとともに、旅費を節約するために、土曜日の1泊を伊豆の伊東にある会社の健保組合の伊豆保養所を利用することにして予約した。

子供たちは、東京を見たことがないし、いつか連れて行ってやりたいと思っていた。滋賀工場も2年を経過し、仕事にも余裕ができたことだし、美奈の小学校卒業記念にもなり良い機会である。そして、風花は仕事のさし障りをなくすためにも、少し早いと思える時期に休暇を申請しておいた。

こんな中、春闘の方もヤマ場を迎えつつあり、労働組合の集会が増えてきたが、春闘の賃上げ交渉のマスコミの報道によれば、鉄鋼が6％前後の攻防であり、電機は7％台という。毎年のことであるが、このマスコミによる報道が世間相場ということで、近畿電機のベースアップに大きく影響することになる。

労働組合の幹部は、いまだに、満額獲得を叫んでいるが、今年のベースアップは、7％ぐらいか、と風花は予想している。このあと、予想していたとおり、他社回答が出そろってから、近畿電機のベースアップは、電機業界の他社と同じような金額である7％という会社回答が出た。そして、この金額を労働組合幹部が受諾して、代議員大会を招集して収束という何時ものパターンとなった。

研究所の南田副所長が担当しているテーマの一つが事業化に向けて取り組まれることになった。南田副所長がその事業化に専念することで、茨木工場に転勤する。宮井リーダーの話では、代わりに新しい副所長が研究所に移籍してきて、ＧＨＰグループの担当となるようである。

ただ、当面の仕事に関しては、通産省の補助金事業なので上司が変わったとしても何も変わるところがない。ただし、この補助金事業の終わった後は、新しい副所長の考えでどう変わるかわからない。そういう面で新副所長の考え方が、気になるけれども宮井リーダーにも全くわからないということである。

宮井リーダーの提案で、フィールドテスト機の仕様確認のための会議終了後に、早いけれどもＧＨＰグループ単独で、南田副所長の送別会を行うことになった。送別会の場所は、駅の近くに新しくできた料理店である。会議が終わってみんなが一緒に行くことにし、みんなでそろって料理店に入ってすぐに送別会を始めた。

最初に、南田副所長が「自分の提案した開発が大事な時期を迎えた中、それを見届けることなく出ていくことになり、ＧＨＰグループの皆さんには申し訳ないが、社命であり勘弁して下さい……」との挨拶があってから、少人数ゆえざっくばらんな飲み会となる。

「南田副所長、今度の仕事は、大変ですね」と山本。

「競争も激しいですけど、マーケットは大きいですからがんばりますよ」

「うちは、後発でしょう」と宮井リーダー。

「後発ですが勝つために、ナポレオンの戦略で臨むんですよ、圧倒的な力を集中させて一気に攻めるんですよ」と気炎を吐いた。

この発言に対しては、誰もよく理解できなかったようであり話題も変わる。

「風花さん、滋賀では、インバータをどうされるんですか」と篠原。

「上層部のほうでは、コストが高いのでそう問題ないと考えておられるようで、うちの会社としては、今のところ静観するようです」

「コストが高いというけれども、インバータのコストは量産されれば一気に下がるんじゃないかな」と山本が疑問を投げかけた。

「そうですね、設計の電気担当者もそう言ってました」

「それじゃー、少し心配ですね」と南田副所長。

「そうなんですけど、インバータは部品ですし、圧縮機が回転数の変化に対し問題なければ、決定的な差とならないと思っています、うまい具合に圧縮機のほうは、GHPに圧縮機を提供していることがテストになってます」。この風花の説明に一同うなずいた。

仕事にかかわる話が多くなったようであるが、新しい仕事に立ち向かう南田副所長をこじんまりとした内輪の和やかな送別会でもって激励した。ただ、今後のＧＨＰグループにとっては、なにがしかの困難も想定される出来事でもあった。

東京見物の新幹線は、８時半に新大阪発なので、余裕を持って7時に自宅を出ることにする。子供たちは、初めての東京旅行ということで、パンダや東京タワーが、見られると期待で胸を膨らませているようだ。

新大阪で東京行のひかりが出発し、「次の停車駅は京都」のアナウンスを聞いて、有香が「お父さん、この新幹線は、何処と何処に停まるの」と尋ねた。

「京都そして名古屋、その次は東京やで」

「それじゃあ、東京に何時頃着くの」

「東京まで、３時間ちょっとかかるんだ、そやから、11時40分に着くんや」

有香にとって東京は、地図で位置を知っているものの、新幹線もまだよくわかっていないようだ。

京都を過ぎ滋賀の田園地帯に入ったが、この季節は、雑草などの緑が濃くなって春めいてきているものの、山の木々はまだ眠っており殺風景な色彩であり、窓の外を見ていても退屈である。

それでも、名古屋までは、彦根城や関ヶ原、木曽川などを説明している間に着いた。名古屋を過ぎてそのあとは、さらに長くて退屈である。

こうなるとお腹も空いてきて、何か食べるものが欲しくなってくる。車内販売でビールなどの飲み物も買って、家から持参したおにぎりと簡単なおかずの弁当を出して食べることにする。風花良太は、めったに昼間にアルコールを飲まないが、今日に限っては、ビールを飲むことにした。家族で食べて飲みながら過ごせば、退屈な車内もそう退屈することもなく快適だ。

新幹線の列車は、静岡を通過して富士川が近付いてきたので、風花が車窓から外を覗くと富士山がきれいに見えた。

子供たちに「富士山やで」と声をかける。

「うあー、きれいやね」

「ボリュームというか迫力あるねー」とみんな感嘆の声を上げた。

「富士山がきれいに見えることは、そんなに多くないいんだ、よかったなあ」と風花が説明する。

このあともいろいろな話を続けながら東京駅に着いた。

「なんや、大阪と何も変われへん」有香の第一声である。この言葉に、風花も苦笑いしたのみで返す言葉もなかった。

車内で少し弁当を食べたので、昼食は時間をずらしてとることにした。荷物をコインロッカーに預けて、最初に皇居を見物することにし、東京駅から丸の内のビル街を皇居に向かって歩き始める。

有香は「皇居って東京駅から歩いて行けるの」と聞いてきた。

「そうなんだ、あそこに見える緑が皇居外苑でその奥が皇居なんだよ」

彼らは、日比谷通りを横断して皇居外苑にはいり、そのまま外苑をゆっくり歩いて二重橋に出た。

有香は皇居前広場の砂を拾い上げてみて「なんも変われへん」と一言。

「広いなあ」と美奈。

「ここが二重橋だ」と良太が子供たちに説明し、「写真とろか」と言って、二重橋を背景に記念写真を撮る。

桜田門に向かって少し歩いて、国会議事堂を遠くから眺めて、日比谷公園を右手に見ながら、有楽町駅を左に見てガードをくぐり数寄屋橋交差点に出た。

「ここが数寄屋橋なの」と裕子が感慨深そうに言って「でも橋が見えないわね」と良太に向かって問いかけた。

彼も数寄屋橋という橋が、この辺りにあるのかどうか全く知らなく「うーん」とうなって「俺も知らん」と答えるほかない。

風花一家四人は、そのままぶらぶら歩いて銀座に出た。何か食べようということになったが、知っている店もなく、値の張りそうな店ばかりなので、百貨店の食堂に入ることにする。かなり歩いたためおなかも空いており、それぞれの好みのものを食べることにした。食後は、時間も十分あるので今日のうちに、東京タワー見物に向かう。東京駅に戻り地下鉄に乗り神谷町から行くことにする。地下鉄を降りて地上に出たものの、東京タワーが見えないため、道を尋ねながらやっと入り口にたどりついた。

東京タワーの展望台から東京の街を眺めると、都内が一望できる。先ほど見物した皇居や国会議事堂も上から眺めた。東から北にかけては、果てしなくビル街が続いている。緑の多いところが、ところどころに見えるが大小のビルが圧倒的に多い。地上を見下ろすと、人が小さく見え足がすくむようだ。

子供たちは、無言であちこちを眺めていたが、美奈が西の方角の真っ白な峰の富士山を見つけて、「お父さん、あれ富士山なの」と聞いてきた。昼間に見た富士山のボリュームと、あまりに差があるので驚き聞き返したようだ。

「そうや、富士山や」

富士山は、遠くの山の向こうに真っ白に輝いていた。新幹線から見た富士山と異なり、ここから見える富士山は小さく美しい姿である。東京タワーからの眺めを心ゆくまで楽しんだ後は、早めにホテルに入り明日に備えてゆっくり休むことにした。

翌朝は、パンダを見に上野動物園を目指す。山手線の上野駅で下車して、上野動物園に向かって公園内を進む。上野動物園は、開設して１００年になるという。その記念行事が行われているようである。

公園内の桜は、一部の早咲きの桜はもう咲いているものの、大部分の桜は、残念ながらまだつぼみだ。春は、もうすぐそこまで来ており、桜も間もなく開花する雰囲気が感じられる。パンダは後ろを向いているばかりであったが、それでもパンダの前には、人だかりができていた。子供たちも後姿のパンダを見ただけなので感想を聞いてみた。

「有香、パンダどうやった」

「後向いてたけど可愛かった」という返事である。

子供たちも、それなりに満足したようだ。動物園を出て上野駅の近くで昼食をとり、伊豆へ向かうことにする。熱海で乗り換えて伊東駅から、タクシーで健保寮へ４時半頃に到着した。伊東温泉の近畿電機健保寮は、大きい民家のような建物で、10畳の広い部屋に案内される。その夜は、ゆっくり温泉にはいり、東京とは違う落ち着いた雰囲気で、夕食には、新鮮で美味しい魚も出され旅の気分が満喫できた。

翌日は、伊東駅からタクシーで伊豆を半日観光。最初に伊豆の高原を走った。よく整備されている道は、車内からの景観も素晴らしい。伊勢志摩に感じが似ていると思った。車から美しい眺めが堪能できたという、快適で楽しいドライブであった。

次は、裕子の希望でベゴニアガーデンに行くことにする。風花には、ベゴニアという花になじみはなかったが、よく管理されており美しい花がたくさん咲いていた。

「きっちりと手入れも行き届いてきれいやないか」

「そうやね、ここは量も多いしきれいやわ」

伊豆観光の最後は、海岸に出て城ケ崎に行った。ここも景色の好いところを散策。海に架けられたつり橋を渡る。つり橋から海を見下ろすと、高さがあって足のすくむような迫力が感じられる。

城ケ崎観光を終え、伊東駅に戻り、風花家の一大イベントの東京見物を含んだ旅行は、あっという間に終わり一路帰路に就いた。

この短い旅に子供たちは、満足したのだろうかとふと考えてみた。子供たちにとってこの旅は、その良し悪しなどそれほど比較する経験もなかったわけだし、それなりに満足したことだろう。また、子供たちにとって、家族みんなでの楽しい旅の想い出として、きっと永く心に残るだろうと思った。


ＧＨＰグループは、フィールドテスト機の仕様を決めるため、ミーティングを行った。ミーティングでは、機能試作機の改善すべきところを一つひとつ洗い出し、箇条書きにした。３室の冷暖房と給湯という複雑なフィールドテスト機であり、挙げていくと数多くの改善すべき項目が挙がる。それらのすべてを如何にフィールドテスト機に取り入れるかについては、技術的な問題や具体化に関する手段など、担当者が分担してそれぞれ検討したうえ、改めてミーティングで決めることにする。

山本は制御の担当であるが、ポイントの一つは、冷暖房シーズン中における給湯運転の制御方法である。暖房運転には、１室運転から２室、３室の同時運転までのパターンがある。そのうえ暖房運転と給湯運転が重なる場合も考えられ、暖房運転と給湯運転を同時に運転する場合には、室内の空気と水の違いがあるものの、どちらも温めるわけであり、負荷が大きくなって能力不足の懸念がある。暖房運転のシーズンでは、その能力の不足を避ける工夫が必要となる。

能力の不足を確実に避けるには、暖房運転をしない時間帯に給湯運転をするのが確実な方法である。暖房を使わないと思われる深夜の給湯運転も考えられるが、給湯運転の効率は、昼間の気温の高いときがよいわけであり、単純に深夜に限定するのも効率の面からみてどうかと思われる。

しかも、深夜に暖房を使う場合も考えられ、使わないと断定もできない。さらに、昼間の暖房の使用も平日と休日で差のあることも考えられて悩ましい。給湯運転の必須条件は、給湯の必要な時に必ず湯の出ることだ。これらを考えるならば、各家庭を同一でなく、各家庭の使用状況に応じた運転のパターンとすべきであろう。

一方、冷房運転時の給湯運転は、冷房運転をすれば同時に貯湯できるので、運転効率を良くするためには、給湯専用の運転をできる限り少なくしなければならない。このように様々な条件を考えると、給湯運転を行うプログラムを各家庭の使用状況によって変更のできるようにしておくのが良いようだ。

もう一つのポイントとして回転数制御がある。冷暖房の立ち上がりを良くするには、回転数を上げて能力を大きくすることが必要であろう。反面、設定温度に到達すれば、発停回数を減らすために必要な能力で運転し、発停を少なくする必要がある。

こう考えてみると、最適な制御を行うのは、種々の条件があって複雑であり難しい。さらに、最適な制御を行うには、各家庭の使用状態や外気の状態（気温）によっても制御を変えなければならない。

山本は、このような複雑な制御の必要なことを想定して、フィールドテスト機であっても、プログラムを容易に変更できなければならず、昨年と同じように持ち運びのできる機器（ＲＯＭライター）でプログラムの消去と書き込みが可能な、ＥＰＲＯＭを使用したマイコン制御装置とすることにした。

圧縮機グループのミーティングは、新年度の業務をどう進めるかについて、各々の考えていることを発表することから始めた。

会社は、景気変動に柔軟に対応しうるよう独自商品の開発を行い「技術の近畿電機」と言われることを目標としている。設計には、それに対応できる商品開発力の強化が要請されており、そういう視点に留意した。

「エアコン部門における独自商品とは何なんですか、近畿電機のみが独自に作っている商品など何もないと思いますが」と野村。

この質問に風花は、「会社のいう独自商品とは、他社に比べて競争力のある商品で、中大型機とマルチ機が独自商品といっていいと思う」と日頃考えていたことを述べる。

「なるほど、そういうふうに考えられますね」と野村がうなずいた。

内田もその考えに同調し、中大型機とマルチ機がエアコン部門の独自商品だと確認し、圧縮機の開発には、この２機種に力を注いでいくことを確認した。

そのうえで、中大型機とマルチ機に関しては、深く掘り下げ時間をかけて検討を続けていくことにする。野村が中心となるが、風花も含めてメンバーの全員で課題を分担、目指す性能も目標値もより高いところにおいた。

一方、小型機用とＧＨＰ用に関しては、試作機を早く供給することが求められており、検討を集中して行い早期に仕様を決めることにした。そのため、担当を小型機用は内田、ＧＨＰ用は風花に決め、早い時期のミーティングに仕様を提案することも決めた。先行開発に関しては、来シーズン用の仕様が固まった後、じっくり時間をかけて全員で検討を行うことも決める。これで、圧縮機グループの新年度の目標と計画が定まり、各自の分担も明確になり、業務が軌道に乗る。

ミーティングの最後に、野村の発案であるが、特に理由はないけれど、1度、親睦のため飲み会をしようということで、水曜日の午後7時から行うことになる。風花は、人と人の付き合いが少なくなり、人間関係が希薄になる傾向があってよくないことだと思っていたので、こういう飲み会など好いことだと歓迎である。飲み会の日、風花は6時頃に仕事を終え社宅に戻って着替えをしてから、歩いて10分ほどの居酒屋に7時5分前に到着した。すでに、野村たちも着いており、乾杯して小さな飲み会が始まる。好きな料理を注文して、とりあえず、胃袋が落ち着くまで食べたり飲んだりした。

「今年のベースアップは、他社と横並びの7％でしたね」と野村がいきなり春闘を話題にする。

「そうやなー、春闘の集会のときから、世間並みで決着すると思っていたけど、そのとおりやったなー」と風花がしみじみと口にする。

「物価の上昇があったから、サラリーマンの実質手取り収入がマイナスになると、新聞に載ってましたけど、そのとおりだと思いますね」と内田もベースアップの水準の低さを嘆く意見だ。

「そうや、賃上げと物価が追っかけっこしており、税金が増える分だけ実質収入がマイナスになってるんや」

「そうみたいですね、何とかならんのですかね」

「ほんまや、そやけど、残念ながら今年の春闘は、もう済んだことやし、物価が上がらなくなるか、減税されない限り、どうにもならんことやな」

「そうですね、減税はどうなるんでしょう」

「そうやなー、これこそ、我々には、さっぱりわからんなー」

「政府は、赤字国債を大増発するんでしょう」

「新聞の知識ですけど、赤字国債は、国の借金でしょう、なんでこんなに借金せなあかんのか、僕らにわかりません」

　三人の小さなグループなので、お互いの気持ちも通じ合ってきており、彼らの話は、お互いの率直な考えを述べあえる。そのうえ、おおいに盛り上がり、ストレスを発散して気持ちの良いひと時を過ごすことができた。

　森山真理子は、白井美由紀を誘って、夏物衣料を見に行くことにした。二人は、若い適齢期の女性である。毎シーズン、なにがしかの新しい衣服を購入して、身につけるのが常なのである。今シーズンの夏物衣料は、まだ見に行くことすらしていないので、少し気になっていたのである。

二人は、いつものようにロッカーで待ち合わせて、難波に出ることにした。駅に向かっていると、山本が後ろから追いつき並びかけ「今日はどちらへお出かけですか」と声をかけてきた。

「山本さん、今日はえらい早いですけど、どうされたんですか」と森山真理子が逆に聞き返した。

「うん、僕は、健康のため、ときどき早く帰ることにしてるねん」

「私たちだって、心の健康のため、ときどき街に出掛けてるんですよ」と白井美由紀が笑顔で応じる。

山本は、笑いながら「そりゃー、健康第一ですね、ところで、この春はハイキングに行かないんですか」

「どうしようかと迷ってるところですねん」と森山が思案顔で答える。

「もし行くことになったら、是非、誘ってください。ところで、ベースアップのほうはどうでしたか」

「私は、計算すると、少し7％に足りなかったけど、それってどうなんですか」と森山真理子が山本に聞く。

「若い男性に比べると、女性の成績は、少し悪いのかもしれんなー」

「やっぱりそうなんでしょう、なんで成績悪いんですかと、上司に聞くわけにもいかんし、かなわんわ」

「そうやなー、成績査定いうのは、同じ資格の人たちの相対評価なんやから、みんなが真面目に働いていたとしても、誰かの成績を良くすれば、その代わりに、誰かが悪くなるわけやから、女の人を低く査定することが多いんと違うかな」

「そんなんかなわんわ、でも、やっぱりそうなんかな」

こんな話をしながら、難波駅に着き、山本と別れ、二人でデパートに入る。デパートでは、二人とも目ざすものがあり熱心に、かつ、集中して夏物衣料を物色して回った。じっくり選んだうえ、森山真理子は、白のブラウスと紺とグレイのチェックのスカート、白井美由紀は、白のブラウスと紺色のスカート、橙色とグレイのチェックのワンピースを買うことにした。

そして、何時ものように二人で喫茶店に腰を落ち着け、コーヒーを手にして「ハイキングどうする」と真理子が問いかける。

「会社のスポーツ大会には、真理子も行かんとあかんのやろ」

「そうなんや、そやから行く日の都合つけへんし、春は止めとこか」

「残念やけどそうしようか」と美由紀も同調して、ハイキングを断念するということですんなりと決まった。

「その代わり今年は、５月の後半に、どっか旅行せえへん」

「良いけど、何処へ行くつもり」

「そうやねー、四国の道後温泉か山陰、若しくは北陸の温泉がどうかなと思ってるんやけど、どうやろう」

「それでええわ、真理子がいろいろ調べてくれるんでしょう」

「そうするわ、調べてから行き先決めたらえーやんか」

こうして、昨年の白浜に引き続けて、温泉地の一泊旅行をする話がまとまり、森山真理子が行先などを調べることになった。


近畿電機の4年ごとの全社スポーツ大会が、今年は滋賀工場で開催される。研究所もソフトボールやバレーボールで堺工場の予選大会に出場した。山本は、ソフトボールに出場したが予選の準決勝戦で設計チームに負けてしまい、研究所に勝った設計チームが、勝ち残って堺工場の代表となった。

ところが設計チームには、40歳以上の選手がいなくて、山本が補充の選手として選ばれ、堺工場の代表として出場することになった。山本に出場の依頼に来た人の話によると、設計の40代以上の人は、とてもソフトボールに出るのが難しい方ばかりだという。そういう面からみれば、山本は職場でいつも若者と野球をしており、その経験と実力が認められ、40歳以上を含めなければならないという、社内大会の規定から白羽の矢が立ったようだ。

スポーツ大会は、９時に試合開始なので、チームとしては堺工場に集合してからバスで滋賀工場に向かう。山本は居住地の関係から直接滋賀工場に８時半までに行って、チームに合流することになった。

山本が滋賀工場へ行くのは、研究所に出勤するのと時間的にほぼ同じであり、いつもの通勤と変わらない時刻に家を出ればよい。山本は滋賀工場に８時15分に到着したが、堺工場からのバスはまだ着いていなかった。

堺工場のバスが到着すると、すぐにソフトボールの試合が行われる広い河川敷のグランドへバスで移動した。ソフトボールの試合は、午前中に準決勝まで終了させるので、河川敷の広いグランドの四方にホームベースがおかれて、１度に４試合行い、試合時間も短く５回までか、試合が長引き時間がかかれば50分で終了となる。

堺工場チームは、１回戦、２回戦と快勝し、準決勝で淀川工場チームと対戦した。このチームの投手は、高校時代ソフトボールをやっており球が速く、山本にとってソフトボールで、こんなに速い球を打つのは初めてであった。

山本も１、２回戦では、ヒットをドンドン打てたものの、速い球にどうしても遅れ気味になり、ファールで粘ってなんとか当てライト前に飛ばしたが、年齢からくる走力の衰えもあり、ライトゴロに終わってしまう。この速い球を他の選手も打てず、残念ながら堺工場チームは、準決勝で敗退となる。午後は、ソフトボール、陸上競技の短距離走、マラソン、リレーの決勝戦などが滋賀工場のグランドで行われた。
夕方4時半から工場内の広場で表彰式の後、選手も応援に来た人も全員参加して、大立食パーティーが開催された。社長をはじめとする会社のトップも出席し、参加者がフラットで自由に語り合う楽しいパーティーである。

森山真理子と白井美由紀も堺工場の応援団として来ていたので、山本は彼女らのところへ行って二人に声をかけた。

「森山さん、白井さん、飲んでますか」

「山本さん、いいご機嫌ですね。ソフトボール頑張ってましたね」と笑顔で白井美由紀が応じる。

「いやー、もう年ですわ、淀川との試合では、恥ずかしい話やけど何とか当てたんやけどライトゴロですねん」

「私たちが応援に行った時は、チャンスにヒットを打ちましたし、十分だと思いますけど」と森山真理子。

「あれはたまたま運がよかったんや、話変わるけど、今年はハイキング行かないんですか」と山本が話題を変えた。

「春は用事があって行けないんですが、秋には行けるかもしれません」

「秋には是非行きましょう、その時は必ず誘ってください」

「できるだけ行けるように美由紀と考えておきます」と森山真理子。

そこへ、「懐かしい顔ぶれの方々がお揃いですね」と風花がやってきた。

「風花さん、昨夜はお家へ帰らないで、スポーツ大会に参加されてたんですか」と山本が聞いてみんなが風花に注目する。

「そうなんです、全社のイベントを滋賀工場で開催することなど稀なことやし、優勝を目標にすごい力の入れようなので、応援に参加することにしました」

「そういえば、滋賀工場が総合優勝しましたね」

「そうなんです、リレーに優勝したのがポイントでしたねー」

「スタートの女の子が速かったよなあ、あの第１走者で決まったなー」と山本が想いだして感嘆の言葉を発した。

「風花さん、滋賀工場のこの広場は、池があって、その周りの芝生とか植木がきれいに手入れされていて、公園のようですね」と森山真理子がしみじみと周りを見渡して話題を変えた。

「入社したときに、堺工場でも門のあたりが広いし、きれいなのに感心したんやけど、ここは、ほんまに広いし、手入れも行き届いてますねー」と美由紀。

「そうやなー、この入場門の前の広場は、何処の工場よりも広いし、手入れのほうも特別にされてる感じがするなー」と山本も同感する。

「ほんまにそのとおりだと思いますが、理由など私の全く関知しないところですねん」

「風花さんは、単身赴任なんでしょう。でも、週末は、お家に帰られてるんですか」と真理子が良太に質問した。

「そうなんです、毎週、月曜日の朝、家から滋賀工場に車で出勤し、金曜日の夜には、家に帰ってます」

「それって結構大変なんじゃないですか」と美由紀。

「慣れのせいもあるかもしれないけど、頭で考えるほどきつくないですよ」

「それならば、奥さんや子供さんの暮らしに響かない好い選択ですね」と美由紀。

「そうなんです、転勤の社命が出て家族のことで悩んでいた時、山本さんに教えていただいた単身赴任の受け入れ方なんです」

偶然にできたグループのひと時の語らいは、身近な話題になったり、社内のさまざまな話題が取り上げられたり、即席と思われぬほど和やかにかつ快活に続いた。


「独自商品の開発」として、圧縮機グループが力を入れて取り組んでいる、中大型機とマルチ機の圧縮機は、野村が中心となって設計を進めている。コストダウンに伴い必要となった強度や効率の計算に関しては、風花が研究所の岡田に依頼し打ち合わせるとか、モーターの内作を小型機と同様に茨木工場で開発、供給できるように内田がプッシュして、茨木工場が受け入れるなど、小さいグループといえども助け合って総力戦で臨んでいる。

さらに、ＧＨＰフィールドテスト機用の圧縮機は、野村の負荷を減らすため、風花が改良を担当することにした。こうして野村が力を集中しかつ成果の上がるよう、可能な限りの体制をとっている。そんなことで、風花はこのところＧＨＰ用圧縮機の設計を完了させるために全力を注いでいた。

リーダー会議では、提案の成績が芳しくないとか、ＱＣ活動の進捗などが問題にされ、うっとうしいので「今のところ忙しくて、そんなことやってられません」とつい本音で答えてしまった。その場では、あまり大きな議論とならなかったが、やはり、水野課長は、体面を傷つけられたと思っているようだ。

風花も「まずい」と感じたので、少し妥協することにし、提案については、目標からあまり遅れて溜まりすぎると1度にできなくなるので、今月までの目標をやり切ることにした。野村と内田には、小さなことでも仕事で改善したことなどを提案の用紙に書いて出せばいいから、提案を出すように頼みこんだ。

同時に、風花も自ら仕事で改善したことや職場で気の付いたことを、10件ほど提案用紙に書いて提出した。野村と内田も提案に関して難しく考えていたが、仕事で改善した内容でも構わないということであれば、改善するのが仕事である彼らには、その種がいくらでもあり書きやすい。二人は、その日の仕事が終わってから、それぞれ5件の提案を書いた。

提案の目標は、件数さえ挙げれば良いわけで、これで今月までのグループとしての提案の目標を軽く突破した。こうして、本来の仕事以外で気になる課題も、圧縮機グループとしてチームワークでそれなりに責任を果たした。一方、圧縮機の開発業務のほうは、グループの三人がこれまでどおり、力を合わせて遂行しており、仕事の進み具合は順調である。

森山真理子が計画を練りあげた美由紀との一泊旅行は、美由紀の意見も加味して、四国愛媛県の道後温泉にした。

四国へ渡るのは、夜遅く神戸を出航する定期船を利用。翌朝、松山に上陸。その日は、松山城など松山市内を見物して、道後温泉でゆっくりと温泉に浸かり、疲れを癒やそうという計画でもって旅に出た。

白井美由紀は、目が覚めたので甲板に出てみた。夜が明けて、緑が濃くなりつつある四国の山々と街並みが目に入ってきた。反対側には、大きな島が見える。船は、狭い海峡を航行しているようだ。

船の正面の遠くの方にも大小の島が見えて美しい眺めである。彼女が四国を旅するのは、生まれて初めてなので、楽しみにしていた。とうとうやってきたと思うと、なんだか夢のような感じがする。しばらくの間、移り行く美しい景色を眺めていたが、真理子はどうしたのだろうと気になり船室に戻った。

松山港に着く前、船の中で朝食を済ます。下船し私鉄電車で松山市駅に出て、荷物を駅に預けてから松山市内を見物する予定である。

観光のスタートは、松山城である。松山市駅から路面電車に乗り、城山ロープウェイの乗り場近くで下車。ロープウェイは、左右の緑の濃い林の中をゆっくりと登ったが、あっという間に到着した。ロープウェイを降りても天守閣は、まだかなり上で、天守閣を目指してゆっくりと歩を進める。道の右手は、高い石垣が続いている。左手は、緑の濃い木々が密集している森。左右を見回しながら天守閣前の広場に着いた。

「この広場は、桜の木が多いね」と美由紀。

「お花見の時期には、きっとおおぜいの人で賑わうんやろな」

広場を通り過ぎて、曲りくねった通路に表われるいかめしい門を幾度かくぐり、松山城天守閣の入り口に到着し中に入った。

天守閣の中は、大きな柱や梁が目立つ、いかにも戦国時代の城という感じのする太い木のがっしりとした造りだ。急な階段なので手すりを頼りに登る。階ごとに展示している刀や甲冑などを見ながら天守閣の最上階に達した。

天守閣の最上階には、方角ごとに窓がある。東の窓を覗くと道後温泉が目の前にあり、その奥には、四国の山々が連なっている。西と北の窓からは、松山市街から瀬戸内海の島々が見える。南の窓からは、市街地が見えるが、その奥にある四国の山々が一望できて、好い眺めである。

松山城の天守閣からの眺望を楽しんだ後は、大街道を散策し、昼食の場所を探すことにする。目指すのは、真理子が旅行案内で調べてから、行きたいという五色そうめんのお店である。

大街道のアーケードから少し右に入ると、ほどなく目指す店が見つかった。二人は、五色そうめんを注文する。出されてきたのは、五色に色わけした細いそうめんであり、見た目にきれいである。

食事の後は、子規堂を見ることにする。

「柿くへば鐘が鳴るなり法隆寺」という親しみのある俳句を詠んだ、正岡子規の名前を二人ともに、よく知っておりその記念館におおいに興味があった。

子規堂は、思っていたよりも小さな建物であった。子規と弟子、さらに、夏目漱石の俳句が展示されていた。二人には、読めない字で書かれているものが多くて、よく理解できないものもあったが、雰囲気としては、なんとなく俳人の世界を感じることができた。

そして、少し早いけれども今日の宿泊先の道後温泉へ路面電車で行くことにする。乗ったのは、子規堂に展示されていた漱石の「坊っちゃん」に出てくるマッチ箱のような電車でなく普通の路面電車である。

道後温泉駅に着いてから、古めかしい道後温泉本館やにぎやかな商店街をちょっとだけ覗いて、道後温泉の雰囲気を感じとった。道後温泉の旅館には早く着き、道後温泉本館の湯に入ろうかとも考えたが、船で一夜を過ごしたせいか、少し疲れもあり大儀でもあったので、旅館の内湯で済ますことにする。

　旅館の浴場には、露天風呂があったので入ると、先ほど見てきた松山城の天守閣がくっきりと浮かび絶好の眺めである。浴場は、時間の早いせいか二人の貸し切り状態で、ゆったりと浸かり好い気持であり、内湯であったが温泉を満喫できた。

　夕食は、部屋食で食べきれないほどの料理が出た。ビールを酌み交わしながらゆっくりと料理をいただいた。

「松山城は、如何にも戦国時代の城という感じの、造りに見えたんやけどどうやった」と真理子。

「そうやねー、私は大阪城のほか、初めてお城を見たからようわからんけど、お城の中は、えらいいかめしいものや思ったわ」

「400年前までは、日本の国中で戦って殺し合いしてたなんて信じられへん」

「そうなんや、同じ日本人同士で、あの頃は、殺しあいしてたんや」

「いまも地球上では、未だ戦争がなくなっていないけど、戦争が全て無くなるには、ずいぶんと時間がかかるかも知れへんが、きっとなくなるんじゃないかと思う、もっとも、この考え方は山本さんの受け売りなんやけど」

「そうやろか、人間は、好戦的やという人もいるけど」

「私は、人間の知恵を信じるわ、もし、いつまでも戦争をなくせんのならば、キッと、人類は滅亡すると思うわ」

「やっぱりそうなるんやろか、そやけど、滅亡なんて、そんなん厭や！」

「もっとも、私はそんなことにならんと、思ってるねん」

「私も絶対、人類の滅亡なんてないと信じるわ、ところで美由紀、話変えるけど、結婚の相手は、どんな人がええ」

「そうやね、やっぱり、真面目で穏やかな人がええわ」

「やっぱり会社の人は、日頃から見てて性格もわかるし、好いんかな」

「それはそうやと思うわ、でも、私はもっと広く考えたいねん」

「広く考えるとは、どういうこと」

「人生を共にする人と結ばれるんやから、どうしても夢があるし、ロマンを求めるねんけど、似合わへんかなー」

「そうなんや、夢とロマンなんて、ええなあ、でも近畿電機で働いてたんじゃ難しいんと違う。うちは現実も考えて、そこそこの人と妥協して結婚するつもりやねん」

「そうやろな、自分を振り返って冷静に考えてみれば、普通に、近くにいる人と結婚することになるんかも知れへんと思う」

「うちなんか、初めからそう思うてるねん」

「うちは、まだ、きっぱりと〝夢〟捨て切れへんけど、真理子のいうことのほうが好いんやないかと思うわ」

　親しい間であっても、二人でこんな話をするのは初めてのことだった。

　翌日は、美由紀のたっての希望であった、金毘羅さんにお参りして、時間があったら栗林公園を見るつもりで、松山駅から特急列車に乗車した。車窓の眺めは、トンネルが多いのが欠点だが、美しい海岸沿いが多いし、いたるところで緑が豊かである。海岸を過ぎると海側の低い山との間や麦秋の平野を走り、変化にも富んでいる。美しい景色を眺めながら話をしていたら、あっという間に多度津に着いた。

　多度津で乗り換え、琴平に向かう。のどかな田園風景を少し走るともう琴平だ。駅前から右手に風情のある高燈籠を眺めながら短い橋を渡り、旅館や飲食店、土産物店の立ち並ぶ商店街を抜けると金毘羅さんの登り口が見えてきた。

　昼の時刻も近づいているので、簡単な食事を済ませて登ることにする、店の善し悪しが全くわからないので、賑わっているうどん店に入った。その店のうどんは、リーズナブルな値段だがさすがに本場の讃岐うどんという感じで美味しかった。

　土産物のお店のあるところまでは、特に気にせず階段を登ったが、大門を越えると飴が売られており、それより上は、店もなく書院とか宝物館があった。旭社を過ぎると、見上げると押しつぶされるような急な階段であるが、息を切らしながら本宮を目指して一気に登った。

本宮は参拝客でにぎわっていた。お参りを済ませて、社殿の前の展望台から眺めると、登ってきた疲れが、吹き飛ぶような素晴らしい景観である。

「ええ景色やんか」と真理子が明るい嬉しそうな声で話しかける。

「ほんまや、登るのしんどかったたん忘れるわ」

「美由紀、奥社まで登ろか」

「登ってみよか」

若さあふれる彼女たちは、少し休むとまだまだ体力に余裕があり元気だった。奥社に向かったが、登る人はまばらである。

ところどころに楠などの巨木もあり、こんもりと茂る木々の生い茂った薄暗い道を野鳥のさえずりを聞きながら、散歩気分で登り始めた。この道も階段が多いが、巨木をはじめとする緑に囲まれた神秘的な感じのする道であり、行きかう人も少なく心が落ち着く。

「気持ちのええとこやんか」と美由紀が大きく伸びをしながらつぶやいた。

「ほんまや、階段はきついけどええとこや」

二人は気持ちよく奥社へ向かって、階段の多い道を一歩一歩、緑の濃い好い雰囲気を満喫しながら登って行く。二人にとって四国は、初めて訪れた地であったが、期待した以上に好いところであり、二人の心に好い思い出を刻んだ旅となった。

朝起きて庭を見やると、百日紅が鮮やかなピンクの花を咲かせている。

昨日、ＧＨＰフィールドテスト機用の圧縮機部品の発注を全て終え、一つ仕事の区切りがつき爽やかな気分である。

風花良太にとって、仕事が一段落した休みの日が、最も落ち着いて気分の好い日なのである。今日は、その数少ない気分の好い日だ。夏といっても早朝は、まだ涼しくて気持ちよく過ごせる。

休みで時間に余裕があるので、新聞をゆっくりと読んだ。このところの新聞やテレビの報道では、きなくさいニュースが多い。イギリスとアルゼンチンのフォークランド諸島をめぐる衝突が停戦になったものの、イスラエルによるレバノン攻撃や、イランのバグダット攻撃など中東で衝突が続いているようだ。国と国の武力対立が、絶えないのは、残念ながら現在の世界情勢のようである。この武力による争いが無くなるのは、何時のことであろうか。国内では、ロッキード事件の裁判で橋本登美三郎、佐藤孝行に有罪判決が出て田中角栄元首相の外堀が埋まり、有罪の可能性が高くなってきたようだ。文部省検定の日本の侵略ぼかしの教科書に対し、中国や韓国が反発して政治問題となるなど国際的な摩擦も表面化している。

大都市では、子供たちの自然離れが進んでおり、牛を見たことのない子が四割もいるという。また、日本人の平均寿命が、女性79・13歳、男性73・79歳と長くなり、ついこの間まで言われていた、人間50年という言葉がウソのようだ。

この長生きのもとを考えてみたが、日本の敗戦によって、医療とその制度、食生活の改善、長時間労働の廃止など、欧米先進国の優れている制度や文化が取り入れられたことが、大きいのでないかと思う。しかしながら、今日でも物価の上昇と低額のベアでサラリーマンの実質手取り収入が2年連続マイナスとなるなど、国民の多数を占める働く者の生活が十分とはいえない。

即ち、平均寿命が50歳と言われていた時代が、働く者にとって、どんなに過酷な状態であったかを示しているともいえよう。

このことは、戦争をせずに、他国の長所を学び国民がまじめに働けば、どんなにみじめな状態であっても復興できるのかもしれない。

そこへ裕子が入ってきて「あなた、コーヒーどうですか」と声がかかった。

「ありがとう、いただくよ」

夫婦でゆったりとコーヒーを飲みながら、夫が妻に話しかけた。

「新聞、読んでる?」

「ええ、すこしだけ読んでるわ」

「女の人の平均寿命が80歳に近付いているんだって、この間の新聞に載っていたけど知ってるかい」

「知ってるわ、私もそんなに長く生きられるかどうか、自信なんてないわ」

「そりゃーそうやろ、40年も先のことやもんな、ところで、美奈の高校受験は、大丈夫なんかいな」

「まだまだ先のことやけど、今の状態を維持できたら大丈夫と思うわ」

「もちろん進学校やろな」

「そうですよ、でも、入学試験までまだ1年半もあるでしょう、だから、これからの努力次第ということにしといてね」

「そりゃー、当たり前やで、試験なんて何があるかわかれへん、合格発表があるまで安心でけへんもんや」

それでも、風花良太は、わが娘が人生で初めての試練を乗り越えられる位置にいることに安心した。もちろん、これからの努力が必要であったとしても、美奈がいまのところでは、高校受験というハードルを楽に越えられる可能性の高い位置にいることが、何よりも大事だと考えていたのである。

山本は、いつもの年と同じように、１日休暇を取り子供たちを連れて、丹後半島の網野海岸へ泳ぎに行くことにした。那美子が中学生になって、もう親と一緒に海へ泳ぎになど行きたがらなくなっており、家族四人そろって泳ぎに行くのは、今年が最後となるかも知れない。

網野の民宿を予約して、京都から国鉄山陰線の豊岡で乗り換えて網野まで行って、網野駅から民宿までタクシーとする。民宿は、かなり多くの部屋を備えているが、今日は、金曜日のためか客が少ないようであった。

民宿に着いて荷物を置き少し休むと、健一にせかされて、早速泳ぎに行くことにする。白砂の美しい浜辺で水もきれいな海水浴場である。健一は、もうすっかり泳げるようになっており、さほど沖に出ないものの、深い所でも浮き輪を持たずに泳げる。水中メガネを付けて潜るなど、海に浸かりっぱなしであった。

山本も少し沖に出て、周囲の美しい風景を眺めながら、ゆったりと泳いだ。こういうふうに泳ぐのは、いつもどおりであり何の変哲もないが、このところこうして泳ぐのは、家族で海水浴に来た時だけである。若い時には、日帰りで須磨海岸へ一人で泳ぎに行ったり、故郷へ帰るときに途中下車して海水浴場に立ち寄って泳いだりしたこともあったが、もうそれほどの馬力が無くなっているのだ。山本にとっては、こうして家族で泳ぎに来ることが、数少ない泳ぐ機会であり貴重である。

夕食は、丹後半島ということで美味しい魚を期待していたが、量もなく質のほうもそれほどではなかった。それでも、海辺の民宿の料理であり、当然ながら新鮮な魚もあり、日頃の家と比べれば美味しいし、しかも、家族四人水入らずで、小さな旅に出ての夕食は格別である。

「健一、魚もちゃんと食べや」と美代子が注意する。

「食べてるよ」と口をとがらせて抗議する。

「もったいない食べ方でなく、しっかり食べなさい」と食べ残しが多い魚を指摘した。

健一は、母に言われて仕方なく魚をつつき始める。

「健一、給食でも魚が出るんと違うか、給食のときは、ちゃんと食べとんか」

「ちゃんと食べてるよ」

「そうか、その魚の食べっぷりやったら、心配やけどな」と珍しく伸彦が口を出した。

「お父さん、心配せんかて学校では、ちゃんとしてるから大丈夫や」

「健一、学校の勉強は、面白いか」

健一は少し考えて「面白いこともあるけど、そうでないのもあるから、どういうたらええかわからへん」

「那美子はどうや」

「学校へ行くのは、面白いし好きや」

「そうか、二人ともちゃんとやってるようやから、何も心配ないようやな」

「そやけど、二人とも家で勉強せーへん、宿題するのがやっとみたいやけど、だんだんそれだけでは、ついていけへんようになると思う」と美代子が心配して口をはさんで子供たちへの小言を口にする。

「二人ともそれなりに頑張ってるようやないか、明日も今日の海水浴場にするか」と話題を変え、那美子や健一の泳ぐのが上手になっていることや、この辺の海の水がきれいなことなど今日の印象などの会話をする。

翌日の朝食を食べ終わった時、民宿の女将さんに「今夜は部屋を替わってくれ」と言われる。仕方なく言われたとおりに部屋を替わったが、その替わった部屋は、狭いし環境も悪いのが一目でわかるような部屋であった。

これには、美代子がひどく気分を害したようだ。もちろん山本も気分の悪いやり方だと思った。しかも、替わった部屋が前と比べ、明らかに悪くなっているため余計に気分が良くなかった。喧嘩するのも大人げないし、そのまま我慢して泳ぎに行くことにした。その日も子供たちは、元気であり夕方まで海辺で楽しく過ごした。

3日目は、民宿を出るとすぐに、バスで間人《たいざ》まで行って海水浴場で泳ぐことにした。山本は、かなり前に職場の同僚と間人に泳ぎに行ったことがあり、きれいな海水浴場のあることを知っていた。

間人の海水浴場も水がきれいで、その日も健一は、元気いっぱいで海で遊んだ。午後2

時頃には、海から上がって帰宅の途に就く。山本は車を持っておらず、家族が車に乗る機会が少ない。たまには、車に乗るのも好いと考え、タクシーで経ヶ岬《きょうがみさき》を回って宮津に出ることにした。

経ヶ岬あたりまでは、海岸の景色を楽しみながらみんなで楽しく話などしていたが、丹後半島を回る海岸の道は、景色もよいがカーブが多いため、残念なことに子供たちも美代子も車酔いをしてしまった。途中で車を少し止めてもらって、休んで車酔いが収まるのを待つなどして、やっとのことで宮津にたどり着いた。

山本のせっかくの家族に対する思いやりも、車酔いは想定外であり、かえって苦痛を味あわせ、残念ながら、家族の誰からも感謝されなかった。山本家の今年の夏のバカンスは、とても満点といえず、残念ながら、かなりマイナスの思い出を残すことになってしまった。

来期の新商品に搭載する小型圧縮機の部品調達が終わり、製品の組み立てラインに混流して組み立てた。組み立てには、内田が立ち会ったが量産で問題となるようなことがなかった。性能試験においても、目標値をギリギリであるがクリアでき、小型機用は計画どおりに開発を終えることができた。

GHP用の圧縮機は、昨年と同じに生産技術の試作グループで1台ごとに組み立てることになった。こちらの性能に関しては、昨年より良くなればよいわけであり、いくらかの改善を行っており、問題のないものと思われる。

独自商品ということで力を入れてきた中型機用とマルチ用は、部品の発注を終えており、新商品に搭載する圧縮機の開発のヤマを越えた。風花たちの圧縮機グループでは、現在、先行開発の圧縮機の仕様を全員で集中して検討している。

こちらは、今年の製品に搭載する必要がないため、思い切って効率を追求するとか、ムダ肉の削減などコストダウンのアイデアを取り入れることが可能だ。時間をかけて全員で喧々諤々の議論を行っているところだ。これに関しては、年内に仕様を決めて、来年2月初めまでに試作品ができればいいわけである。また、製品に搭載する必要がないため、プレッシャーも少なく、どちらかといえば楽しい仕事である。

このように、本来の仕事は一段落して余裕ができたはずであるが、これまで抑えていたQCサークル活動の取り組みもしなければならず、気の進まない仕事が残っており気分的には余裕があるわけではない。それでも風花の3年目の仕事としては、人間関係でしっくりいかないところもあったが、そういう問題を乗り越えて順調に成果を上げられそうだ。

ただ、今年も冷夏のようであり、会社の業績に不安もあって、その業績によっては、再び設計にも合理化の影響が及んでくることも考えられる。

現在までの合理化の中で、多機種少量生産が徹底され、その多機種を生産する生産技術が確立されている。その少量生産が可能となったことに伴い、少数の顧客ニーズでも商品化できることになり、機種の数そのものが増える傾向にある。その機種数の増加が、設計の忙しさの要因となっている。

営業部門などでは、少しぐらい仕様を変更しても手間は同じだと思っているようであるが、設計的に見ればそんなに簡単ではない。些細な変更であったとしても、綿密な検討が必要なのである。それを、いいかげんに済ませれば、クレームを発生させることにつながり、つまるところ設計者自らに跳ね返ってくるのだ。

この辺のことが営業など他部門では、あまり理解されていないようであり、最近の設計への重過ぎる負担の元凶となっている。


ガスエンジン冷暖房給湯機のフィールドテストは、暖房シーズンから行うことになり、秋も深まった時期に順次据え付けとなる。据え付けは、工事業者が施工した後に、試運転調整を山本たちが行い、各家庭での使用を可能にするのである。

その最初は、やはり社内と山田ジーゼルのフィールドテストから行うことになったが、こちらは、事情のよくわかっている研究所の人とかエアコンに関係のある業務に携わっている方であり、どちらかといえばモニターの役目も兼ねて使っていただける。そのため、気楽であるが、ガス会社のフィールドテストは、ガス会社の役員とか幹部の家に据え付けることもあり気を遣わざるを得ない。東都ガスは、会社も大きいため最も多い３か所、近織ガスで2か所、中京ガスで1か所のフィールドテストである。

ガス会社での最初のフィールドテスト機の据え付けは、世田谷区成城にある東都ガス部長の邸宅となった。据え付け調整工事の朝、山本は、若杉と工具箱を持って、地図を頼りに部長宅を訪問。据え付けの工事業者は、まだ来ていなかったが、室外機、室内機の据え付けや電気工事、ガス配管工事、冷暖房、給湯配管工事などが、すでに施工されており、工事のほうはほぼ終わっているようだ。

「工事のほうは、ほとんど終わっているようやな」と山本。

「そうですね、今日の昼前から試運転に入れそうですね」

「そうやな、そのつもりで準備しようか」

山本たちは、試運転の準備として、据え付けられている室外機、室内機、貯湯タンクのそれぞれのチェックを始めたが、しばらくすると工事業者がやってきた。工事業者の報告では、室内機用のコンセントの増設の必要なところがあったが、昨日は、コンセントを持ち合わせておらず、これからコンセント増設工事を行うが、午前中にも試運転に入れるとのことである。

それを聞いて、山本と若杉の二人は、チェックを急ピッチで進めていった。配線、配管など工事の細かな部分のチェックについては、外から見ても十分にわからないところもあるが、主なところのチェックを確実に済ませた。細部については、運転しても問題のないところであり、試運転を行う中で確認することにした。

11時前には、試運転の準備がすべて整った。冷暖房など主な試運転は、午後から行うことにし、試運転の段取りとしては、給湯タンクに貯湯しておいた方が望ましいので、午前中に給湯運転の試運転のみ済ませておくことにする。工事業者にも立ち会ってもらって、給湯運転のスイッチを入れると、エンジンが始動し何の問題もなく給湯運転に入った。回転数も給湯専用運転の設定どおりであり、貯湯タンクへ湯が貯まり始めている。配管と接続部に漏れのないことなども十分に時間をかけて確認した。昼食休憩の間も給湯運転を継続し、貯湯タンクに湯をため続けることにして休憩に入った。

昼食後の試運転は、暖房運転から開始。山本が部屋に入って、1室目の室内機の操作スイッチを暖房にして運転ボタンを押し、給湯運転中に暖房運転を起動させることからチェックを始めた。山本がスイッチ「ON」にすると、給湯運転が継続されながら1室の暖房運転がスタートした。しばらく運転して温風の吹き出していることを手で確認する。給湯運転中と同時の暖房1室運転が問題のないことの確認ができた。次に、2室目の運転ボタン、続いて、3室目の運転ボタンと順次操作していった。設定しているとおり、給湯運転が自動的に停止となって、2室暖房運転、3室暖房運転に切り替わること、温風が吹き出すことの確認をする。

引き続いて、冷房運転の1室から3室までの各パターンの確認を順次行い、すべてのチェックの完了。その上で、給湯専用運転を1時間余り継続して給湯タンクへの貯湯が満タンとなり停止することを確認してから、全ての給湯口から湯の出ることを確かめて、給湯運転の確認も完了した。

これら、すべてのチェックを終えたので、部長の奥さんに取扱いを説明し、冷暖房運転と給湯の操作を奥さんに体験してもらった。これで、取り扱い説明も済ませたことで工事がすべて完了となった。

東都ガスの工事は、この数日後に、草加市、さらに杉並区でも施工したが、それぞれ大きな問題もなく無事に完了し、東京におけるフィールドテストを開始した。

また、中京ガスの豊明市、近畿ガスでは岸和田市、生駒市において、東京と前後しながら据え付けと試運転調整工事を行って、予定していた全てのフィールドテストを計画どおりに開始することができた。

森山真理子と白井美由紀のハイキングは、1年ぶりで催すことになった。行先は、箕面公園の紅葉狩りである。阪急箕面駅から滝まで歩いて、その周辺を少し散策するだけという距離の短いコースだ。

阪急梅田駅の改札口前に10時に集合。宝塚線石橋駅で乗り換え箕面に到着。駅前の土産物店や飲食店の立ち並んだにぎやかなところを抜け小さな橋を渡ると、直ぐに右側の川に沿った緑の多い箕面の滝に向かう散策路である。

　川の向う側や道の左側の山を見上げると、その斜面に鮮やかな朱色に染まった紅葉が、あちらにもこちらにもあり美しい眺めである。人は多いけれども道も広く、歩くに快適なところだ。ほとんどの人が滝を目指して進んでいるようだ。このコースのよい所は、いたるところで見事な紅葉が見られること。ところどころでは、足を止めて紅葉に見とれるような美しいスポットもある。

「白井さん、ここには来たことあるんですか」と山本が彼女に並んで話かけた。

「私、ここ初めてなんですよ」

「僕も長いこと関西に住んでるんやけど初めてですねん、そやけど、思っていたより好いとこですね」

「ほんまに紅葉がきれいやわ」

「ただ、人のほうは、多すぎるくらいですね」

「でも紅葉のきれいなところは、どこへ行っても人が多いですね」

　そこへ若杉が「山本さん、東京のトラブルどうだったんですか」と横に並んで話しかけてきた。

「うん、たいしたことなかったよ、プログラムの変更のみで済んだから、夕べ帰ってきたんや」

「それは良かったですね、プログラムのどこが悪かったんですか」

「あの家は、お湯の使い方が変わってるねん。あそこのご主人は、毎朝ジョギングしてシャワーするんやて、それで、朝に給湯負荷が増えるため、給湯運転のパターンの変更が必要だったんや」

道は、大きな杉など背の高い木々の中に入ってきた。山本は、大きな杉の木を見上げて、「目がくらみそうに高いなー」とつぶやいた。

「ほんとに大きな木やわ！」と美由紀も木を見上げる。

「古いお寺や神社には、こういう大きな木がありますけど、ここで、こんな大きな木とは、珍しいですね」と若杉も木を見上げた。

「ほんまやなー、どうしてこんな大きな木が生き残ったんか、ようわからんなー」と山本がみんなに感嘆とも疑問ともいえる言葉を投げかけた。それに対し誰も答えられるはずもなく、再び滝に向かって歩み始める。

箕面の滝は、紅葉も美しく鮮やかな景観であり、迫力もある。33メートルの高さから豪快に落ちる滝の水しぶきは、水辺にまで飛び散ってくる。一行は、滝のこの鮮やかな景観にしばし見入っていたが、誰からともなく食事にしようということになった。この滝の前にもベンチがあるがとても空きそうにない。

食事の場所を探しに何人かが川を渡って人の通っていない道に入って、滝から少し下ったところの山側に上った場所を見つけてきた。そこに5か所ほどあるベンチで運よく空いているところがあって、そのベンチを占領して食事を取ることにする。

「この席は、ちょっと窮屈やけど、ここの眺めもまあまあやな」と山本が周りを見渡して両手を広げて深く息を吸い込んだ。

「ここに座って眺めると、黄色や緑の紅葉もあって変化に富んでますね」と美由紀も明るい顔で見渡しながら言った。

グループは、ベンチの周りを背中合わせに座っているものの、そんなことを気にせず楽しく会話を続けながら昼食をとる。

この日は、昼食の後もみんなが楽しく気分よく過ごして、日頃溜まっている精神的なストレスを吹き飛ばす1日となったようである。


風花たち圧縮機グループは、今年も12月も後半になって水曜日に忘年会を開いた。その日は、仕事を定時で終え、6時にいつもの小さな料理店に三人が集まった。小さな忘年会である。

圧縮機グループとなって2年目。三人が協力しあって業務を進めてきたこともあり、小さなグループ故に、もうすっかりお互いの気心も知れており、三人ともに居心地のよいグループとなっている。今日も全員ほぼ同じ時間に集まり、乾杯をして、すぐに和やかに小さな飲み会が始まった。

「風花さん、今年は仕事の方も、去年より順調でしたね」と野村。

「そうやな、試作品に不具合も出んかったし、順調やったと言えるよな」

「風花さん、やっぱり、全ての仕事を三人で話し合って協力しながら進めてきたからでしょうね」と内田がしみじみと言う。

「そうやなー、その中で内田君の粘り強い努力で中型機のモーターが内作になって、効率が良くなったことが大きかったんや」

「茨木工場では、小型機で最新のコアを使うなど、技術的には、開発が進んでましたから、取り組んでくれさえすれば、効率が良くなって当然なんです」と内田。

「中型機は、やはり機種ごとの台数が少ないため、茨木工場としては。自分たちの採算のみを考えるならば、メリットがなくマイナスかもしれんが、近畿電機トータルで開発してくれたんや、そやから、内田さんの尽力がなければ難しかったやろな」と風花がひとしお感慨深く発言する。

「鈴木首相が突然止めて、中曽根首相になりましたが、どうなんでしょうかね」と内田が話題を変えた。

「新聞によると田中派の後押しがあったようだな、そやから、田中派からは六人もが大臣になってるな」

「総評議長の言うところによると、中曽根内閣は最悪だと言ってますけど、どうなんですかね」と内田。

「最悪かどうかわからんけど、いい内閣とはいえないんと違うかな、自民党でもタカ派が多く閣僚に入っており、総評議長は、改憲とか軍国主義復活の危険を心配しているんと違うかな」と風花が珍しく政治の評論をする。

「そうですね、サラリーマンの所得減税は見送るみたいやし、政治倫理問題は逃げ腰みたいですね」

「減税をやめると、サラリーマンは実質的には増税なんやろ」

「このところ物価上昇の後追いで名目賃金が上がっており、それにつれて所得税が増えるので実質的には、増税になるんだよな」

「来年の予算案が約50兆円のうち、国債が13兆5千億円ですけど、国債いうんは、借金と同じやから、借金が多すぎるんじゃないですか」と野村。

「国債というのは、結局、将来につけを回してるんやから、借金は、あまり増やしたらいかんと思うけどなー」

　小さなグループの忘年会は、仕事を通じてお互いの気心も通じ合っており、政治の話も自由にできるような気の置けないグループとなった。

　お互いの信頼で築かれている固いチームワークが、個性をのびのびと発揮することにつながり、よりいっそう好い状態で仕事ができている。

家庭用GHP（ガスエンジンヒートポンプ）システムのフィールドテストが、計画どおりに各家庭での運転を開始した。初期のトラブルも解消されて、GHPグループとして一区切りがついたため、年の瀬が押し迫って忘年会を開く。

この秋は、あわただしい日がずっと続いていたが、それでも、一つひとつ片付けていくと落ち着くものである。フィールドテストは、順調に運転されているようだ。ここ1週間は、もう何も聞こえてこないし、もちろんクレームもない。

忘年会は、幹事の篠原が提案や安全表彰などの報奨金までも含めて、グループとして貯めていた資金を全て使って、堺東の繁華街にある料理店でふぐ料理になった。ふぐは高いので食べる機会が少なく、山本も食べた記憶がほとんどなく、かなり前のことであるが、ふぐ刺しと鍋を口にした記憶が残っているのみだ。忘年会の始まる10分前に山本は、料理屋の暖簾をくぐって「篠原で予約している者ですが」と店員に告げた。

「篠原さんは2階です」と階段を上がるよう指示される。

2階に上がると篠原と宮井リーダーが、珍しくもう席に座っていた。

「みなさん早いですね」

「うん、何時もみなさん待たしてばかりで悪いからな、これでも遅れたときは、気にしてるんや」と宮井リーダー。

山本は宮井リーダーの真向かいに座り「このところクレームも全く無くなったんですけど、何の問題もなく動いてるんでしょうね」

「ちゃんと動いてるんやと思う、何かあったら言うてくるやろ」

時をおかず風花、若杉と全員がそろい忘年会の開会となる。

小人数の気のおけない仲間の忘年会である。堅苦しい挨拶もなく型どおり乾杯して、すぐに打ち解けた和やかな飲み会となる。若杉が薄く切ってきれいに並べられたふぐ刺しに手を付けながら、風花に話かけた。

「風花さん野村さんは来ないんですか」

「遠いからなー、この忘年会に出席したら今日中に帰れんから、出るんは無理や思って誘ってないんや」

「残念やなー、わかっていたら寮に泊まってもらえたんやけど、でも、急やったから仕方ないですね」

「西武が日本一になりましたな」と山本がプロ野球の話題に変えた。

「監督が変わると違うもんやな」と宮井リーダー。

「そうですね、プロ野球も戦いですから指揮官の力というのは、我々が考えているよりも大きいんじゃないんですか」

「落合は3冠王になりましたね」と若杉。

「落合のバッティングは、良いと言われてたけど、正直なところ、未だ3冠王になるとは、思ってなかったんやけど、獲ったなー」と山本。

ふぐ鍋も仕上がって、それを口にして「やっぱり、ふぐは美味いですね」と篠原が称賛の声を発する。

「ほんまや、めったに口に入らんから、余計にそう思うんかもしれんけどな」と宮井リーダーも追随。

アルコールの勢いもあって話の方は、ますますにぎやかになって、話題もあちこちと飛んで活気にあふれてきた。

「国鉄はどうなってんやろ、あのヤミ手当てなんて無茶苦茶と違うんやないか」

「やっぱり、親方日の丸やな、うちらの会社であんなことしたら、会社がつぶれるんと違うかな」

「国鉄の民営化は、やっぱり仕方ないんかもしれんな」

「国労が反対してもどうにもならんやろな」

「そうやろな、いくら経営陣の責任であったとしても、あれだけ赤字が増えると、世の中から許してもらえんやろ」

「憲法論争も、9条の戦争放棄について、白熱して論争されてますね」

「2度と戦争をしないということで、戦争放棄を憲法で宣言するというのは、最も進んだ考え方だと自分は思う」と山本が憲法第9条を支持の発言。

「私も山本さんの考え方を支持しますわ」と風花も同調する。

憲法の戦争放棄に関しては、山本の強い主張に逆らう意見も出ず、なんとなく平和憲法の支持で簡単にまとまった感じである。

「フィールドテストも順調に進んでいますけど、GHPは、商品化できるもんですかね、宮井さん」と若杉が疑問を投げかける。

「うーん、問題は、やっぱり、コストと音やな」

「音を抑えようと思えば、コストがさらに増えるし、家庭用は、フィールドテストが終わっても、誰が見てもすぐには、商品化できないんじゃないかと思いますね」と篠原。

「そやけど、業務用は、給湯負荷の必要なところやったら、ガス会社と一緒にやれば、何とかやっていけるんちゃうかな」と山本。

「そう見えるんやけど、このことは上の考え方次第やから、どうなるかようわからん」と宮井。

もちろん、こんな話ばかりでなく、忘年会らしい気楽な応酬もある。風花は日頃と異なった雰囲気の中でGHPグループの中に溶け込み、今までにないほど盛り上がって心から気分のよい時を過ごした。

新しい年に入ってから1か月が過ぎ2月になった。風花良太の滋賀工場における3年目の仕事は、自分でそれなりに納得のできる結果を残せた。新製品に搭載する圧縮機は、目標の性能を確保し新製品に搭載できた。GHP用の圧縮機も供給でき、現在、フィールドテスト中で、残すところは、先行開発の結果のみである。

風花は、この厳冬の時期に、社長方針とグループの仕事を振り返って、風花個人の新しい年の目標についてあれこれ考えてみた。ただ、グループとしての考えは、まとまっているが、具体的な目標としては、部の方針が出てからでないと最終決定とならない。

昨年の独自商品は、中型機とマルチ用の圧縮機に重点を置いたが、今年はどうするかいろいろ考えてみた。これは、3月になってからグループのみんなで相談して決めるのが、当然のことであるけれど、今のところは、個人としての目標をどうするか考えておくことにしている。風花の夢や願望であってもよいわけで、考えれば楽しいし、いくらでも頭の中で発展させることができる。昨日のリーダー会議では、3年前と同じように昨年も冷夏で大幅な売り上げの減少となったが、構造改革の効果が表れて、エアコン部門の赤字がかなり縮小されたという。この良い業績の報告があったものの、昨年の会社方針を徹底するのみでなく、もっと強化するようだ。

設計部門は、「技術の近畿電機」がスローガンとして掲げられており、他社にない独自商品を開発するうえに、ＣＡＥの活用によって開発効率をいっそう向上することが求められている。つまり、今までの仕事を短い時間でこなして、人員の削減を行うとか、残業を減らすなどの合理化をこれまで以上に徹底するようだ。

それに加えて「技術の近畿電機」というスローガンのもとで、独自商品を開発せよということが、昨年以上に強く指示されており、設計マンにとって大きな負担増でプレッシャーになっている。

なぜならば、会社は、「独自商品の開発をこれまでより、短い時間で成し遂げよ」と言っているのだ。会社は、設計マンをスーパーマンか、絞れば知恵の湧いてくる一休さんのように思っているようである。しかし、近畿電機の設計マンは、そうでなく、ほとんどが平凡な技術者に過ぎないのだ。

そうであったとしても、設計マンの持っているところの潜在能力は、無理やりであっても絞られるとそれなりのものが出てくるようである。即ち、儲かる商品の開発やコストダウンを会社方針として徹底させ、その実行を全ての社員に迫って成果を追求する。そのことが、全体として見るならば、それなりに設計マンの能力を引き出し、成果を上げることにつながっているようだ。

若杉が白井美由紀への想いを募らせて、夜も寝ずに考えぬいて、思い切って交際を申し込もうと決意した。思い立ったからには、すぐ行動することにした。あくる日の朝、美由紀に「お会いしたい」と電話した。美由紀は、急な面会の申し込みであるにもかかわらず、若杉に会ってくれるという。若杉は、約束の時間の20分も前に彼女との待ち合わせの喫茶店に入り、コーヒーを注文し緊張して待っていた。

約束の時間を少し過ぎて、彼が時計を気にし始めたとき白井美由紀が入ってきて、彼を見つけて「すみません、遅れてしまって」とあやまりながら彼の向かいに座る。

「いやー、そんなに遅れてませんよ」

彼女もコーヒーを注文し、落ち着いた頃、若杉は「白井さん、僕と付き合ってくれませんか」と、いきなり発言した。

美由紀は、驚いたように若杉の顔を見ながら「これまでもお付き合いさせていただいてますけど」と、さらりと応じる。

彼女のこの返答は、意気込んで緊張していた若杉にとって全く想像していなかった言葉であった。美由紀の心がどこにあるのかわからなくなって、動揺してしまい、一瞬、彼の思考回路が混乱した。うまくつないで話しを進めていく言葉が浮かばず、何か話を続けないといけないと焦ってやっとひらめいた言葉が、「今年の冬は、雪が多いですね、関東では、大雪で50万人の通勤に影響があったみたいですね」

「そうなんですか」

「東京では、６割の子供が塾に通っているらしいです」

「そうなんですか」

若杉は、慌てて脈絡のないとりとめのない話を持ち出してしまった。この後も冷静さを取り戻すことができず、せっかくのチャンスを何ら役立てられず、交際の発展につながるようなことは、何一つ話すことができなかった。さらに、彼女の気持ちも何らおしはかることができなかった。

若杉の寝ずに考えた最初の意気込みは、かすりもしないあてはずれな結果となった。若杉は、若い女性と二人で話す経験に乏しいうえに、白井美由紀にひとかたならぬ好意を抱いており、すっかり舞い上がってしまったのである。彼は生まれてからこの方、若い女性との交際経験がなく、彼女の心の中など、とうてい冷静にうかがえるはずがない。彼にとっては、この不手際も仕方のないことだったといえよう。

東都ガス部長宅に設置しているフィールドテスト機の「１室が動かない」と、修理を求めるクレームがきた。山本は電気工具とＲＯＭライターなど修理道具の準備をして、急遽東京へ出張することになった。世田谷区成城の部長宅に着いたのは、すでに夕方の４時を過ぎていた。

早速、動かない１室の点検に取り掛かった。室内機からの制御信号は、冷暖房の運転信号とサーミスタからの温度情報ともに正常に出ている。故障の原因は、室外機にあるメインコントローラ周辺と思われる。入力が正常であるにもかかわらず、それに伴って制御すべき出力に異常が発生しているようだ。考えられることは、マイコンの故障か出力リレー等の故障であろう。

さらにチェックを進めると、マイコンからの出力が出ていないようだ。マイコンを取り外しROMライターでプログラムを読み出すと、マイコン内蔵の書き込み可能なEPROMの一部分が壊れているようだ。山本は、持参した新しいマイコンに部長宅用のデータを書き込んで取り換えた。

運転を再開すると正常な状態に復帰した。故障の原因は、稀なことであるがマイコンの不良である。

山本は、ちょうど在宅していた東都ガスの部長に故障の原因を報告し、修理の完了を告げた。東都ガスの部長は、一つの電子部品が不良になると、プリント基板ごと交換される場合が多いことに、大きな無駄があるという不満をもらされた。山本は、これまで考えもしなかったことであったが、指摘されればそうかもしれない。ただ、今回の故障に関してはプログラム書き換え可能なマイコンを使用していたので、マイコンのみの交換でプリント基盤そのものは交換していない。

「今回は、マイコン1個のみの交換です」と、一応言い訳をしたが、部長の説には、一理あるといえよう。

しばらく運転状況を見ていたが、フィールドテスト機は、正常な運転に復帰しており、山本の修理は完了したが、時計は、すでに夕方の6時を過ぎていた。新幹線の最終には、十分間に合うと思ったが、久しぶりの東京への出張でもあり、これから帰宅すると自宅に着くのが、日付けの変わる時刻となるので、宿泊することにした。

泊まったことのある新宿のビジネスホテルに電話すると、うまい具合に空いており、そこを今夜の宿とする。とりあえず、荷物をホテルに置いて新宿の街に出て夕食を兼ねて一杯飲むことにする。

新宿の繁華街は、相変わらずの人波である。その人波を縫って、手頃な店を探し食べたかったマグロの刺身とビールを注文した。そして、ビールを一気に飲み干すと水を得た魚のような心持であった。

今日1日を振り返ってみると、会社に着くといきなり出張しろということで、あわただしく、かつ、緊張して過ごした1日であった。仕事は、短時間で簡単に修理できたものの、とにかく東京は遠いのである。

うまく修理ができたので気分は悪くない。こうして、ゆっくり飲んでいると、徐々にではあるがホカホカとした好い気分になってきた。魚や肉の料理を食べながらビールを2本飲んで、店を出て、新宿の賑やかな街を30分ほど歩くことにする。新宿の街では、多くの人が歩いているが、この時間にゆっくり歩いている人たちは、二人連れなどのグループであって、山本のように一人でぼんやりと歩いている人は見当たらない。

歩いていると手頃なラーメン屋が目にとまり、今夜の締めくくりとしてラーメンでビールをもう1本飲むことにした。満腹となってしかも好い気分でもあり、ホテルに戻ってゆっくり休むことにする。

山本は、このところクレームで東京に出張して、単純なミスなど、そんなに難しくない修理をして、それでも宿泊になることがある。こんな時に山本は、ラッキーだと思い遠慮なく楽しみ、それを息抜きとしていた。


厳冬の早朝、家からの出勤は寒さも厳しく、家を出る時に真っ暗闇で、会社の近くまで暗い中を走らなければならない。そのことが頭にあって、出勤する前の日は「明日は仕事だ」と気が重くなる。

それでも、いったん家を出てしまえば社宅に到着する頃には、そのようなマイナスの気分も払拭され、工場に入門する頃には、何時もよりも元気な気分に変わっている。風花は、転勤してからこれまでのこの経験を通じて、「行動に一歩を踏み出すことが大事だ」と言われていることが理解できた。行動に一歩を踏み出すと、案じていた困難も意外に簡単に越えられることを、身をもって知ることができたのである。

これは、風花にとって非常に不満な転勤であったが、それをギリギリの我慢をして乗り越える中で学んだことである。どちらかといえば頭でっかちの風花にとって、これからの人生にとっても貴重な経験を得たといえよう。

仕事の面でも、生産現場と直接つながっており、彼の仕事が市場における販売の数字として直ぐに表れ、評価もされるということだ。すなわち、すぐに結果がでてくるわけである。もちろん、会社における仕事の結果というものは、会社組織の総合力として表れるもので、設計者個人の力のみでない。

会社での評価というものは、売り上げが伸びて儲かれば、その中身にかかわらず、それにかかわった組織全体が高く評価されることが多い。中型機のモデルチェンジが評価されたことが証明している。かならずしも、ベストでなくても良いということでもある。技術者としては、少し不満が残ったとしても、会社や市場の評価には、技術者から見た出来栄えが全てでないということである。

反面、他社との激しい競争にさらされているわけで、設計者としては、いかなる困難な条件であったとしても、求められる性能の製品をクレームの出ない状態で供給しなければならないのだ。この場合、いかに困難であっても困難を理由とした言い訳など通用しないという厳しさがある。

こういう厳しい環境の中で、設計者としてやっていくには、斬新かつ大胆な設計で先行開発を行っていくことが欠かせないと考えて、チームのメンバーと力を合わせて2年がかりで実現にこぎつけることができた。

人間関係、特に上司との間では、このところ意見の対立がなくなったが、いまだになんとなく違和感というか、しっくりしないところがあって、うまくいっているとはいえない状態が続いている。風花は、このような状態に慣れてきて、プレッシャーを感じるということもなく、さほど気にならなくなっている。

この時期、この地は寒く社宅を出るとき曇っている日が多く暗い。寒さとこの暗さが彼の気分も暗くする。働いている者の誰もが、黙々と会社にやってきて黙々と仕事に取り組んでいる。

風花はこのところ、寡黙になっていると自ら感じていた。こんな時こそ明るくしなければならないと考えて、野村を一杯飲みに誘った。彼から気持ちよく行こうという返事をもらい、駅前へ酒を飲みに行くことになった。風花は仕事を野村より早く終えて社宅に帰って着替えをして飲み屋に入った。

野村は、先に来ており「風花さん」と呼んでくれた。

「おおー、待たせてしまったなー」

「いま来たところです」と言って「ビールお願いします」と注文する。

「今日も寒かったなー」

「そうですね、やっぱり此地は、寒いですね」

ビールを、お互いのコップに注いで「乾杯！」と飲み始めた。

「先行開発の試作品、もうでき上るんかな」

「ええ、来週の初めには、試作品ができ上がってきます」

「どんなことになるか楽しみやなー、2年がかりでやっと先行開発にこぎつけたんやもんな、納得できるようなものであってほしいよな」

「とにかく、作れてよかったです、部長はかなり遅れているし、水野さんは部長の言いなりやから、私らあかんと思ってました、風花さんが、頑張られたからできたんや、と思います」

「いいや、これは三人そろって要求した結果やで」

グループみんなの想いのこもった先行開発についての話題は、この言葉でもって締めくくられた。

「今年は暖冬らしいですね」と野村。

「そうらしいな、暖冬と不景気のダブルパンチで小売業が大変らしいな」

「青函トンネルが19年もかかったようですけど凄いですね」

「そうやな、そやけど輸送のメリットは少なくなってるらしいな」

「そうでしょうね、僕が小学校の低学年のときに着工したわけですから、世の中大きく変わってますからね」

風花は、料理も次々と切れ目なく注文しながら、このところ気の合ってきている野村と、おおいに飲んで食べて会話も弾み、気分よく時を忘れて過ごした。風花が望んでいたとおりに、満足のいくストレスの解消と気分転換ができた。

白井美由紀は、春からの商戦に使う新商品のカタログ用の設計資料を今日中に準備せねばならず、朝から忙しく働いていた。

それにもかかわらず、何かと余分な時間を費やす羽目となり、定時に終えられず少し遅れそうな事態になった。仕事が終わったら、真理子とミナミに出ることにしているが、待ち合わせ時間に間に合うか怪しくなってきたのだ。

ついに、白井美由紀は、真理子に電話して、待ち合わせ時間を30分遅らせてもらう。彼女は、入社して5年になり、このような仕事は、彼女に全てを任されている。カタログの設計資料、なかでも新商品用は、設計の各方面から集めなければならず、手間のかかる仕事である。

特に、揃えるのに手間取るのは新商品の据え付けなどに関する資料である。設計者自身にもあいまいで、確認などが必要になり、想定より多くの時間がかかるのだ。

森山真理子は、美由紀から30分遅らせてほしいと連絡があったので本来ならば仕事を片付けて帰る準備を始める時間となったが、いま急ぐ必要のない庶務費用の月別の集計をしておくことにした。その計算を始めていると山本がやってきて「真理ちゃん残業なんて珍しいやないか」と声をかけてきた。

「それが、残業違いますねん」

「なんでやねん、なんか急いでる仕事でもあるんかいな」

「いいえ、美由紀が30分遅れるのを待つんで、急がん仕事してるんです」

「なんや、そんなことかいな、そりゃー気の毒やな、サービス残業やないか」

「いえ、それほど大げさなことと違います。すぐに、片付けて帰ります」

「そうや、それがええわ」

「山本さんは、いつものように残業ですか」

「いや、このところ少し余裕が出てきたから、今日はもう帰るねん。この出張の精算のほう頼むわ」と出張旅費精算書を彼女の机の上に置いた。

彼女は、出張旅費精算書を手にとって片付けながら「山本さん、東京への出張が多いですね」と問いかけた。

「そうなんや、東都ガスのフィールドテストの台数が、他社より多いからどうしてもそうなるねん」

「フィールドテストって一般の家庭でするんですか」

「そうなんや、ただ、一般の家庭ゆうても、東都ガスの偉いさんとか関係者の家なんやけどな」

「東都ガスの偉い人の家やったら、クレームが出たら大変なんでしょう」

「いやー、そうでもないよ、僕なんか、なんちゅうたって試作品やから、しゃあないと割り切ってるから、故障して不便かけても気にせんことにしてるねん」

「そう言われてみたら、そう割り切るのが良いのかも知れませんね」

「そうなんや、じゃー、お先に」と山本は、彼女の前から去って行った。

真理子も時計を見ると少し早いが、ロッカーでゆっくり着替えようと仕事の片付けを始めた。

森山真理子がロッカーで着替えをしていると、美由紀が走るように「真理子ごめん、待った」と言いながら入ってきた。

「そんなことないよ、仕事やもん、しゃーないやんか」

「いや、私の段取りが悪かったんや、ほんとにごめん」

「何にも気にせんでええよ、ゆっくり着替えしてや」

これから難波に出て、二人で食事をするので、30分遅れたとしても差し障りないことであり、待っている真理子のほうにも余裕がある。

ほどなく美由紀が着替えを終えて「真理子、お待たせ」とロッカールームから出て来て、

二人並んで歩きながら「美由紀なんか大事な仕事を任されておりうらやましいわ、私なんか何時も同じ誰でもできる仕事ばかりやねん。遅れている！と焦ってしまうわ」と真理子がぼやく。

「そんなことないよ、私だって同じや。5年も同じことしてれば誰でもできるし真理子が心配するようなもんちゃうねん」

「美由紀から聞いても、やっぱり、そんなことあると思えるもん」

「それは、真理子が自分のしてる仕事に誇りを持たず、へりくだり過ぎてるねんや、仕事なんて、いつも同じ簡単な仕事であっても、必要なら大事なもんや。きっちりできればそれで十分なんや、と私は思うわ」

「美由紀にそう言われると、そんな気にもなってくるけど、それでえーんかな」

「そうなんや、それでえーん違う」

働く女性も近頃は、会社にとって重要に見えるような仕事を任されている人も増えているが、白井美由紀の言うとおり、内容にかかわりなくどんな仕事でも責任を持ってやり切ること、周りから見て安心できるように、仕事を一つひとつやりきることが、男女の性別にかかわりなく、最も大事なことだといえる。

夜になると寒さが一段と厳しくなってきた。その冷え込んだ寒い夜に風花は、社宅に帰り炬燵で妻の裕子が持たせてくれた夕食を取りながら、思いを巡らせた。

先日、出勤する時、濃霧に遭遇して前方がよく見えず、極端にスピードを落として運転せざるを得なくなり、危うく遅刻しそうになった。このことから、朝の気象条件が悪い時には、以前考えた公共交通機関を使っての通勤をあらためて肝に銘じた。ただ、霧については、家を出るときの空模様や天気予報では判断が難しい。だから、少しでも危ないと思えば、予想が外れても仕方ないとして、公共交通機関に切り替えることにすべきだ。

夕食を食べながらそんなことを考えていると、転勤してからの3年間が走馬灯のように浮かんできた。中型機のモデルチェンジでは、グループの意見をくみ上げてまとめることに力を注いで何とか乗り越えた。その仕事はたった1年で終わり、2年目は、圧縮機を製品に供給することが担当となった。

この処遇は、割り切れない気持ちもあったが、そんな感情を表に出すことなく平常心を保って、新しいグループの力を結集することに取り組んできた。昨年度は、試作品が目標の性能を出せなかった時も、みんなの力で何とか乗り越えた。

グループの意見として、次の年には、商品に搭載しない圧縮機を先行開発する必要を提案し、なんとか先行開発が実施できた。部長との信頼関係は、初めから部長が風花を信頼していないようであって、それが続いているようだ。それに反して、部長は、水野を全面的に信頼しているように見える。もっとも、水野は、部長に対しいかなる時も異なった意見を主張することがなく、部長にすべて従う。それが効を奏して昇進したのかも知れないが、風花には、とうていできないことである。

風花良太は、自らの考えをいかなる時も、はっきり主張する男である。これは子供の頃から一貫して執ってきた彼の生き方なのだ。当然のことながら話し合いの中で、自らの主張を撤回することもあるが、議論をたたかわせることに躊躇しない。

もちろん、彼は自らのこの考えを変えるつもりなど毛頭持っていない。滋賀工場での人間関係は決して悪いことばかりでなく、良い人間関係も作り上げてきた。そうでなければ、とうてい、ここまでの成果を出せなかったと思っている。風花は、自分のこれまでの生き方について、これで良いと信じていて、変える気など全くない。

単身赴任の生活は、妻の裕子が持たせてくれた弁当で、どれだけ助かったかわからないとつくづくと思う。裕子には、感謝の一言に尽きる。仕事で遅くなるときにも何の心配もいらないし、健康にも配慮されている。風花のような単身赴任者にとって、この思いやりは、味気ない孤独な生活に温もりと安心感を与えてくれた。彼は、この弁当によって、何時も家族を思い出し、家族とのつながりを感じることができた。

また、この3年間、風花は仕事にも一歩一歩取り組み、自らが納得できるそれなりの成果を上げてきた。ホームランはなかったけれども、有効打を積み重ねてきたと自負している。これからも、これまでのやり方でやっていけるという自信がついたし、精神的にも余裕が出てきたと感じている。

若杉は、清水を誘って南町の寿司店に飲みに来ている。二人ともにこの店が気にいっており、2、3か月おきに来て気のおけない話やさまざまな議論をしながら、おおいに食べて、そして飲む。ただ、若い彼ら二人は、酒を飲むのも好きであるが決して深酒し泥酔するようなことはない。

「ガスエンジンのほう、うまいことといってるんかいな」

「フィールドテスト中やけど、効率など性能は好いんやけど、これが商品になるかといえば難しいいん違うかな」

「それは、なんでやねん」

「コスト高と、エンジンの音が大きいというのが問題やねん」

「それは、大変な難題やないか」

「そうなんや、特に、エンジンの音は、低周波なんで消すのが難しく、コストアップの大きな原因にもなってるねん」

「それじゃー、せっかくの苦労も水の泡となってしまうかも知れへんやないか」

「うーん、その可能性は、大きいやろな。まあ、研究所の仕事ちゅうもんは、そんなんようあることやねん」

「仕方のないことかも知れんけど、水の泡となるのは、やっぱり残念なん違うか」

「それはそうやけど、これは自分の力の及ばんところにおいての結果や、と割り切るよりないねん」

「そうなんや、しゃーないんや、話変わるんやけど、森山さん、付き合ってる人おるんかいな」

「いやー、知らん、そんな噂でもあるんか？」

「そんな何もないけど、そうか、うちの白井さんと同い歳やから、もうええ歳なんやけどな」

「白井さんは、誰か付き合ってる人いるんかいな」

「いないと思うんやけど、ようわからんなー、会社の外での彼女の私生活は、謎やで、僕らにはとてもうかがい知ることできん話やねん」

「そうか、清水にもわからんのか」

「当たり前や、自分は、白井さんとそんなに親密につき合ってるん違うで」

「そりゃーそうやな、女の人は、ようわからんもんや」と若杉が真に迫った感じでつぶやいた。

若杉は、白井美由紀に親密な交際を申し込んだつもりであるが、彼女の受け取り方のほうは、彼の心と別のところにあったようだ。若杉には、彼女の気持ちも、接し方もいまもってわからないでいる。いまのところは、じっとチャンスを待っているのである。

若くてまだ旺盛な食欲の二人は、寿司を次々に注文し、酒も何時もより進んでいるようである。

「大学ラグビーは、同志社が2年ぶりに優勝したんやなー」と清水が大学ラグビーに話題を変える。

「そういえば、新聞で見たような気がするけど、詳しいこと知らんなー」

「なんや知らんのか、関西の大学が全国制覇するのん難しいことなんやで、このくらい知っとかなあかんで」

「そう言われるとそうかもしれんが、ただ、あまり興味がなかっただけやねん」

お互いに気の置けない二人の話は、とめどなく弾み、何時もより少し飲みすぎたが、それでも、店を出るとしっかりしている。ともかく、二人ともにこのところ溜まっているストレスが解消できて、お互いの期待どおりの良い飲み会であった。

第5章　思いがけない転勤打診

風花良太の滋賀工場の単身赴任も3年を迎えようとしていたが、山田部長から思いがけず、堺の臨海工場へ転勤の意向打診があった。

部長の言うには、「臨海工場で新型圧縮機の開発を始めるので、経験の豊富な技術者が求められており、風花君が適任だと思い推薦した。臨海工場ならば単身赴任の必要もなくなる。この転勤は、君にとっても好い条件だと思いますが、受け入れていただけますか」ということであった。

風花も直感的に単身赴任の解けることは、嬉しいと思った。けれども新しい仕事の内容がさっぱりわからず、すぐには何も答えられなかった。そのため部長に「新型圧縮機というのは、何ですか」と聞いた。

部長の答えは「いま注目されているスクロール圧縮機の開発です」

風花は、単身赴任が解消されるし、仕事もまあまあ魅力あるもので、かつ、仕事内容も大きく変わるわけでない。この転勤を断る理由もないが、とりあえずゆっくり考えてから、返事をすることにした。

　山本のように何かあると転勤の対象となる社員グループに入るようでもあり、そういう面から考えると好ましいといえない。ただ、ここで転勤の命令が出るということは、既にそういうグループに入っているのかもしれない。

　また、風花にとって臨海工場は、車通勤が可能で混雑しなければ30分もかからず通勤できる好条件なのだ。部長に返事を保留したものの、じっくり考えてみれば職場の主流から外れるということは、滋賀工場への転勤からそうなっているのであって、今更どうのこうのという問題でない。

　風花は、社宅に帰って、早速、妻の裕子に転勤の意向打診のあったことを知らせることにした。彼女はきっと喜んでくれるだろうと思った。その夜、妻に電話をすると、彼女は、風花の思っていたとおり率直に喜び、なんのまどいもなく大賛成であった。彼女の嬉しそうな声を聞いて、彼もこの3年間に及ぶ不正常な生活が解消されることを率直に喜んで受け入れることにした。

　その翌日、風花は部長に臨海工場への転勤を受諾することを伝えた。これで臨海工場への転勤が決まり、転勤の1週間前に内示があった。

　内示が出ると、転勤の準備で忙しくなった。仕事の引き継ぎや社宅を引き払う準備、滋賀工場で何かとお世話になった方々に転勤の挨拶などもしなければならない。

同じグループの野村と内田には、内示の出る前に転勤の意向打診のあったことを伝えておいたが、その他の中型機のモデルチェンジのグループのメンバーや試験グループ、生産技術などの世話になった方たちにも転勤の挨拶をした。

その中では「風花さんが臨海へ転勤されるのは、淋しいけれど単身赴任が終わってよかったですね」という声が多かった。風花もやはり単身赴任がなくなり、普通の生活に戻れることで嬉しいというよりも、ホッとした気持ちが強く「滋賀工場に慣れ、仕事も軌道に乗ってきたところで残念ですけども、やはり単身赴任から解放されるのが嬉しいです」と正直な気持ちを伝えた。

週末には、風花の送別会が駅に近い料理屋にて開かれた。送別会では、部長の挨拶の後、その夜の主役に挨拶が求められた。

「滋賀工場では、永住を目標にしておりましたけれども、臨海工場のほうで新たな仕事が待っているということであります。今度は、臨海工場で、改めて永住できるように努力しようと思っております」と挨拶した。

3月末、社宅の片付けのために妻の裕子と子供たちも泊まりがけでやって来た。翌日、家族全員で片付けと荷物の整理を行って、社宅を引き払い、3年間の単身生活に終止符を打った。こうして、風花は我が家に戻り、家族と一緒の温かい日常生活を送ることになったのである。

風花良太は、4月1日付けで臨海工場の圧縮機開発室に転勤して、新たな仕事に取り組むことになった。スクロール圧縮機の開発は、H社が既に発売し、それに追随する会社もあるという噂を聞いて、取り組むことになったが完全な後追いの仕事である。

しかし、そんな経緯は、どうでもいいことだ。この圧縮機が世に出るかどうか、それが、大事なことだと考えている。風花はスクロール圧縮機の開発に向かって、全力で立ち向かっていくことになった。

第6章　逆風に負けずに

コンピュータ化の世の中の流れに、近畿電機はCAEセンターを設立することになった。目的は、設計、製造関連の技術的情報をコンピュータで一元管理し、新商品開発の効率化と商品性能の向上を図るということである。

その人事では、これまで新商品開発のための技術計算などで、コンピュータを活用してきた岡田が主任研究員に昇格した。

CAEセンターは、自ら調査し開発研究するとともに、全社的な計画を立案推進していく。加えて先進技術の調査と研究開発も合わせて行うということである。

岡田の昇格も風花にとっては、かなりのショックであった。岡田は、風花より3年後に入社して、研究所に配属された後輩だ。コンピュータ時代を先取りして仕事を進めてきたことが、研究所の上層部に評価されていることを知っていたものの、こんなに早い昇進は、予想外であった。風花は自分の昇進が期待できないことを肌で感じているが、自分の身近な人が昇進すると心が揺れ動くのである。

その揺れ動く心をグッと抑えて「自分は、技術者なんだから、自分の持っている技術を生かせる仕事ができれば、出世できなくても良いんだ」と自らに言い聞かせて、つとめて平静を装うことにしている。ただ、この揺れる心を落ち着かせようと努力しても心が平静に戻るには、少し時間が必要であった。

岡田は、長い間コンピュータの活用を先駆的に取り上げて、苦労しながら努力を続けてきたのだ。その仕事が、会社にとって重要となってきたため、彼の昇進は当たり前だと納得するほかない。

時の経つにしたがい、風花の心から岡田の昇進は、彼の心の中に占める位置として、ごく当たり前のこととなり、小さくなっていった。このような気持ちの整理は、会社に勤めている限り必要なことである。それは、彼の知っている多くの同僚もそうであろうと思う。誰も同僚の昇進に自分が遅れると心が揺れる。みんな、精一杯とらわれることのないようにじっと我慢しているのだろう。

岡田は、新しく設立されるCAEセンターの主任研究員に昇進して、仕事に就いた。岡田の仕事は、所長の説明によれば、一つは、「いま岡田がやっている仕事の幅を広げて、CAE分野における先進技術の調査と研究開発をさらに徹底して行う」ことが、主な狙いである。

しかし、会社のＣＡＥセンターということなのでそれが仕事の全てでなく、彼に負わされる仕事は、そのうえに「各部門のＣＡＥシステム推進計画の調整を行い、各部門のＣＡＥシステムの効率的な実行計画を立案する」こと。さらに「会社がこれから導入していくＣＡＥシステムの評価と、継続的な管理や技術情報の収集と蓄積を行い、その仕事を通じてＳＥを育成する」ことも加わる。

これはかなり重い仕事である。岡田はこういう重い仕事を望んでいたわけで、重荷に押しひしがれるようなことなどなく、それに挑戦する意欲にあふれている。岡田の上司としては、ＣＡＥセンター室長がいるが、情報室との兼務であり実質的に岡田が中心になって、立ちあげていくのだ。

彼は、着任してからいきなり仕事一筋の日々を送っている。自分のこれまでの仕事を続けるだけでなく、当然ながら管理職として部下に与える仕事の手配や指示などをしなくてはならない。そのうえ、近畿電機のＣＡＥセンターであり、ＣＡＥシステムの推進計画の調整など他部門との係わりを持つ仕事もある。

そのため、会議や打ち合わせが大幅に増えた。特に社内の他部門との会議や折衝が極端に増え、なかには時間の無駄のような内容の会議もあって、自分の仕事の時間をとるのが難しくなって、思いどおり進まなくなってきた。

新しくできた仕事の一つである、各部門のＣＡＥシスシステムの推進計画の調整は、特に難しい。ＣＡＥシステムについて近畿電機では、もともと「こうあるべきものだ」と決まっているわけでない。これから構築しなければならない仕事であり、各部門が持っている計画を変えさせることは至難の業といえる。

岡田は、自分のこれまでに取り掛かっていた仕事に対しての愛着があり、引き続き進めようと考えているが、このような管理職としての仕事が次々と入ってきて、自分のやりたいことなど二の次となってしまった。岡田は、妥協して自分個人の仕事を減らしていくことができずに苦しんでいる。

しかし、いくら頑張っても、管理職となったからには、個人的な仕事を従来どおり続けられないことは、明らかである。岡田は、自分が担当し、自分が汗を流したテーマを削減できず、やる気だけでは仕事が進むわけがない。岡田には、管理職の考え方に１日も早く到達することが求められているのだ。

岡田の自分の仕事に対する想いは、そう簡単に捨て去ることもできなく、改めるにはいましばらくの時間が必要で、彼の苦労は続きそうである。

風花が臨海工場に転勤して半月ほど過ぎ、研究所でＧＨＰの会議があった。風花は、転勤となったが、これまでのいきさつから出席することになった。その会議が終わってから山本と飲みに行くことにする。風花は研究所での会議なので電車で来ており、山本の誘いに喜んで応じたのだ。

最近は、新しい職場へは車で通勤しており、ちょっと一杯というわけにいかない。宴会を除き仕事の帰りに飲みに行くのが久しぶりとなる。日々の仕事で蓄積されるプレッシャーの解消は、風花にとっても例外でなく、こういう機会が必要だ。飲み屋は、風花が乗り換える駅で下車してすぐの店とする。安くて気楽に飲めるし、駅に近いため帰りも便利でともかく手頃な飲み屋である。

二人がその店に着いたのは６時前でまだ明るく、酒を飲む雰囲気として少し早いが、気にせず暖簾をくぐった。店内には、奥のほうに二人の客がいるだけで空いており、中央より少し手前にすわり、ビールと食べ物を注文する。

「風花さん、単身赴任が終わってよかったですね」

「３年間、家族と離れて暮らしてきましたが、やっぱり、家族は一緒に暮らすのが良いもんですね」

「そりゃー、そうやと思います」

「僕の場合は、毎週帰宅しました。１か月に１回しか帰れない人もおられますから、僕なんかが言っても、さほど説得力がないかもしれませんが、単身赴任はなんか働くだけの侘しい生活ですねん」

「それじゃー、単身赴任が終わってほんまによかったですね」

「ハイ、ホッとしました、ところで、春のセンバツは、去年の夏に続いて池田高校が優勝しましたね、山本さんの故郷、四国のチームだから応援されたんでしょう」

「もちろん、応援しました、池田の野球は、高校野球として今までになかったものですね、バントが少なく、蔦監督は、打て、打てのサインで押し通しました」

「これまでと異なる戦術で去年の夏に続いて春も優勝とは凄いですね」

「ほんまにそうやと思います」

「今年のベースアップは、低額で終わりましたね」

「やっぱり労働組合の力が弱くなってるんでしょう」

「組合は、どんどん弱くなってるような気がするねんけど、違いますか?」

「そうですね、会社の思いどおりになってます、私は、もうどうしようもないと思ってますが、私も参加しましたけれども関ヶ原の戦い（労働組合の主導権を争う役員選挙）で残念やけど私たちが負けてしまいました」と山本、さらに続けて、「徳川家康が天下を取ったのと同じですな、会社側が強くなってしまい、会社側でない組合役員を完全に締め出して、ドンドン会社の言い分が押し通されるようになりました」

「それは言えてますね。その当時は、私などノンポリで仕事ばかりしてましたけど、組合役員のみならず上司からも、いまの役員に投票するよう言われました」

「ほとんどの職場でそうだったんだろう、と思います」

「一昨年の冷夏による赤字を無くすための合理化対策なんかも、かなり強引なやり方でしたね」

「そのようですね、聞くところによると、会社の業績は、それなりに効果をあげてるみたいですね」

「ＣＡＥセンターができ、設立の趣旨がいろいろ述べられていましたけど、どうなんですかね」

「岡田さんが主任研究員に昇格して、中心になって仕事を推進していくらしいですけど、会社としてもコンピュータ化の流れに遅れてはならない、ということだと思いますが」

「あの会社広報を見て正直なところ、後輩の岡田君の昇進にショックを受けました。今ではちょっと情けないことやと思ってますが、自分の弱さも思い知らされました」

「風花さん、身近な同僚の昇進にショックを受けるのは、競争社会で働く者として当たり前のことでしょう。やはり、社員の間での競争は、生きていく上での大きな関心事だし、給料だってこの競争の結果に左右されますしね」

「そう言われればそうかもしれませんね、僕らは本能的に同僚との競争の結果に反応するのかも知れませんね」

「そうでしょうね、長いこと会社で働き、こういう競争社会で暮らしているうちに、知らず知らず身に付いてしまっているんでしょう。僕も同僚と差を付けられ後れを取るたびに、いつも嫌な思いをしました」

二人の話は、ざっくばらんであり、アルコールの勢いもあって自由自在にとどまるところを知らず気楽に言いたい放題である。

厳しい環境で働く者にとってこういう信頼しあえる友は、お互いに貴重であり、欠かすことができないといえよう。


山本は、風花と別れて電車の中で考えた。近畿電機で働く社員の生活は、楽でないけれどもそれなりに安定している（ぬるま湯に浸かっていて、出られない状態だ、という人もいるが？）。

社員は、中卒新入社員の1級から役員直前の管理職の15級までの資格で格付けされており、資格で基本賃金や昇給額が決まる制度となっている。その資格をめぐって、社員間で激しい競争は、当然の如く余儀なくさせられるのだ。

別れたばかりの風花であるが、いまのところ不運な時期を送っているといえよう。山本の目から見たところ、彼は能力もあるし、人間的にも優れていると思うが、気の毒なことに上司に恵まれていない。研究所に在籍していたならば、岡田の先輩でもあることだし、もう課長に昇進していた筈だ。

昇進を目の前にして、滋賀工場に転勤するという、いうならば、レギュラーを外されて、ピンチヒッターに起用されたのだ。それでも風花は、ホームランを打つことはできなかったが有効打であるヒットは打ち続けているように見える。人は誰もが長所短所を併せ持っており、その人の評価は、難しいといえるが、それだけに上司はどうにでも評価できるといえよう。

風花の上司は、彼の働きを知ってか知らずか、認めるような評価をすることもなく、再び転勤である。もっとも風花にとっては、滋賀工場にいるよりも転勤になったほうが良かったといえよう。この３年間は、山本から見ても気の毒としか言いようがない。会社勤めにおいては、昇進のチャンスのある時期が限られており、その限られた時期に認められ昇進しないと、次の機会には若い人も対象となり、若い人の方が有利になって外されてしまうこともある。

いまの会社の人事制度では、力さえあれば何時か認められるということには、なっていないのである。そういう面から客観的に見るならば、彼にとって不運な環境で働いてきたといえ、チャンスを逃がしているわけで、巡ってくるチャンスは、残り少なくなっている。ただし、昇進がどういう結果になったとしても、長い人生の幸不幸を決定付けることにならない。これからの人生にこの苦労を生かしていけばいいのだ。

山本は、「風花負けるな」と心の中で励ますことしかできないが、風花には、逆風に負けずに頑張りぬいてほしい。人生は会社の中だけでなくもっと広いものだと思う。

会社が合理化を推し進めてくれば、働く者が労働強化にさらされる。その労働者の痛みに対し、労働組合は職制などの支援を受けた者が役員を占めており、労働者を助けるのでなく、一面ではそういう合理化の推進役となっている。会社の保安係といっても言い過ぎでない。

かつて、山本は労働組合を真に労働者を守る組織に変えようと、志を同じくする仲間（社会党員、共産党員、革新政党の支持者など、様々な革新的な労働組合員たち）と団結し運動した。この山本たちの運動は、残念ながら職場の労働者が、会社派の働きかけに影響を受け、役員選挙で落選させられるという形で、労働組合の役員から締め出された。山本たちは、労働組合の活動からは、一組合員としてのみしか関われなくなるという状態に陥ってしまった。その事態を切り開くめども立たず、活動をあきらめる者が多数となり、山本も近畿電機の労働組合の中で活動をあきらめざるを得なかった。

そんな状況で、自分がどう生きていくべきかということを考えたが、現状では、何よりも家族の生活の維持が大事だ。そのためには、不満があったとしても那美子と健一が社会に出て一人立ちするまでは、じっと我慢をして生活を守るために働き続けるべきだ、という結論にいたった。

山本は、「自分はなんのために如何に生きるべきか」ということについて、はっきりとした確信のある考えを持っているわけでない。ただ、家族の生活を守るために働くことが、自分の役目であることに間違いはない。そして、生活のために一生懸命に働いているが、自分としてこれだけに満足しきっているわけでない。

将来、自分の満足できる仕事が見つかった時とか、定年になって自由な時間ができた時などに、何か真に自分らしいやりがいのあることを見つけて打ち込みたい。そうでないと、生まれてきたかいがないとも思っている。

山本は、森川たちに誘われて、淀川工場へ草野球の親善試合の遠征に加わることになった。このチームは、昨年ついにユニフォーム作って、年に数回、適当なチームと親善試合をしている。

この日の試合は、淀川工場の人たちが堺工場に実習に来ていたとき、森川と知り合いになり親善試合をしようとなった。

森川たちは、車2台に分乗して行くということなので、山本も京阪門真駅の近くで乗せてもらうことにする。淀川工場は、山本が営業に転勤となるまで、入社して18年間も在籍していた工場である。したがって、工場の隅々まで知り尽くしており、守衛をはじめ各工場に今も多くの知人が在籍している。森川が対戦相手として話を進めた加山職場長は、何度も一緒に飲み会などをした旧知の人である。

淀川工場の正門で堺工場から来たと告げ、入門の許可をもらって工場内のグランドに入った。グランドには、すでに淀川チームが来て練習を始めていた。堺チームも準備をして軽く練習し、すぐに試合開始。今日の試合の先発は、山本である。森川との打ち合わせで山本が3回投げて、そのあとは森川が投げることになっている。

山本は、永いこと草野球のチームに加わっているが、そのチームの試合においてもピッチャーの経験がない。したがって、このような親善試合であっても、緊張してマウンドに立った。何とか3回を2失点で投げきることができ、先発の役目を果たしホッとした。

試合は、引き分けに終わったが、試合終了後の懇親会で淀川チームの面々が残念がって言うことには、「山本さんが投げているときにもっと点をとっとかなあかんかった」と、この試合における核心を突いていた。山本の球は、球速もさほどでなく、鋭い変化球もない平凡な球でコントロールが良いだけなのである。山本の球を打ちやすいと思うのは、誰も同じである。ただ、フォアボールがなければ、ズブの素人にとっては打ち損じもあって、なかなか思ったように得点が入らないものだ。

山本も苦笑いしながら「ほんまに皆さんのおっしゃるとおりですね」と応じた。

「最初の打席で三振してしもうたけど、あの緩いカーブにタイミングを狂わされて残念やった」と加山職場長が悔しがった。

「そやけど、二打席目には、キッチリ打たれましたやん」

「そうや、三振のお返しができてホッとしたよ」

「森川さんの球は速いですね、ずっと野球やってたんですか」

「大学までやってました」

「そりゃー、上手いわけや」

　そんな会話の続いていた中で、山本が「今年は、経営者の消費回復より経営安定という考えに押され、ベースアップが低かったんやけど、淀川の組合員の声は、どうでしたか」と要領よく話しを変えた。

「そりゃーみんな不満やけど、あきらめてる人が多いん違うかな」

「そうや、みんな昔ほど意見を言わんようになった思うねん」

「春闘のベースアップですら、組合は会社の言いなりになりつつあるように感じられるもんな」

　給料の話になるとこういう自由な場では、みんなの日頃考えている本音の声が出てくるようである。

「新聞で見たけど、サラ金で自殺するなんてかわいそうな話やな」

「ほんまに、かわいそうなことやなー、サラ金は金利も高いし、取り立ても厳しいらしいやん」

「そうや、サラ金には、絶対、手ー出したらあかんのや、返されへんから、借りて返すことになってしまい、雪だるま式に借金が増えていくねん」

「借金はあかん、せめて労金や互助会、最悪でも質屋にしとかなあかんで」

「そうなんや、この国の中で、弱いもんが生きていくには、じっと我慢して細々と生きていかなあかんのや」

お互いにリラックスして会話もどんどん弾み、ともあれ目的であるところの親睦ということからいえば、今回の親善試合は、大成功であったといえよう。


山本は、みんなと別れ一人になって電車の中で、久しぶりの会社内の野球で充実した時間を過ごした余韻に浸りながら考えた。

飲みながらの会話であったけれども、仕事一筋の会社人間の人たちでも、いまの労働条件に不満の大きいことがわかる。働く者は、誰もが賃金引き上げの要求を持っており、労働組合に組織され実現のためそれぞれの役割を担っている。現在の会社派労働組合幹部のもとでは、働く者にとって満足のいく賃上げの獲得に至らず不満が残っているのだ。ただ、この体制は、資格制（能力給）の導入などをテコに会社と労働組合幹部が一体となって築いてきたものであり、容易に打ち破れそうにない。

会社での現場作業は、技術革新が進んでベルトコンベアと自動化に象徴されるように、単純化されてきている。そんな仕事の中で能力の差など区別が難しくなった。この状態において、能力給制度となったのだ。仕事での能力の判断などわかりにくくなっており、そこで職場の上司の言いなりとなる者が、指導力があるとか、協調性があるなどという口実で高く評価される。いうならば、職場での能力査定によって労働者を差別していくことで、職制の支配を強めているのだ。

近畿電機も山本が入社した頃は、「同じ釜の飯を食った者同士」と会社幹部も口にし、今と異なり温かい空気があった。いまの職場では、山本の入社当時のようなのんびりとしたところが消えた。さらに、会社の門から一歩足をふみ入れると民主主義もない。しかも、働く者同士が激しい競争にさらされる閉鎖社会となっている。

山本も寅さんの映画が好きでよく見るが、この映画に魅かれるのは、高度成長で失われた人情の世界や温かい助け合いの社会、家族と地域の共同体が描かれていることにあるのだろうと思う。

さらに、会社では、合理化が押し進められ、いま気持ちよく働いている仕事であっても、これが、いつまで続けられるかわからず、会社の都合でどう変わるかわからない。もし仕事が変わって不満があったとしても、この年になっては、自分の不満な気持ちなど二の次とし、我慢して近畿電機で働き通すのが、生活していく上では最も良いといえよう。子供たちが成長し、生活の面で自分の責任が解き放たれ、しかも、定年を迎えれば、その後の人生では、真に自由となり自分のやりたいことができるかも知れない。

山本は春爛漫の日に、研究所の大山主任研究員が定年退職となり、その送別会に出席した。南田元副所長も出席されていて、帰りの電車の中で少し話をした。

南田元副所長は、新しい事業の責任者となっているが、その事業が当初に予想されていたとおり難しいようだ。気にかかっていたので「担当されている事業のほう、大変なんじゃないですか」と聞いてみた。

その答えは「事業のほうは、残念ながら赤字でうまくいっておりません。また、それを打開していく目途も立ちませんが、人材のほうは育ちつつありますよ」という苦しい中でも明るく前向きなものを見出すという考えであった。

新事業においては、他社との厳しいシェアとコストの競争があって、乗り越えるのが困難で赤字が続いておりうまくいかない。そのようなときでも、大きな視野で物事を見ることが必要だと教えられたようで「流石である」と、その考え方に納得した。

特に、これまで社内に居なかったような電気と機械の複合技術者が育ちつつあるということである。そのような技術者は、これまでの近畿電機に居なかった貴重な技術者であり、今後、会社にとって、必ず、大きな力になるだろうということである。

ＧＨＰの話もした。ＧＨＰについては、山本が騒音とかコストの面で事業化の難しさを訴えたのに対し、自分が取り組みを始めておきながら、最後まで責任をもつことができず申し訳なかったと率直に詫びられた。南田元副所長は、「事業化されるかどうかについて、なんとも言えませんが、皆さんが全力で取り組むことで近畿電機の技術力が世の中に示せます。とにかく、最後まで頑張ってください。決して無駄になることはないと思います」ということであった。

山本は、南田元副所長の後任である藤村副所長の発言などから推測し、事業化されることは難しいといえるものの、そんなことは、自分たちにどうすることもできないことであり、南田元副所長の言うとおり、ベストを尽くすほかない。

ただし、来期以降は、いつ仕事が変わるかもしれないことを覚悟しておかなければならない、と改めて気を引き締めた。

風花の臨海工場への転勤から半月ほど過ぎたが、日常の生活も含めて全てが落ち着いて、仕事のほうも軌道に乗ってきた。彼は、このような状態に対し自分が滋賀工場に転勤してから、変化に対応できる力がついてきていると感じた。

転居を伴うような転勤があっても（自宅から通勤できるという有利な条件に変わったのであるが）短い期間で落ち着いて平常の状態に戻れることは、自分が以前より強くなったといえる。これらの面から見るならば、転勤で得られたものは、大きかったといえるが、それでも研究所に残りたかったという気持ちは、今でも心の底に残っている。

しかし、滋賀工場勤務から臨海工場勤務に変わり、全てが過ぎ去ったこととなってしまい滋賀へ転勤した頃の気持ちも少しずつ、ほんの少しずつであるけれども薄れてきている。それは、その苦しい状態を何とか乗り越えてきたから、その時の気持ちも薄れていくのだろうか、あるいは、時を経た故なのかよくわからない。何であったとしても、何時までも過去にこだわるより、これからのことを前向きに考えて生きていくということは、望ましいことに間違いのないことである。

新しい圧縮機開発のメンバーは、室長に柳田設計部長が兼務となっているが、実質的に風花と生産技術者の岩崎と機械設計担当の入社4年目の若い川島との三人で進めるほかないのだ。そのため三人で早速、ミーティングを開いてスクロール圧縮機に関する文献や特許の調査を徹底的に行うとともに、すでに発売されている製品を購入し、性能試験の実施と分解するなどして圧縮機の調査も行った。性能に関しては、取り立てて驚くようなことは何もないが、部品点数が少ないのでコストが低いのかもしれない。

ミーティングでは、遅くとも秋の初めまでに、第一次試作にこぎつけたいと意思統一した。ともかく物を作って、それを動かしてみれば、あれこれ考えるよりも、はるかにスクロール圧縮機に対する理解が深まり、目標も見えてくるはずだ。グループには、ものづくりのベテランの岩崎がいて、試作品を作っていくうえで、好いメンバー構成になっている。秋になって一次試作品を作り、動かしてみれば将来への展望を切り開けることができると期待している。

山本は、執行委員の山中に「メーデーに参加していただけませんか」と声をかけられて、久しぶりにメーデーに出ることにした。若い頃、もう10年以上も前の昔のことであるが、森ノ宮の大阪城公園の広場で開催されたメーデーに何度も参加した。今日は、堺市内の小さな公園で開催される地域メーデーである。

定刻に会場に着くと何故か森山真理子と西川早千江と若杉も顔を見せていた。みんな山中に頼みこまれて参加したのだ。

「おはよう、真理ちゃん、ここでお合いするとは、えらい奇遇やないか」と山本が陽気に声をかけた。

「おはようございます、山本さん、今日は、どうされたんですか」

「どうされたんかとは、ひどい言われかたやないか。僕は、昔からいつも組合活動に熱心なんやで」

「ほんまですか、そうは見えませんけど」と若杉も横から口を出す。

「みんな人を見る目ないんやな、みんな未だ若いからしゃーないか、それと、こちらのメーデーに来たのも初めてやしな」

みんな気楽に雑談を交わしているうちに、壇上に役員が上がって堅苦しい感じのする挨拶などが始まった。

今年のメーデーは、生活防衛が大きなスローガンだが、賃上げ闘争は、もう終わっており生活防衛として残されているのは、減税や物価などの政治的課題であるが、それにどう取り組むかもあいまいであり、もう一つ盛り上がらない。

今年のメーデーでは、一斉地方選挙で革新知事が勝利した福岡や北海道のことを取り上げて気勢を上げればいいと思ったが、残念ながらメーデーの中心的な労働組合の上部団体が、これらの選挙でこれらの候補者を支持していなかったのである。

生活防衛のための決議などが拍手で採択され、短いコースであるが一応デモ行進をして流れ解散となる。流れ解散の地点に到着して、最寄りの電車の駅に向かっていたが、山中が「どっかで昼食みんな一緒に食べませんか」と声をかけた。

山本は即座に「賛成！」と声を上げる。

若杉とともに森山、西川たち女性陣も一緒に行くことになって、駅前通りのさほど大きくない食堂の座敷に上がって、賑やかで宴会のような昼食会となった。

「ビール少しだけ飲みたいんやけど、かめへんかな」と山本がみんなに断る。

「僕も飲みたいんですけど」と山中。

「僕もお願いします」と若杉も同調。

ビールを飲む人が増えたため、二人の女性にも注いで乾杯をすることになった。

「乾杯！」とみんながグラスを上げて乾杯する。

「長いことお日さんの下で活動してたから、最初の一杯は、特に美味いですね」と山中が感想を述べる。

「そうや、この一杯はこたえられんな、真理ちゃんも、西川さんもグイッといってや」と山本は女性にも勧める。

　こうして、この昼食会は、和やかで明るい雰囲気となっていった。

「西川さん、このあとの４連休は、どっか行くんかいな」と山本が聞く。

「今年は、３日に友達と京都の大原に行くだけなんです」

「友達って、彼氏かいな」

「残念やけど、違います、学生時代の女の友達五人で行くんです」

「学生時代の友達と行けるなんて、うらやましいなあー、それだけ若いちゅうことやねん、僕らも戻れるもんなら、そういう若いときに戻りたいもんや、なー山本さん」と山中がうらやましがる。

「そうやなー、若い人の活力！　豊かな将来性のあるところが、特にうらやましいなー」と山本。

「山本さん、僕なんかよれよれやし、自信もないし、山本さんにうらやましがられるような豊かな将来なんて、とても考えられないですよ」と若杉。

「そんなことないやろ、若杉君なんかこれから努力すれば、いくらでも伸びていけるんや、当たり前のことながら豊かな将来も期待できるで！」

「そんな、伸びていくなんて言われても、僕なんか、停滞してばっかりですわ」

「いや、若いということは、それだけ多く時間があるんや、また、活力もあるねん、ということは、努力さえすれば、一歩一歩、積み上げていけるものが、それだけ大きくなるねん、そやから、自分の心掛け次第で伸びていけるもんや」

「そうですかね？」

「そうやでー、努力せんとあかんのや、誰でも自分が一番可愛いんや、そやから、可愛い自分のためにしんどくても、自分で自分を励まして頑張らなあかんの違うか」

「山本さんに言われてみると、がんばろうという気にもなるんですけど、正直なところ、明日になったら、やっぱり、思ったようにできへんのですけど」

「そりゃー誰だって自分の思ったようにでけへん、そやけど目標を持って努力を続けたら、何もせんでのんべんだらりと暮らすんと大違いやで、それと、同じ仕事でも技術というのは、奥深いもんで、目標というかテーマはいくらでもあるはずやで」

「若杉くん、山本さんの言われるとおりやで、僕らも自信なくして、何をしてるかわからん時もあるんで偉そうなこと言えんが、山本さんの話聞いたら、これではあかん。やっぱり頑張らなあかん思うで、そうと違うんやないかなー」

「私なんか単純な仕事、5年も続けてるねん。この会社で働いている限り、これからも同じ仕事や思うし、それが嫌になっとったんやけど、よう考えてみると、会社には同じ仕事続けてる人多いねん。それでも、努力してる人と、そうでない人で、長い間には、やっぱり社会人として大きな差ができてるように思えるし、山本さんの言われてることようわかります」

「とうとう、真理ちゃんにまで言われてしもうた。これじゃー、僕も納得せなしゃーないですね」

若杉のこの言葉を聞いて、山本がすがすがしい笑顔で「そうや、それと若杉君はこれまでずっと真面目に努力を続けてることやし、僕の言ってることなんか、若杉君は、十分にできてることなんや」

ちょっと堅苦しい話になったが、メーデーのこの日、人の生きていく道につながる話もいいんではないかと、うら若き女性を含めて納得したのであった。

第7章　家族と共に

今年もゴールデンウィークがやってきた。風花良太は、長女の美奈が中学校の2年生になり、高校受験まで1年半ほどとなっているので、念のため裕子と相談したが、いまのところ全く問題ないということで、家族で京都に遊びに行くことにした。

風花も京都は、何度となく行っているが、二条城を長いこと見ていない。子供たちの歴史の勉強になる場所でもあるので、初めに二条城を見ることにした。

二条城は、徳川家康が西日本の諸大名に築城させて、１６０３年に家康がはじめて入城し、１６１１年に豊臣秀頼と会見を行ったところである。そのあと、大阪冬の陣・夏の陣では、軍議を開き、ここから出陣した。

１８６７年には、徳川慶喜が40藩の重役を集め大政奉還を発表した。二条城は、日本の歴史の上でも重要な舞台となったところである。

風花は、国宝の二の丸御殿から見学することにした。うぐいす張りの廊下を狩野派の襖絵を鑑賞しながら、襖絵のある部屋を次々と通り抜けて、大政奉還を発表したという部屋に至った。

この日本の歴史を動かす舞台となった部屋を見つめながら、大きな内戦もなく明治維新となったこと、それは良かったといえよう。しかし、風花は「王政復古」について大いに疑問があり、とうてい良かったと思えない。世界の先進国では、多くの国で共和制が執られていた時代であり、民主制の国家にできなかったのだろうか。

その後の時代は、天皇制軍国主義となり、国民の自由と民主的要求が抑圧され、第二次世界大戦という愚かな戦争を引き起こすことにつながった。そして、アジアの人民と多くの日本国民にとてつもなく大きな犠牲を払わすという、最悪の時代に至ったのだ。

こんな日本の歴史について思いをはせつつ、将軍の居室であった白書院を見て順路に従い二の丸御殿を出て、庭園などを見ながら散策した。

「あなた、庭がきれいですね」と妻の裕子から声がかかる。

「そうやなあ、庭園の配置もきれいやなあ」

「二条城は、お城というように見えませんね」

「そうやなあ、昔は、天守閣もあったらしいけど、焼けてしまったんやて」

こんな話をしながら緑の美しい庭を眺めながら、家族でゆっくりと散策していたが、二条城の出口にやってきた。

「京都御苑まで歩こうか」

「私たちこの辺は、何にもわからないし、お父さんにお任せします」

風花一家の四人は、二条城から堀川通りを上って、丸太町通りの京都御苑まで歩くことにする。

「美奈も再来年は、高校受験なんやろ、受験は大丈夫なんか」と風花は横を歩いている娘の美奈に話しかけた。

「ようわからんけど、ちゃんと勉強してるし、心配してないもん」

「そうか、それなら大丈夫やろ」

美奈は中学校の2年生になっており、1年半後には、高校の入学試験を受験しなければならず、彼女の人生にとって最初の関門を迎えることになる。それを傍で見ている親としては、なにかと心配もあるが、直面している当の娘のほうは、そんなことまったく意に介していないようである。本人が何の心配もしていないことを、親ばかりが心配してみてもどうにもならないことである。

妻の裕子からも美奈は、今のところ大丈夫だと聞いていたので、この話を打ち切った。子供たちも成長するにつれ、人生における試練のほうも徐々にやって来ることは、避けられないことである。

そんなことを考えながら歩いているうちに、石塀と緑の樹木に囲まれた京都御苑に着き、丸太町通りを少し東に進んだ入り口から入る。京都御苑は、通路と大きな樹々とその下の緑地が、きれいに整えられていて、感じの好い公園である。

風花一家は、広い砂の道をどちらに向かって歩いていくか少し躊躇したが、何となくみんなの気持ちが右に向かっており右に進んだ。そして、仙洞御所の壁の南側にある広場に入る手前の森の中で休むことにした。

この辺りは、通る人もわずかであり、落ち着いた静かなところである。風花はこの雰囲気が気に入ったので、軽い食事のために家から用意していた、おにぎりなどを食べたいと思った。

「お腹もすいたし、なんか食べようか」と風花良太が自分の荷物から、食べ物を取り出し始めた。昼食というほどではないが、適当な店が見つかるまでの繋ぎとして用意していた、おにぎりなどをみんなで食べることにした。

「お腹、空いてるから美味しいね」

「景色のええ屋外やから、よけい美味しいと思うんや」

「ほんまやねー、静かやし、ええとこやねー」

風花は、家族とともに遊びに来たり、家で団らんしたりするときの、この和やかな雰囲気がたまらなく好きであり、大切にしようと思うし、家族のために頑張らないといけないといつも思うのである。今の仕事についても考えてみた。

彼は、技術者として働いているが、ものづくりの技術というのは、この社会で最も重要なことの一つであろう。今の仕事は、そういう面から見るならば、社会にとって役に立つやりがいのある仕事といえる。

もっとも、この社会における仕事は、どんな仕事であっても社会的な評価としての価値に、そんなに優劣がないともいえる。それでも自分自身でやりがいがあると思える仕事に携わると、よけいにやりがいを感じ力が入るのである。

同時に、自分の携わっている仕事で成果を上げて、会社の中で評価され認められることも大事だ。ただ、仕事で認められたとしても昇進するということは、自分の努力だけで実るものでない。そうであるからこそ、昇進がかなわなくても仕方のないことだ。何れにしても、技術者としてベストを尽くすことが大事だ。そのことに信念を持ち、それをめざして生きていけばいい。

陽春の緑濃い森の公園で風花良太一家四人は、この静かな木立に座をとり、和やかにささやかな軽食で好い時を過ごした。そして、整備されている公園の白砂の道を左手に御所の重々しい門を見ながら、出口に向かって歩んでいった。

完

和田 昇介（わだ・しょうすけ）

1940年4月愛媛県四国中央市に生まれる。

1959年3月、愛媛県立新居浜工業高等学校を卒業し、大阪のメーカーに入社。主に研究所や生産技術など、技術部門で定年まで勤務。

長年地域の草野球チームに在籍し活動した。

独自商品を目指す群像

2024年10月31日　第1刷発行

著　者　和田昇介

発行人　大杉　剛
発行所　株式会社 風詠社
〒553-0001 大阪市福島区海老江 5-2-2 大拓ビル 5 - 7 階
Tel 06（6136）8657 https://fueisha.com/
発売元　株式会社 星雲社（共同出版社・流通責任出版社）
〒112-0005 東京都文京区水道 1-3-30
Tel 03（3868）3275
印刷・製本　シナノ印刷株式会社

ISBN978-4-434-34873-0 C0093